여자, 세상을 유혹하라

세계 최고의 여성지,
코스모폴리탄 편집장의 76가지 시크릿 스타일!

여자,
세상을
유혹하라

케이트 화이트 지음 | 최지아 옮김

(주)고려원북스

당신은 마음만 먹으면 **멋진 남자**와
매력적인 직업과 **수많은 행복**을 거머쥘 수 있다!

그건 참으로 이상한 일이었다. 너무나 이상해서 나로서는 도무지 그 이유를 알 재간이 없었다. 예전에 잠시 데이트하다 오랫동안 소식이 끊긴 남자들에게서 몇 해 전부터 편지와 이메일이 하나둘씩 날아들기 시작한 일 말이다. 내용도 어쩜 그리 비슷비슷하던지. "잘 지냈어요? 그동안 어떻게 지냈는지 궁금해서 몇 자 적어 보냅니다."

이렇게 시작한 글은 자신들이 무슨 일을 하고 있고 자녀는 몇 명인지 등의 일상사들로 채워졌다. 그중에는 두세 번 데이트만으로 끝났던 상대나 꽤 심각하게 좋아했던 상대도 있었고, 심지어 내 가슴에 대못을 박고 돌아섰던 파렴치한이 보내온 편지도 섞여 있었다. 사실 눈길을 헤치며 말들이 끄는 썰매가 그려진 감상적인 크리스마스 카드였는데, 그런 못된 인간이 크리스마스를 믿으리라고는 도저히 상상이 가질 않았다. 내 평생 그에게서 다시 소식을 듣게 되리라고는 꿈에도 생각지 못한 일이었다.

도대체 왜들 그러는 건지 정말 궁금했다. 어쩌면 마흔을 넘긴 남자들 몸에 젊음을 그리워하는 호르몬 비슷한 것이 불끈 솟구쳐 그럴 수 있다는 재미난 생각이 들었다. 아니면 언젠가 잡지사에서 인턴십을 얻고 싶어 할 딸들을 위해 아버지가 미리 발판을 마련해 놓겠다는 속셈인지도 몰랐다.

그러던 어느 날, 내가 전혀 생각지 못한 답변을 제시해준 사람이 나타났다. 한때 부하 직원으로 있던 남자 에디터와 점심을 먹으며 그간의 소식들을 주고받다가 그의 의견을 들어야겠다 싶어 그 이상야릇한 현상에 대해 얘기를 꺼냈다. 그는 내 말이 끝나자마자 고개를 뒤로 젖히며 큰 소리로 웃어댔다.

"아니 편집장님, 어쩜 그러실 수 있어요?"

그는 깔깔대고 웃더니 이렇게 말했다.

"그 남자들이 다시 연락한 속셈을 정말 모르세요?"

"정말 모르겠다니까?"

나는 대답했다.

"제가 정확한 이유를 알려드리죠. 편집장님이라면 섹스에 관해 기가 막힌 것들을 죄다 알고 계실 거라고 생각해서예요. 〈코스모폴리탄〉 편집장이시잖아요. 그래서 호기심들이 단단히 발동한 거라고요."

나는 폭소를 터뜨렸다. 그 말이 정말로 맞는지 어떤지는 알 수 없지만 어쨌든 과거에 스쳐 지나간 남자들이 잡지 표지에 실린 제목들, 예컨대 '알몸의 남자 애무하는 법'이나 '그를 흥분 상태로 몰아넣는 섹스 : 그에게 두 배의 쾌락을 안겨주는 새로운 침대 요령' 등을 읽고는 그동안 내가 전수받은 기술을 나눠주지나 않을까 하는 바람에 전화를 걸지도 모른다고 생각하니 그렇게 재미날 수가 없었다.

물론 그들 누구와도 내가 얻은 지혜를 나눠가질 생각은 추호도 없다. 하지만 〈코스모폴리탄〉 편집장으로 지내온 수년 동안 엄청난 양의 정보를 터득한 사실은 인정하고 넘어가야겠다. 그렇다. 그중에는 섹스에 관한 녹진녹진한 정보도 들어 있다. 섹스는 우리의 전공과목 중 하나기 때문이다. 하지만 그 외에도 연애, 패션, 성공, 사내 정치, 일상생활 등에 관하여 많은 것을 배웠다. 그중 일부는 다양한 주제들 전반에 관한 기사들을 편집하면서 얻기도 했고, 멋진 사람들을 만나거나 흥미진진한 상황에 맞닥뜨리며 터득하기도 했다. 나는 다른 곳에서는 결코 배울 수 없는 굉장한 것들을 쭉쭉 빨아들이는 커다란 스펀지라도 된 기분이었다. 〈코스모폴리탄〉에서 표지 촬영을 담당하거나 작가에게 점심을 대접하거나 표지 제목을 정하는 일 등 내 업무도 무척이나 즐거웠지만 그 많은 정보를 얻을 수 있던 것은 실로 대단한 보너스였다.

재미난 것은 내가 단 한 번도 〈코스모폴리탄〉 편집장 자리에 지원해본 적이 없다는 사실이다. 그런 내게 맨 처음 그 일자리 제의가 들어왔을 때

는 그야말로 물밀듯 밀려드는 혼란스런 감정에 정신
이 아득해질 지경이었다. 8월 어느 일요일 이야기는
시작된다. 나는 남편과 함께 펜실베이니아주에 있는
주말 별장에서 쉬고 있었다. 실은 가족을 위해 블루베리 파이를 굽고 있던
중이었는데, 지금 와서 생각해 보면 〈코스모폴리탄〉과 같은 잡지의 운영권
을 쥐느냐 마느냐 하는 순간에 하던 일 치고는 참으로 생뚱맞은 일이었다.
전화벨이 울리자 나는 밀가루를 묻힌 손으로 수화기를 집어 들었다. 잡지
부서 사장인 상사의 목소리에 깜짝 놀랐다. 목소리가 밝은 것으로 보아 해
고 따위를 하려는 것은 아님을 확신할 수 있었지만 일요일 상사의 전화는
무척 이례적인 일이라 뭔가 대단한 일이 진행 중임을 감지했다.

"웬일이세요?"

다리가 후들거리기 시작했다.

상사는 내게 바로 그날 오후 맨해튼으로 건너와 만나자고 했다. 내게 전
해줄 특별한 소식, 그것도 내가 좋아할 만한 소식이 있다고 했다. 당시 여성
잡지 〈레드북〉의 책임자로 있던 내게 맨 처음 떠오른 생각은 '젠장, 이제 더
이상 〈레드북〉 에디터로 일하기는 틀린 모양이로군'이었다.

남편과 아이들을 뒤로 한 채 나는 다시 맨해튼으로 향했다. 차를 타고 가
면서 여러 가능한 시나리오들을 머릿속으로 구상했다. 그리고 인생에서 새
로이 맞이할 직업을 제안받을 때 멍청한 대답은 하지 않겠다면서 실제 대화
내용도 연습했다.

"케이트, 뉴미디어 국을 운영해줬으면 해요."

상사는 이렇게 말하겠지. 그것은 맥 빠지는 상상이었다.

그럼 나는 울컥 치밀어 오르는 분을 삭이며 대답할 것이다.

"네, 좋아요. 정말 멋진 기회인 것 같군요."

상사의 사무실에 다다르자 그녀는 내게 자리를 권했다. 무슨 일인지는 몰라도 꽤 신속하게 진행될 것이 분명했다. 소파에 엉덩이가 닿은 지 정확히 4초 후, 상사는 회사에서 내게 〈코스모폴리탄〉 편집장직을 제안한다고 말했다. 말문이 턱 막혔다. 차라리 기업 홍보 차 대서양으로 열기구를 타고 날아가라는 주문이 더 나을 것 같았다. 〈코스모폴리탄〉 전 편집장 헬렌 걸리 브라운이 은퇴하면서 당시 편집장이 자리를 넘겨받은 지 겨우 1년 반 만의 일이었다. 게다가 그녀가 그만둔다는 소문은 단 한 번도 들어본 적 없었다.

1965년, 헬렌 걸리 브라운이 〈코스모폴리탄〉을 새롭게 부흥시켰을 때 그녀의 가슴속에는 매우 분명한 임무가 자리하고 있었다. 〈코스모폴리탄〉을 싱글 여성의 바이블로 삼자는 것 말이다. 그 후 〈코스모폴리탄〉은 지난 50여 년 동안 기꺼이 마음만 먹으면 멋진 남자나 매력적인 직업, 그리고 수많은 행복을 거머쥘 수 있음을 뭇 여성들에게 확인시켰다. 자신감을 끌어올려 주고 여성이 알아둘 내용들을 가르쳐 주는 기사들을 실었기 때문이다.

기본 철칙은 시간이 지나도 여전히 통한다는 사실을 알 만큼은 똑똑했던 탓에 나는 그것에 섣불리 손을 대지도 않았다. 우리는 아직도 만인의 여성을 위해 살고 사랑하려 한다. 그러기 위해 독자들에게 수많은 전략을 제공하고 있고, 일과 스타일, 개인적 성장, 그리고 어쩌면 가장 중요한 남녀관계를 위해 수많은 전략을 제공하고 있다. 한 에디터가 잡지에서 직접 밝힌 바 있듯이 우리는 남자 문제에 관하여 무척 빠삭한 편이다.

편집장으로 8년이란 세월을 보냈지만 〈코스모폴리탄〉에서 일하는 지금도 여전히 시시각각 짜릿함을 느낀다. 적어도 열 가지 새로운 사실을 배우지 않는 날이 단 하루도 없으니 말이다.

그래서 지금까지 터득한 내용 중에 내가 제일 좋아하는 76가지 사항을 이 책에 실었다. 자신의 팬티와 연관된 것을 생각하는 일이 왜 중요한가 하는 것부터 남자들이 말하기 싫어하는 9가지 내용과 인생에서 간절히 원하는 것을 알아내는 놀라운 방법, 그리고 오르가슴을 연기하는 최고의 요령(여자로 사는 일은 참 힘들다)에 이르기까지 모든 내용을 속속들이 발견하게 될 것이다.

물론 그를 후끈 달아오르게 만들 방법에 관한 노하우를 싣는 것도 잊지 않았다. 일을 하면서 실제로 그에 관한 정보들을 터득했기 때문이다.

Fun Fearless Female이 되기 위한
연애 섹스 커리어 스타일링 팁

윤경혜(코스모폴리탄 한국판 편집장)

미국 〈코스모폴리탄〉의 편집장 케이트 화이트를 내가 처음 만난 건 지금으로부터 9년 전인 2000년 초여름이었다. 카리브 해의 작은 섬나라 바하마에서 열린 COSMIC(코스모폴리탄 편집장들의 2년에 한 번 열리는 컨퍼런스)에서였는데 그녀는 미국판 편집장으로, 난 창간을 앞둔 한국판 편집장으로 만난 것이다. 그때 그녀는 허스트에서 발행하는 또 다른 여성지 〈RED-BOOK〉의 편집장에서 코스모(우리는 코스모폴리탄을 줄여 보통 이렇게 부른다)로 막 합류한 직후였다.

손이 베일 것 같은 날카로운 아주 짧은 쇼트 스커트를 입은 그녀는 맑고 분명한 눈빛을 지닌 세련된 커리어 우먼이었다. 몸에 피트 되는 슬리브리스 탑(그녀는 늘 슬리브리스를 선호하는 것 같다)에 무릎길이 스커트를 입었었는데 이른바 간지 나는 늘씬한 몸매였다. 목소리 또한 아주 힘 있고 발음은 아주 정확했다. 전 세계에서 온 수많은 편집장들에게 일일이 눈인사를 나누며 친절한 모습으로 말을 건네던 케이트의 모습이 지금도 생각난다. 매너 좋고 똑 부러지는 뉴요커의 이미지, 그게 바로 그녀의 첫인상이었다.

미국 사회에서 그녀의 인지도와 영향력은 대단하다. 그럴 만한 것이 그녀가 만드는 잡지 〈코스모폴리탄〉은 전 세계에서 가장 많이 팔리는 여성지이자 미국에서도 가판대에서 무려 2백만 부가 팔리는 여성지다. 그녀는 이른바 젊은 세대를 향해 메시지를 전달하고 그들의 고민을 함께 나누며 그들의 생각을 책으로 옮기는 바로 오피니언 리더, 〈코스모폴리탄〉의 편집장이기 때문이다. 〈코스모폴리탄〉은 Fun Fearless Female을 향해 메시지를 전달하는 잡지다. 삶을 열심히 살라고 늘 조언하는 언니 같은 잡지다. 이 콘셉트는 1965년 전설적인 편집장 헬렌 걸리 브라운에 의해 도입되었는데, 당시 센세이셔널한 표지와 헤드카피로 순식간에 1백만 부를 매진시키고 2백만 부로 기록 갱신을 했다. 마케팅 교과서에 실릴 만큼 이 혁신적인 잡지는 여전히 불혹을 넘긴 나이에도 파워를 과시하며 전 세계 여성들의 바이블로 자리 잡고 있다.

케이트 화이트가 잡지와 처음 인연을 맺은 건 아주 오래 전 그녀의 대학 시절로 거슬러 올라간다. 그녀는 〈글래머〉지에서 매년 뽑는 Top Ten College Women contest에서 우승하면서 잡지 표지모델에 등장했다. 곧 이어 그녀는 〈글래머〉지의 에디터 어시스턴트로 일하다가 피처 기사를 쓰는 칼럼니스트로 활약한다. 몇 개의 잡지를 거쳐 〈Child〉라는 잡지에서 처음 편집장이 처음 되고 〈Working Woman, MaCall〉의 편집장을 거쳐 허스트에서 새로운 잡을 얻는다. 바로 〈레드북〉 편집장. 그리고 4년 뒤 바로 그 어머어마한 〈코스모폴리탄〉의 선장이 되었다.

뉴욕의 8번가 57번 스트리트 모퉁이의 유서 깊은 허스트 타워(9 11 테러 후 뉴욕시가 정한 랜드마크가 된 환경 중심적인 건물) 38층에 가면 그녀의 사무실이 있다. 허스트 미디어 그룹의 가장 빛나는 잡지 〈코스모폴리탄〉의 편집장다운 멋진 사무실에서 그녀는 회의를 주도하고 기획안을 고르며 멋진 사진을 고르고 책의 최종 레이아웃을 선택한다. 그 시간 중 가장 많은 부분은 바로 젊은 세대와 소통하기 위한 다양한 노력들이다. 수백 통씩 쏟아지는 이메일을 읽거나 어느 사진을 표지로 정할 것인지 모니터링도 한다. 물론 다음달 잡지의 표지 헤드라인을 고치고 또 고치고 고심한다. 영화와 소설에서 익숙한 바로 그 모습 그대로 모두가 존경하는 잡지 인더스트리의 꽃, 편집장으로서 말이다.

그녀는 〈코스모폴리탄〉 잡지는 물론 일 년에 두 번 내는 잡지 〈코스모스타일〉, '코스모라디오', 〈코스모북스〉까지 모든 영역을 총괄하는 편집장이다. 하루 24시간이 부족한 그녀는 아침부터 밤까지 한 치의 빈틈도 없이 편집장, 작가, 연사로 스케줄이 꽉 차 있다.

몇 년 전 편집장 회의 때문에 그녀와 며칠 동안 뉴욕에서 보내면서 그녀가 다음 장소로 이동하는 틈틈이 그리고 페디큐어를 받는 시간에도 기사 페이지의 프린트를 들고 펜으로 고치고 오케이 사인을 하는 것을 보았다. 항상 더미를 들고 다니며 앉기만 하면 읽고 또 읽는 모습을 자주 목격했다.

그리고 두 해 전 중국 베이징에서 세계잡지발행인협회 총회에서 '표지의 힘'에 대해 역설하는 강사 케이트 화이트를 보았다. 어떤 표지가 어떤 헤드라인이 더 독자들에게 어필하는가에 대한 명확한 논조의 강연. 누구라도 공감할 만한 설득력 있는 스피치였다. 물론 우레 같은 박수가 쏟아졌다.

편집장이란 타이틀에 못지않게 자주 그녀 이름 앞에 붙는 수식어는 바로 '작가'라는 단어다.

케이트 화이트는 이번에 한국에 번역본이 나오는 『How to set his thighs on fire』 이전에도 몇 권의 저서로 이미 알려진 작가다. 뉴욕타임스 베스트셀러 작가란 닉네임이 따라다닐 정도로 히트 친 추리소설을 여러 편 냈다. Bailey Weggins라는 여성이 사건을 파헤치는 미스터리 시리즈, 『Over Her Dead Body』, 『If Looks Could Kill』 등 네 편을 냈다. 이 소설 가운데 한 편은 영화사와 계약을 맺었다는 말도 들었다.

추리소설 외에 코스모폴리탄의 편집장답게 케이트 화이트는 『Why Good Girls Don't Get Ahead and Gusty Girls Do』, 『The Nine Secrets of Women Who Get What They Wants』 등 이 책과 비슷한 종류의 젊은 여성에게 삶의 어드바이스를 주는 책도 펴냈다.

내가 이 책을 처음 만난 건 2년 전 뉴욕에서의 편집장 컨퍼런스 때였다. 전 세계 동료 편집장들에게 자신의 신간을 한 권씩 선물로 증정하였는데 아마도 책이 나온 직후였던 듯싶다. 그때 한번 훑어보고 세상에나! 이거 코스모폴리탄이네! 하고 느꼈던 기억이 난다.

그리고 이번에 다시 이 글을 쓰기 위해 좀 더 꼼꼼히 보니 이건 바로 코스모폴리탄의 모토! 코스모폴리탄의 정신, 그 정신이 그대로 담긴 책이었다. 두려움 없이 당당하게 멋지게 즐겁게 살자! Fun Fearless Female이란 잡지의 모토에 맞는 연애 섹스 커리어 팁이 모두 담겼다.

그래서 감히 말씀 드리건대 이 책을 읽으면 멋진 여자로 살기 위한 팁은 기본적으로 터득하게 된다고 하겠다. 잡지의 기사처럼 눈에 쏙 들어오게 넘버링하면서 정리한 것도 맘에 들고 군더더기 없이 명료하게 말하는 그녀의 말재주만큼 단순 명료한 글이 맘에 와 닿는다.

작가로서 편집장으로서 스피커로서 그녀가 느끼고 깨달은 모든 팁들의 결정판이 바로 이 책이다. 특히 아직은 삶의 경험이 부족하고 삶의 지혜를 배워가는 젊은 여성들에게 아주 구체적인 가이드라인과 팁을 소개한다.

'스타킹을 벗어던지고 맨 다리의 짜릿함을 맛보라', '남자들 정말로 말없는 족속들이다', '망신살 뻗친 상황에서 벗어나는 법', '데이트할 때 잠자리까지는 얼마나 기다려야 할까?', '행운을 거머쥘 확률은 소파에서 엉덩이를 뗀 시간과 비례한다' 등 정말 피가 되고 살이 되는 공감할 내용으로 가득하다. 이 책을 읽고 부디 더 많은 여자들이 당당하게 멋지게 자신의 삶을 살아가길 바란다. Fun Fearless Female이 되길 바란다.

Bonus Tip! 혹시 facebook.com의 멤버라면 이 책을 읽고 그녀의 홈피를 찾아가 흔적 한번 남겨 보시라~ 아마도 친절한 답을 얻을지도 모르니……

Contents

Prologue

당신은 마음만 먹으면 멋진 남자와 매력적인 직업과
수많은 행복을 거머쥘 수 있다! 4

추천의 글
Fun Fearless Female이 되기 위한
연애 섹스 커리어 스타일링 팁 10

Part 1 # Fashion Style 패션

Contents

Part 3 *Red-Hot Sex Style* 섹스

Contents

Part 4 *Business Style* 커리어

Contents

yes!!

hello~
hello~

CONTENTS

Part 1 패션

Fashion
Style

자신만의 섹시한 매력을 소유하라

내가 일을 하면서 줄곧 생각해온 것들 중에는 섹시함이라는 총체적 개념도 포함되어 있다. 우리는 섹시하다는 것과 섹시하다고 여기는 것, 자신만의 섹시함을 제대로 즐기는 것에 대해 기사를 자주 쓰고, 잡지 자체를 시각적으로 섹시하게 보이게 하는 것도 목표로 삼는다. 아트 부서와 함께 사진을 평가할 때면 "정말 섹시한데?"라거나 "그다지 섹시하지 않아." 혹은 "이게 저 사진보다 더 섹시하니까 이걸로 하지?"라는 논평이 흔하게 오고 간다.

물론 〈코스모〉 표지는 섹시함의 결정체여야 한다. 그것이야말로 우리의 상징이고 지난 40년간 〈코스모〉 표지가 지닌 아이콘적인 위치에 공헌하는 내용이다. 결론을 말하자면 섹스어필로 빛나는 표지일수록 더욱 잘 팔린다는 사실이다.

섹시함을 정확히 정의내릴 수 있다면 얼마나 좋을까? 그럼 매번 인기 절정의 표지를 만들고 종종 가판대의 천덕꾸러기로 전락하는 일을 막을 수 있을 테니 말이다. 그러나 그것은 애석하게도 그리 쉬운 문제가 아니다. 먼저한 사람에게 섹시한 것이 다른 사람에게도 섹시하리라고 보장할 수 없기 때문이다. 대개 여성의 섹시함과 연결되는 몇 가지 속성(풍성한 입술과 길고 탐스런 머리, 육감적인 몸매)이 있긴 하지만 이런 것들이 아니고도 분명 성적인매력을 지닐 수 있다.

최근 우리는 할리우드 결혼에 관한 기사에 착수한 바 있었는데 그것은결혼이라는 게임에서 승자와 패자를 가르는 내용이었다. 두 집단에 적용되는 공통 기준이라면 2주 이상 커플끼리 떨어져 지내는 일이 거의 없다는 사실이다. 오래된 할리우드 커플의 사진을 주문했을 때 눈에 들어온 사진이있었는데 그것은 프랭크 시나트라와 미아 패로의 결혼식 사진이었다. 미아는 트위기 커트로 짧게 자른 지 얼마 안 된 금발 머리에 호리호리하고 말괄량이 같은 모습으로 시나트라가 데이트했던 여성들과는 사뭇 달랐다. 물론 섹시함의 고전적인 정의와도 하늘과 땅 차이였다. 실제로 시나트라의 옛여자친구였던 에바 가드너는 그들의 결혼식 날 "언젠가 시나트라가 소년과한 침대를 쓰게 될 줄 알았다."고 말했다고 한다.

하지만 미아 패로의 사진을 보고 든 생각은 그녀가 무척 섹시하고 매혹적이라는 것이었고, 프랭크 시나트라도 그렇게 생각한 것이 분명했다. 미아는 섹시함의 전통적 기준을 갖고 있지 않았다. 그렇다면 도대체 무엇이 그녀를 주목하지 않을 수 없도록 만든 것일까? 나는 그녀 스스로가 섹시하다고 믿었기 때문에 섹시했다고 생각한다.

일하면서 확실하게 깨달은 것이 있다면 섹시함은 무엇보다도 여성의 '태도'라는 사실이다. 그것은 자신감이고, 자신의 매력에 대한 확신이다. 나는 모델과 여배우를 통해 계속해서 그것을 확인하고 있다 7·80년대 〈코스모〉 표지 모델들은 하나같이 남자를 유혹하는 표정을 짓고 마치 그가 가까이라도 다가오면 입으로 바지를 갈기갈기 찢어줄 수 있다고 말하는 듯한 모습을 하고 있다. 그러나 오늘날 훌륭히 만들어진 표지에서 얻는 느낌은 사뭇 다르다. 그것은 파티 홀 문을 열고 들어가 좌중을 훑어보고는 자신이 파티를 점령하는 주인공이라고 생각하는 모습이다.

자신감이 섹스어필과 얼마나 연관이 있는지 단적으로 보여주는 재미난 뒷얘기가 있다. 표지 모델로는 유명 여배우를 찍는 일이 대부분이지만 가끔은 아직 슈퍼모델이라고도 할 수 없는 신인 모델을 쓸 경우가 있다. 그것은 독자들에게 전혀 생소하고, 이제 막 세상에 나서는 앳되고 참신한 여성을 주인공으로 삼기를 좋아하는 이유 때문이다. 어린 신인 모델을 촬영할 경우의 문제는 경험이 많지 않아 대개 촬영 중에 심하게 긴장한다는 것이다. 최고의 모습을 보여야 하고 여신과도 같은 섹시함을 발산해야 한다는 중압감을 느끼기 때문이다. 간혹 있는 일이지만 신인 모델 중에는 불안감을 극복하는 데 어려움을 겪고 결국 그러한 느낌이 그대로 화면에 표출되는 경우도 있다. 그렇게 되면 뻣뻣하고 어색한 모습에 때로는 완전히 겁에 질린 얼굴로 나오기 마련이다. 결국 나는 〈코스모〉에서 몇 달간 일하고 나서 디자인 디렉터인 앤 공에게 좀 더 효과적인 모델 촬영 방법을 강구해야겠다고 말했다.

　그래서 우리는 흥미로운 전략을 구상해 냈다. 모델과 첫 번째 표지 촬영 일정을 잡을 때면 우리는 모델 에이전시에 부탁하여 첫 번째 촬영에서 좋은 결과를 얻는 일은 하늘의 별따기만큼이나 어려우니 연습 삼아 가볍게 찍는 정도로 생각하면 된다고 모델에게 설명하도록 했다. 때로는 제법 효과가 있었지만 매번 그런 것은 아니었다. 충분한 가능성을 지닌 모델이라도 막상 결과물에서는 신경쇠약증에라도 걸린 사람처럼 나오는 경우를 발견할지도 모를 일이었기 때문이다. 그래서 우리가 내린 후속조치가 있었는데, 모델 에이전시에 전화하여 해당 모델을 다시 촬영하고 싶다고 말하는 것이었다. 그렇다고 모델이 영화 '스크림 4' 포스터에 써도 좋을 만큼 잔뜩 겁먹은 모습으로 나와서 다시 촬영해야 한다고는 말하지 않았다. 대신 모델은 무척 마음에 드는데 첫 번째 촬영에서 선택한 의상이 그다지 강렬하지 않았다고 말했다. 그러고 나서 다시 촬영장에 나타난 모델은 완전히 안정을 되찾았다. 왜 그렇지 않겠는가? 첫 번째 사진에서 자신이 더없이 섹시하게 나왔다고 여기고 있을 테니 말이다. 그 작전은 모든 것을 뒤바꿔 놓았다. 모델은 자신감과 섹스어필을 그대로 발산했고, 사진은 대체로 훌륭했다.

이러한 과정들은 섹시함의 문제가 정신적인 것이라는 사실을 재차 확인시켜 준다. 대개 모델들은 두 번째 촬영에서 무척 섹시하게 보였는데, 그것은 자신들 스스로를 섹시하다고 믿었기 때문이다. 이 얘기는 두 가지 교훈을 담고 있다. 첫째는 당신이 표지 모델처럼 섹시하지 않더라도 스스로 섹시하다고 믿는 것만으로도 섹시함을 발산할 수 있다는 것이고, 둘째는 자신만의 섹시함을 확신하는 가장 좋은 방법은 누군가 당신에게 그것을 확신시켜 주기 전에 스스로 그렇다고 확신하는 것이다. 많은 여성들이 자신의 성적 매력을 계속해서 빌렸다 반납했다 하는 식으로 경험하곤 하는데, 예를 들어 남편이나 남자친구에게 칭찬을 듣거나, 술집으로 들어가는데 남자들이 고개를 돌려 쳐다보거나, 〈코스모〉 디렉터가 두 번째 촬영 일정을 잡을 경우에만 성적 매력을 빌려올 뿐 그것을 '소유'하지는 못하는 식이다.

'어프렌티스'의 오마로사(어프렌티스에서 걸핏하면 다른 출연자들과 싸우고 제멋대로 행동하여 나쁜 성격으로 주목받았던 출연자—옮긴이)를 기억하는가? 물론 그녀는 사악하고 못된 여자로 낙인찍혔지만 내가 '어프렌티스'의 첫 번째 코너를 맡아 만난 그녀는 꽤 호기심을 불러일으키는 여성이었다. 촬영이 끝났고 나는 그녀를 우리 집 저녁식사에 초대했다. 무엇보다 그녀가 내 주목을 끈 이유 중 하나는 자신의 섹시함을 진심으로 믿고 있다는 것이었다. 그녀는 누군가가 자신에게 그 사실을 말해주길 기다리지 않았고 바로 그런 이유로 방안을 환히 빛낼 수 있었다. 그녀가 집에 도착했을 때 우리 집 강아지 웨스티도 그녀의 품에 뛰어들더니 저녁 내내 그녀의 무릎에 앉아 있었다. 지금까지 단 한 번도 누구에게 그런 적이 없었는데 우리 집 강아지 눈에도 그녀가 무척 매력적이었나 보다.

그러니 자신의 성적 매력을 그때그때 빌리지 말고 내 것으로 소유하라. 누군가 당신에게 칭찬해 주길 기다리지 말고 당신이 직접 칭찬하라. 물론 말이 행동보다는 쉽다는 건 알지만 당신의 외모 중 어느 한 곳을 비난하지 않기로 선언하면서 시작할 수 있다. "나는 내 ○○가 마음에 안 들어!"라는 생각을 중단하라. 더불어 당신이 지닌 최고의 자산이 무엇인지를 인식하고 그것을 최대한 강조시킬 필요도 있다. 그것이 당신의 다리라면 미니스커트를 입고 멋진 구두를 신어라. 그것이 당신의 길고 탐스런 머리라면 매주 드라이하는 데 돈을 투자하라. 그리고 매일 혼잣말로 용기를 불어넣는 주문을 정해놓는 일이 무엇보다 중요한데, 그러면 어떤 상황에 처하더라도 스스로 그것을 의식하게 되기 때문이다. 한번은 독자 한 명이 자신은 영화 '올모스트 페이머스'에 나오는 대사, 즉 "나는 아름다운 여신이다."를 속으로 암송한다고 했고 그러고 나면 늘 "자신이 방안을 점령한다."고 말해주었다.

"나는 아름다운 여신이다"

FASHION STYLE 02
팬티스타킹을 벗어던지고
맨다리의 짜릿함을 맛보라

패션 잡지사에서 일하면서 제일 먼저 알게 되는 것 중 하나가 패션 에디터들은 절대로 팬티스타킹을 신지 않는다는 사실이다. 오랫동안 희미하게 알고 있기는 했지만 〈코스모〉에서 꽤 커다란 패션 부서를 거느리게 돼서야 비로소 관심을 갖게 된 사실이었다.

잡지업계의 복장 규정은 상당히 자유로운 편이다. 편집 담당자들은 봄과 여름 내내 맨다리로 샌들이나 심지어 플립플랍을 신고 다닌다. 그러나 그들이 맨 다리를 내놓는 일은 따뜻한 계절에만 국한되지 않는다. 〈코스모〉에서 첫해를 보내며 여름에서 가을로 접어들던 때였다. 나는 기온이 떨어졌다고 해서 패션 부서의 반응이 달라지지 않는다는 사실을 알게 됐고, 여자들은 아무리 매서운 가을바람에도 꿈쩍 않고 계속 맨다리를 유지했다.

겨울이 오자 그들은 약간의 보호 장치를 선택했다. 드레스나 스커트를 입을 때 부츠를 신었기 때문이다. 그러나 부츠 위로는 여전히 맨살의 무릎이 얼굴을 내밀었다. 아주 드물게는 검정색 스타킹을 신는 여자들을 볼 수 있었지만 그러다 4월이 시작되면 다시 맨다리로 돌아갔다. 한편 햇볕에 조금도 그을리지 않은 허연 다리는 전혀 문제되지 않았고 그 어떤 것도 스타킹을 신는 것보다는 나은 것처럼 보였다.

그때까지 나는 5월에서 9월까지만 스타킹 없이 살아간다는 원칙을 철저히 고수하고 있었다. 스타킹을 신지 않은 맨다리로 상쾌한 감촉을 느끼는 건 좋았지만 일 년 중 그 외의 시기에도 그렇게 하는 것은 어리석게 보일 뿐이었다. 별스러워 보이거나 너무 아마추어처럼 보이지 않는가? 게다가 점점 얼어붙는 다리는 또 어떻고 말이다. 하지만 일 년 내내 패션 걸들을 지켜보는 나로서는 한번쯤은 시도해 보아야 했고, 최악의 경우래 봤자 약간의 불편함과 살짝 바람에 튼 살이 고작이겠거니 하고 생각을 고쳐먹었다.

그래서 그해 4월, 아직 쌀쌀한 기운이 감돌고 있을 때 나는 모험을 감행했다. 스커트를 입고 스타킹 없이 슬링백 구두를 신고는 맨해튼의 집을 나서서 보도에 발을 내딛었을 때, 내 다리는 눈부시도록 희다 못해 지나가는 사람들의 눈을 멀게 할 정도였다. 그러나 웬일인지 대다수 팬티스타킹의 인공적인 선탠 색상이나 창백한 살색보다 더 낫게 보였다. 게다가 느낌도 그만이었다. 내 다리는 온도에 급속도로 익숙해졌고 한 꺼풀 벗겨낸 다리의 느낌에 빠져들었다. 그리고 그해 봄 내내 나는 덥고 착 달라붙고 근질근질한 팬티스타킹의 불편함에서 해방됐다.

이제 나는 개종자가 되었다. 하지만 겨울은 제외다. 추위를 지독히도 싫어하기 때문이다. 그러나 봄, 여름, 가을에는 내내 자유로운 다리를 얻게 되고, 그런 날에는 일에서도 최고의 성과를 얻는다고 자부한다. 약간 정신 나간 소리처럼 들릴지는 모르지만 다리가 거치적거리지 않을 때는 마음까지 홀가분해진다.

여름에도 팬티스타킹을 신어야 한다고 생각되는 직장에 다닌다면 잔인하리만치 뜨거운 7월에 스타킹을 벗어던지고 그것을 정말로 눈치 채거나 상관하는 사람이 있는지 살펴보라. 다리에 색을 입히기 원한다면 약간의 샐프태닝 제품이나 브론저를 사용하라. 로션 대신 가벼운 바디 오일을 사용하면 살짝 빛나는 다리를 만들 수도 있다. 내 패션 디렉터는 니베아의 실키 시머 로션을 애용한다. 여름에는 팬티스타킹 없이 지내다가 9월이 되면 어김없이 스타킹을 신는 당신이라면, 가능한 참을 수 있을 때까지 맨발로 다녀보라. 그 느낌이 얼마나 좋은지 알고 나면 다시는 예전의 경우로 되돌아가지 않을 것이다.

제니퍼 로페즈처럼
섹시하게 보이려면?

제니퍼 로페즈가 거의 모든 사진마다 얼마나 섹시하게 나오는 지 생각해 본 적 있는가? 나는 연예 담당 선임 에디터가 세 번째 〈코스 모〉 표지 촬영을 위해 영화배우이자 가수이며 스타일 아이콘인 제니퍼 로 페즈를 인터뷰하기 바로 전날 이 문제를 놓고 그녀와 얘기를 나눴다.

"단순히 그녀의 얼굴과 헤어와 의상 때문만은 아니에요."

나는 말했다.

"그녀의 표정에는 무척 섹시하고 열정적인 뭔가가 있어요. 그녀는 정말 섹시함의 결정체라니까요?"

인터뷰를 마친 이튿날 에디터가 복도에서 마주친 나를 불러 세웠다.

"그녀의 인터뷰에서 얻은 게 있어요."

그것은 그녀의 사인이 담긴 CD 얘기가 아니라 섹시함의 비결이었다. 그 녀는 사진을 찍는 순간 머릿속으로 매우 야한 생각을 하는 것이 최대한 섹시하게 사진에 나오는 비결이라고 에디터에게 알려주었다.

재미난 것은 그게 어떤 생각인지 아무도 알 수 없다는 사실이다!

아찔한 매력,
스틸레토 힐을 신어야 할 때

자신의 모습을 과감히 드러내고 상대를 제압하는 인상을 남겨야 한다면 예쁘장하고 따분한 펌프스나 플랫 슈즈를 신어서는 안 된다. 이럴 때는 아찔한 하이힐이 제격이다. 그것은 당신에게 좀 더 섹시하고 도회적이고 자신감 넘치는 기분을 느끼게 해줄 것이다.

내가 하이힐의 강점을 확신하게 된 것은 첫 번째 〈코스모〉 표지 촬영에 참여하고 나서였다. 나는 몇 달간 사무실에서 일하고 나서야 비로소 사무실을 벗어나 맨해튼 중심가로 나가서 표지 촬영 전반의 과정을 경험할 수 있었다. 몇 년 동안 수없이 많은 카메라 촬영에 관여했던 나는 기본적으로 촬영이 요구하는 바를 잘 알고 있었지만 〈코스모〉 표지 촬영은 정말로 짜릿할 것 같았다.

그것은 사실이었다. 실제 영화나 TV 드라마에서 나오는 잡지 표지 촬영의 모습과 매우 흡사했다. 거기에는 벌들이 우글대는 벌통에서 나온 것처럼 부산스럽게 움직이는 스태프들과, 모델에게 달라붙어 야단법석을 떠는 메이크업 아티스트와 헤어스타일리스트, 카메라 셔터를 눌러대며 "훌륭해요. 바로 그거야. 다시 한 번만. 아주 좋아요."라고 외치는 포토그래퍼들이 있었다.

그리고 그날, 새로운 사실 한 가지를 터득했다. 나는 모델들이 매번 갈아입는 의상에 맞춰 멋진 스틸레토 힐을 고르는 것을 목격했다. 비록 모델의 허벅지 중간쯤에서 잘려나가는 크기의 사진이어서 모델의 발과 다리 아랫부분을 볼 수 없다고 해도 말이다.

"모델들은 다 그렇게 해요."

내가 그것에 대해 묻자 디자인 디렉터 앤 공이 대답했다.

"스타일리스트가 갖고 있는 힐 중에 가장 높은 힐을 신죠."

"어째서요?"

나는 물었다.

"하이힐을 신으면 발끝으로 설 수밖에 없잖아요. 꼿꼿이 서서 몸을 앞으로 내밀수록 더 섹시하고 우아하게 보이거든요. 하지만 보이는 것이 전부는 아니에요. 하이힐의 높이는 일종의 파워를 느끼게 해주거든요."

곰곰이 생각할수록 그녀의 말은 옳았다. 물론 너무 높은 하이힐 때문에 장차 취업을 꿈꾸는 회사 사무실을 걸어가다가 혹은 두 번째 데이트한 남자에게 키스하려다 엉덩방아를 찧고 싶지는 않을 것이다. 그러나 강한 인상을 남기고 싶고 좌중을 휘어잡고 싶다면, 당신의 다리가 지탱할 수 있는 한 가장 높은 구두를 골라라.

대담한 스타일, 클리비지 연출법

클리비지는 잡지 표지는 물론이고 내용 전반에 걸쳐 〈코스모〉를 대표하는 상징이다. 우리는 가슴을 뽐내는 의상을 입은 모델과 여배우의 모습을 자주 기사에 싣곤 하는데 그것은 지난 40년 동안 〈코스모〉가 고수해온 방침일 뿐 아니라 앞으로 40년 동안도 계속해서 고수해 나갈 방침이다. 〈코스모〉는 여성의 커다란 가슴으로도 유명하지만 요즘에는 다양한 가슴 사이즈의 여성을 표지에 등장시키고 있고 거기에는 아주 작은 가슴의 여성도 포함된다. 표지에서 늘 상당히 깊게 파인 탑을 선보이는 우리는 대개 커버 걸들이 지닌 클리비지를 강조하고 있고 그것이야말로 언제나 우리가 하는 일이다.

우리는 오랜 세월 다양한 클리비지 연출법을 실험해 왔다. 패드 달린 브래지어(혹은 속옷을 브래지어 안에 채워 넣는 것, 일전에 우리가 촬영한 여배우는 이 방법을 시도했다)보다 나은 방법은 패션 스타일리스트들이 부르는 일명 '

치킨커틀릿'이다. 살색 톤의 젤이 든 주머니 모양의, 그렇다, 치킨커틀릿을 브래지어에 채워 넣는 것이다. 그러나 몇 년 전 디자인 디렉터의 말을 듣고 발견하게 된, 최고의 클리비지를 만드는 비결은 바로 누브라였다. 누브라도 기본적으로는 두 개의 커틀릿과 다를 바 없지만 직접 가슴에 붙여서 단단히 고정시키는 형태로 되어 있다. 누브라는 가슴 위부분이나 아랫부분으로 옮겨 사용할 수도 있고, 두 개를 가까이 위치시켜 원하는 모양의 클리비지를 만들 수도 있다. 우리는 모든 표지 촬영마다 누브라를 들고 다닌다. 심지어 자신의 누브라를 직접 챙겨오는 여배우들도 있다.

끝내주는 저녁 의상을 입어주려면 누브라를 잊지 말기 바란다. 기분 나쁘리만치 끈적거리기는 해도(두 개의 끈끈이 쥐덫을 가슴에 붙여놓은 느낌도 살짝 든다)결과는 무척 만족스럽다. 게다가 끈도 달려있지 않다!

여자들은 화장품 가득한 가방을 좋아한다

〈코스모〉 사무실에는 작은 방이 하나 있다. 그 방은 무척 특별하고 호기심을 자극하는 곳이어서 늘 단단히 잠가둬야 한다. 방 열쇠는 나와 또 한 명의 직원만이 갖고 있다. 그 방이 무슨 방인지 짐작할 수 있는가? 우리가 리서치에 사용하는 온갖 섹스 지침서를 보관해 둔 방이 아니냐고? 틀렸다, 그곳은 바로 '화장품 창고'다.

뷰티에 관하여 다루는 잡지사라면 어떤 형태로든 화장품 창고 하나쯤은 갖고 있기 마련이다. 이곳은 보도기사를 위해 잡지사에 보내온 온갖 헤어·스킨케어 제품과 메이크업 제품을 에디터들이 보관해 두는 방이다. 〈코스모〉에서는 매달 20페이지에 달하는 뷰티 관련 기사를 다루는 덕에 화장품 창고는 그야말로 온갖 제품들로 미어터질 듯이 들어차 있다.

일 년에 수차례씩 화장품 창고를 치우고 새 제품을 들일 공간을 마련해야 하는 뷰티 에디터들은 직원들에게 나눠줄 공짜 제품을 확보하곤 한다. 그것은 미친 듯이 달려드는 상어에게 먹이를 주는 것과 별로 다르지 않다고 말할 수 있다. 그도 그럴 것이 혈안이 되어 덤벼든 직원들이 립글로스와 모이스처라이저, 헤어스타일링 제품이 가득 들어찬 커다란 통을 들쑤시며 내키는 대로 집어든 물건을 가방에 꾸역꾸역 채워 넣기 때문이다. 내 아이들도 어렸을 때 사무실에 데려가면 화장품 창고에 들어가 뒤적거리기를 좋아했는데, 심지어 아들은 화장품 창고에 갈 수 있는지 종종 묻기도 했다.

화장품 창고가 지닌 매력의 하나는 바로 공짜라는 것이다. 공짜 물건을 좋아하지 않을 사람이 어디 있겠냐마는 공짜로 얻는 물건이 무엇인가 하는 문제도 관련되어 있다. 창고의 제품들 가운데는 샴푸나 샤워 젤처럼 평범한 것도 있지만 평소에 꼭 구입하지 않는 고가의 제품들이 대부분이다. 솔직히 말해 녹차 향 나는 보디 버터(보습제가 다량 함유된 보디로션의 일종—옮긴이)나 향기로운 샤넬 립스틱으로 자신을 대접하는 일이 얼마나 흔한가 말이다. 그러니 그런 물건을 정신없이 주워 담을 수 있는 일은 즐거움 그 자체였다. 스타들이 총출동하는 로스앤젤레스나 뉴욕의 행사장에 잔뜩 쌓이는 제품들을 좋아하는 것도 모두 같은 이유 때문이다.

나와 직원들, 그리고 내 아이들이 화장품 창고에서 물건을 건지는 짜릿함을 실감한 나는, 사무실에 들른 작가나 거래처 직원처럼 특별한 관계에 놓인 여성들에게 화장품이 든 가방을 선물하기 시작했다. 한번은 영화 제작사 대표와 함께 시상식에 동행할 일이 있었다. 그때 나는 화장품이 든 커다란 가방을 준비했고 시상식 전날 밤 그것을 그녀의 호텔에 두고 왔다. 내 행동을 지켜본 누군가는 엄청난 부자에다 사회적으로 성공한 여성에게 쓸

데없는 짓이라고 핀잔을 주기도 했지만, 이튿날 아침 내게 전화한 그 영화 제작사 대표는 잠자리에 들기 전 한 시간 동안이나 가방을 뒤적였다고 말했다.

심지어 나는 화장품 창고에 손님을 초대하여 마음껏 물건을 고르게 한 적도 있었다. 그것은 슈퍼마켓에서 흥청망청 즐기는 쇼핑이나 다름없었다. 탐색 작업을 벌이던 그들은 어느 누구 할 것 없이 완전히 들떠 있었다. 하지만 그 일은 어떤 특정 사건이 벌어진 이후로 중단되고 말았다. 나는 알게 된 TV 리얼리티 쇼 스타에게 사무실에서 강연을 해달라고 부탁했고, 그 대가로 화장품 창고에서 가방 하나를 마음껏 채우라고 말했다. 강연이 끝나자 그녀는 자신의 홍보담당자와 우리 측 뷰티 에디터와 함께 창고로 향했다. 얼마 후 그녀와 함께 갔던 에디터가 흥분한 목소리로 전화하더니 우리 화장품 창고가 송두리째 약탈당하고 있다고 말했다.

"벌써 한 시간째 저러고 있는데 어떻게 말려야 할지 모르겠어요. 벌써 몇 번째 가방을 채워 넣었는지 몰라요. 그것도 화장품만 챙기는 게 아니에요. 붙어있지 않은 것은 모조리 쑤셔 넣고 있어요. 드라이어랑 디오더런트, 치약까지 몽땅요. 게다가 유명인사가 되는 일이 얼마나 어려운지 연실 투덜대면서 말이에요."

그 후로 내가 직접 가방을 챙기는 정책으로 돌아섰다. 그렇다고 해서 그 사건이 기본 원칙을 바꿔놓은 것은 아니었다. 여자의 기분을 띄워주고 싶다면, 친구가 생일을 맞았거나, 의기소침해 있거나, 혹은 당신이 새로 생긴 남자친구랑 온종일 시간을 보내느라 2주 동안 연락하지 않아 삐져 있다면, 작은 가방에 컬러 티슈를 넣고 그 안에 몇 가지 특별한 뷰티 제품을 채워서 선사하라. 그리고 보디버터 한통을 넣는 것도 잊지 말기 바란다.

뷰티 에디터에게 배운
메이크업 시크릿 26

안 그래도 화장품을 꽤 좋아하는 나는 〈코스모〉에 들어가면서 완전히 빠져들고 말았다. 〈코스모〉는 뷰티 분야에 많은 지면을 할애하고 있고 새로 출시되는 화장품과 헤어·스킨 케어 제품은 하나도 빠짐없이 다루고 있다. 물론 뷰티 업계의 누군가가 쓸데없이 만들어낸 어려운 신조어를 읽을 때는 잠시 괴롭기도 하지만 뷰티 정보는 전반적으로 매우 유용한 편이다. 견본용 제품과 정보를 얻는 일은 무척 즐거웠고, 덤으로 수많은 화장 요령도 터득했다. 이를테면 볼품없이 납작해진 머리도 함께 일하는 헤어 스타일리스트에게 얻은 요령으로 한껏 풍성하게 만드는 법을 배웠다.

그럼 내가 터득한 최고의 메이크업 비법 26가지를 소개하겠다.

SECRET 1 피부의 주름살을 예방하고 건강하게 유지하는 최고의 방법은 자외선 차단 로션을 신봉하는 것이다. 노화는 유전자가 한 몫을 차지하긴 하지만 주름살에 관한 한 최대 주범은 바로 태양이다. 자외선 차단 로션(SPF 30)을 꾸준히 바르자. 겨울에도 계속해서 발라야 한다. 파운데이션에서도 SPF를 확인하라(자외선 차단 로션을 함께 사용해야 한다). 태닝을 원한다면 인공 태닝을 선택하라. 시중에는 훌륭한 인공 태닝 제품들이 많이 나와 있다. 최상의 태닝 결과를 원한다면 먼저 피부 각질을 제거한 후 완전히 옷을 벗은 상태에서 라텍스 장갑을 끼고 발라라.

SECRET 2 풍성한 속눈썹을 만들려면 마스카라를 바르기 전 눈썹에 파우더를 뿌려주어라.

SECRET 3 눈 밑 주머니를 작게 만들려면 치질약(Preparation H)을 살짝 두드려 발라라. 치질약의 활성 성분이 혈관을 수축하고 부은 느낌을 가라앉힌다. 단, 눈에서 약 1센티미터 떨어진 곳에 발라야 한다(남자친구에게 보이지 않도록 하라).

SECRET 4 파란 색조가 감도는 립스틱이나 립글로스는 당신의 치아를 더 희게 보이도록 한다.

SECRET 5 각질 제거는 분명 그만한 가치가 있다. 당신에게 알맞은 종류의 제품을 실험해야겠지만 모든 각질 제품은 죽은 세포를 벗겨내어 피부를 윤기 나게 한다.

SECRET 6 머리에 볼륨을 주려면 헤어 볼륨 제품을 모근 부위에 듬뿍 발라라. 머리를 일부분씩 들어 올리며 제품을 바르면 공기 주머니를 만들어 볼륨을 주는 데 도움이 된다. 드라이할 때는 허리부터 몸을 기울여 머리가 거의 마를 때까지 아래쪽 머리부터 드라이하라. 그런 다음 일어나서 둥근 브러시로 일부분씩 머리를 말아 드라이하여 마무리하라.

SECRET 7 스킨 모이스처라이저 제품은 샤워를 하거나 욕조에서 나온 후 3분 이내에 발라라. 그래야만 피부가 스펀지처럼 효과적으로 로션을 흡수할 수 있다.

SECRET 8 모자를 쓸 때 일어나는 정전기를 방지하려면 세탁기에 집어넣는 종이로 된 섬유유연제를 머리에 문질러라.

SECRET 9 여드름을 완전히 없애려면 소냐 다카 드라잉 포션을 사용하라. 효과가 빨라서 잠자리에 들기 전에 발라주면 아침에는 여드름 기운이 한풀 꺾여 있을 것이다. 약을 바른 여드름 부위는 점점 줄어들면서 살짝 꺼풀이 일어나겠지만 그것을 상관할 사람은 아무도 없다. 왕방울만한 여드름을 얼굴에 달고 다니는 편이 더 나을 수도 있다.

SECRET 10 한창 낫고 있는 여드름이나 예전에 여드름이 났던 자리에 생긴 빨간 피부를 가리려면 먼저 모이스처라이저를 살짝 발라준다. 그것은 건조해진 부위를 눈에 잘 띄지 않게 해줄 것이다. 그런 다음 콘실러를 발라라. 이때 콘실러는 파운데이션과 같은 색상이어야 한다. 좀 더 옅은 색상의 콘실러는 눈 밑 주머니에 적당하다. 이때 최고의 요령은 작고 빳빳한 메이크업 브러시로 콘실러를 바르는 것이다. 이렇게 하면 콘실러의 흡착력이 좋아질 뿐 아니라 아주 작은 부위까지도 바를 수 있다.

SECRET 11 직장에서 바로 저녁 외출을 나갈 경우에는 젖은 손으로 머리를 빗질하듯 손질하라. 아침에 발랐던 헤어 제품을 활성화시키는 데 도움이 된다.

SECRET 12 여름철 맨다리에 윤기를 주려면 로션 대신 보디오일을 부드럽게 발라주어라.

SECRET 13 네이비색 마스카라는 흰자위를 더 희어 보이게 하여 눈이 덜 피로해 보이도록 한다. 속눈썹을 짙어보이게 하려면 먼저 검정색 마스카라를 바르고 그 위에 네이비색 마스카라를 덧발라라.

SECRET 14 퇴근 후 마른 머리에 좀 더 풍성한 볼륨을 주고 싶다면 머리를 앞으로 넘기고 아래쪽에 헤어스프레이를 뿌려준 다음 머리를 흔들어 손질하라.

SECRET 15 요즘 시중에는 콜라겐 생성을 자극하고, 주름과 싸우고, 노화를 늦추는 훌륭한 스킨케어 제품들이 넘쳐난다. 특별한 피부 문제가 없다 해도 피부 전문의를 만나 자신만의 피부 전략을 세우도록 하라.

SECRET 16 눈을 더 커보이게 하려면 눈 아래쪽 아이라인을 위쪽보다 약간 밝은 색상의 아이라이너 펜슬로 그려라.

SECRET 17 코가 옆으로 퍼진 느낌이라면 코 중앙선에 하이라이트 크림을 살짝 발라라.

SECRET 18 실수로 헤어제품을 너무 많이 바른 경우라면 제품 종류에 따른 대처법이 있다. CBS의 '얼리 쇼' 프로그램에 출연하던 때 늘 머리를 손질해주던 킴 새러토어에게서 배운 방법이다. 무스나 젤, 스프레이 타입의 스타일링 제품을 많이 발랐다면 빗질로 털어내라. 이들 제품은 알코올 성분으로 되어 있어서 빗질로도 떨어져 나간다. 머리에 윤기를 주거나 부드럽게 만드는 세럼이나 크림을 너무 많이 발라 기름기가 돈다면 약간의 베이비파우더를 뿌려서 흡수시킨 다음 손가락으로 머리를 손질하라. 빗질은 기름기를 되살아나게 한다. 포마드나 왁스를 지나치게 많이 바른 머리에는 헤어스프레이를 뿌리면 엉긴 부분을 없애는 데 도움이 된다. 끈적이는 머리는 빗질로 분리시켜라.

SECRET 19 엡솜 소금은 입욕제로는 그만이며 쑤시는 근육을 풀어준다. 목욕물을 향기롭게 만들려면 당신이 좋아하는 향기 나는 에센셜 오일을 몇 방울 떨어뜨려라.

SECRET 20 내 뷰티 디렉터인 레이철 헤이스 게일이 가르쳐준 요령이다. 머리끝이 대부분 갈라졌고 머리를 다듬을 시간이 없다면 젖은 머리끝에 윤기를 주는 세럼을 발라라. 그런 다음 드라이어를 아래로 향하여 바람이 직접 머리끝에 닿지 않도록 드라이하라. 머리가 다 마르면 드라이어의 찬바람을 몇 번 쐬어 머리카락 끝이 고정되도록 한다.

SECRET 21 메이크업을 온종일 그대로 유지하려면 다음 단계를 따르라. 먼저 콘실러를 바르거나 눈꺼풀에 아이섀도 프라이머를 발라서 섀도가 고

정돈되도록 하라. 립스틱과 브러시를 바르기 전 입술과 뺨에 립스테인(입술 색상의 지속력을 높여주는 제품)을 발라준다. 메이크업을 다 하고 나면 얼굴 전체에 파우더를 가볍게 두드리자. 입술에도 파우더를 두드려 주고 다시 립스틱을 발라준 후 립글로스를 덧바른다. 그런 다음 얼굴을 만지지 않도록 하라.

SECRET 22 브론저는 인공 태닝 효과를 주는 최고의 방법이지만 자연스럽게 보이지는 않을 수 있다. 이때 최고의 요령은 온몸 전체에 브론저 크림을 얇게 펴 바르고 뺨과 이마에만 브론저 파우더를 바르는 것이다.

SECRET 23 일반적으로 뷰티 제품의 필요량은 생각만큼 많지 않다. 샴푸의 경우에는 10원짜리 크기의 양을 사용하고, 나이트 크림의 경우에는 M&M 초콜릿 알만한 크기를, 페이스 클렌저의 경우에는 아몬드 크기의 양이면 된다. 한 가지 예외가 있다면 헤어 볼륨 제품이다. 듬뿍 사용해야 한다.

SECRET 24 입술을 풍성하게 보이고 싶다면 윗입술 중앙 3분의 1(큐피드보우 부위)에 립스틱과 같은 색조의 립라이너로 라인을 그려준다. 하이라이터 펜슬이면 더 좋다. 립라이너로 입술 바깥쪽의 양 옆 가장자리를 립라이너로 그려준다. 색상 있는 라이너가 부담스럽다면 누드 색상의 립라이너를 사용하라. 아랫입술 중앙에도 라인을 그려준다. 이제 립스틱으로 입술을 채워 넣는다. 마지막으로 립글로스를 입술 중앙에 살짝 발라준다.

SECRET 25 스트레스는 외모에 악영향을 미친다. 이를테면 피부에 여드름을 일으키고 머릿결을 푸석거리게 만든다. 자신만이 즐기는 편안한 스트레스 해소법을 만들어 저녁이나 주말에 애용하라.

SECRET 26 마지막으로 중요한 사항이다. 눈썹은 전문가에게 맡겨 손질하라. 많은 여성들이 서투른 솜씨로 손을 댔다가 콤마 모양의 눈썹을 만들곤 하는데 주위에 눈썹 손질에 능한 사람이 없다면 눈썹 손질법을 다루는 책을 구입하라. 아름답게 다듬어진 눈썹은 얼굴을 완전히 변화시킬 수 있다.

당신은 유명 연예인 담당 패션 스타일리스트라는 말을 알고 있을 것이다. 그들은 레드카펫을 밟는 유명 연예인들에게 옷을 입히고 스타의 전체 스타일을 결정짓는 사람들이다. 그것은 최고의 스타일리스트 레이철 조우가 린제이 로한과 니콜 리에게 해준 일이기도 하다.

잡지 사진 촬영에서도 사진 한 장을 찍더라도 패션 스타일리스트들이 고용되는 경우가 대부분이다. 스타일리스트는 적당한 의상들을 준비하고, 다림질에서부터 옷핀처럼 보이는 클립으로 헐렁한 의상을 허리에서 잡아주는 일까지 온갖 일을 도맡으며 완벽하고 보기 좋은 의상 실루엣을 만든다. 옷이 헐렁한 대신 꽉 끼는 경우에는 솔기를 살짝 뜯어내는 일도 한다.

나는 시간이 지나면서 패션 스타일리스트가 특별히 옷과 관련한 위급 상황에 대처하는 온갖 자질구레한 요령을 알고 있다는 사실을 터득했다. 예를 들면 옷단이 뜯어졌는데 바느질할 시간이 없는 경우에 양면테이프로 고정시킬 수 있다는 사실을 스타일리스트는 알고 있다. 어쩔 수 없이 스테이플

러에 의존했던 내게 이 방법은 무척 요긴한 것이었다. 패션 스타일리스트들이 사용하는 다른 요령들은 다음과 같다.

STYLING 1 옷에 얼룩이 묻었는데 마땅한 얼룩 제거제가 없다면 근처에서 베이비 티슈를 구입할 수 있는지 확인하라. 얼룩에 상당히 효과적이다.

STYLING 2 어두운 색 드레스나 탑에 디오더런트 얼룩이 묻었다면 손이나 페이퍼 타월로 문지르지 마라. 상황만 악화시킬 수 있다. 대신 다른 어두운 색 옷감과 얼룩 부위를 문질러라. 〈코스모〉 화보 촬영에서 수차례 스타일을 담당했던 패션 에디터 브룩 엘더에게서 배운 요령으로 기가 막힌 효과가 있다.

STYLING 3 여행 가방을 쌀 때 청바지와 탑은 돌돌 말아 구김을 방지하라. 돌돌 말 수 없는 것은 티슈에 싸도록 한다.

STYLING 4 옷이 구겨졌다면 옷감 주름을 펴주는 스프레이 제품을 사용하라. 여행 갈 때 가방에 챙겨가라.

STYLING 5 주름에 대처하는 또 다른 훌륭한 방법은 가격도 저렴한 여행용 스팀다리미를 챙기는 것이다. 일반 다리미로 다릴 때 생기는 번들거림을 남기지 않아 여행갈 때도 좋고 언제든지 주름을 없앨 수 있는 일석이조의 장점이 있다.

STYLING 6 큰맘 먹고 장만했던 가죽 핸드백이 닳고 변색됐다면 구두 수선점에 가져가서 세탁해 달라고 하라. 그 결과는 거의 기적에 가까운 경우가 많다.

STYLING 7 새 구두도 신기 전에 구두 수선점에 가져가서 고무창과 굽을 손봐달라고 하라. 구두의 수명을 길게 연장시키고 발끝이 닳는 것을 막을 수 있다. 가격은 다소 비싸도 그만한 가치가 있다.

STYLING 8 눈에 띄는 팬티 라인을 확실하게 예방하는 유일한 방법은 끈팬티를 입는 것이다. 불편하다는 이유로 끈팬티를 좋아하지 않는 여성들도 있지만 브룩의 주장에 따르면 엉덩이를 감싸는 부분이 다소 넓어서 꽤 편안한 끈팬티도 있다고 한다.

STYLING 9 아직 다이아몬드 액세서리를 감당하기는 벅차지만 의상에 품격을 높이는 귀걸이를 원한다면 가짜 금으로 된 링 귀걸이를 장만하라. 링 귀걸이라면 금의 진위 여부를 알아보기 어려우며 고급스러운 효과를 준다. 매일 착용하면 사람들은 당신이 꽤 비싸게 주고 산 귀걸이라고 생각할 것이다.

스타들에게서 몰래 배울 수 있는
패션 전략 6

잡지사에 패션 부서가 있으면 매달 아름다운 페이지를 제공해 주는 것 말고도 여러 좋은 점이 있다. 그중 하나가 잡지 촬영에 필요한 패션이나 옷차림을 선택하기 위해 엄청난 양의 샘플 의상을 주문하여 복도에다 죽 걸어놓기 때문에 다음 시즌에 구입할 의상의 훌륭한 시사회장을 마련해준다는 점이다. 물론 새로운 스타일이 보헤미안 스타일이거나 전위적이거나 혹은 너무 고전적인 바람에 내 옷들과 전혀 어울리지 않을 때마다 난감함이 따르기는 해도 말이다.

게다가 패션 에디터나 스타일리스트와 함께 시간을 보내는 일은 매우 흥미롭다. 그들은 내가 커리어를 시작한 기사 작성 팀과는 판이하게 다르기 때문이다. 패션 에디터들은 한마디로 옷에 푹 빠진 사람들이다. 〈코스모〉에서 일을 시작한 지 얼마 되지 않았을 때였다. 우리는 다음 모델로 내세울 여배우에 관한 기사에 관해 공동 작업을 벌였고 누군가 미니 드라이버를 추천

했다. 그러자 한 패션 에디터가 말했다.

"말도 안 돼요. 똑같은 코트를 최근 들어 다섯 번이나 걸치고 나온 사람은 자격 미달이에요."

불쌍한 미니 드라이버……, 하지만 그것이 바로 패션을 진지하게 받아들이는 그들의 방식이었다.

게다가 그들의 옷차림은 늘 너무나도 멋지다. 패션을 업으로 삼고 트렌드가 무엇인지 훤한 사람들이라 그렇겠지만 그들 대부분 훌륭한 스타일이 자연스럽게 흘러나오는 듯하다. 그것이 자연스럽게 나오지 않는다면 그들과 똑같은 스타일과 여유로움으로 옷을 입지는 못할 것이 분명하기 때문이다. 하지만 그들에게서 몰래 배울 수 있는 전략 몇 가지가 있다.

STYLING 1 **늘 멋진 구두와 부츠를 구입한다** 나는 구두에 환장하지 않은 패션 에디터를 한 번도 만나본 적이 없다. 그들은 대개 매혹적인 외관의 디자이너 구두(이를테면 마놀로와 프라다)에 돈을 펑펑 써대며, 아직 돈을 많이 못 버는 젊은 에디터들도 예외는 아니다. 그것이 무척 경솔한 행동 같아 보일 수 있지만 그렇다고 많은 양의 구두를 사들이는 것은 아니다. 신고 또 신어도 좋을 만큼 유용하고 멋진 구두 몇 켤레를 구매하기 때문이다. 그들은 제대로 된 신발이 전체 옷차림을 완성할 수 있거나 혹은 단조로운 외모에 약간의 변화를 선사할 수 있다는 철학을 갖고 사는 듯 보인다. 예를 들어 탱크톱과 청바지 차림에 멋진 카우보이 부츠를 곁들이면 순식간에 눈부신 외관을 갖게 된다.

 **STYLING 2 자신에게 가장 잘 어울리는 "라인"을 찾아냈다면 트렌드가 바뀌어도 그것을 고수한다** 여기서 라인은 실루엣을 지칭하는 말로 예를 들어 슬림한 팬츠나 흐르는 느낌의 톱, 펜슬 스커트 등을 말한다. 이 전략을 고수하면 당신을 가장 돋보이게 하는 옷을 입을 수 있을 뿐 아니라 시간이 갈수록 사람들에게 당신을 연상시키는 스타일을 만들어낼 수도 있다. 당신의 멋진 가슴이나 다리를 살려줄 수 있다.

훌륭한 스타일을 지닌 유명 연예인을 떠올리면 그들이 일정한 실루엣을 유지하는 경향이 있음을 알 수 있다. 엘리자베스 헐리가 그러한 경우다. 그녀의 옷에는 사실상 모두 허리에 절개선이 들어 있다. 흐르는 느낌이나 그리스 스타일의 옷을 입은 그녀는 한 번도 보지 못했을 것이다.

그렇다면 당신에게 어떤 라인이 가장 잘 어울리는지 어떻게 알 수 있을까? 옷을 입고 거울에 비친 모습을 1분 정도 바라보다 어울리는 느낌이 든다면 그것은 실제로도 그러할 것이다. 거울에서 조금 뒤로 물러나 한 바퀴 돌아보고 물끄러미 바라보고 끊임없이 호기심을 갖다 보면 뭔가 눈에 거슬리는 점을 발견할 수도 있다. 유명 연예인 스타일리스트로 〈코스모〉의 칼럼을 쓰고 있는 레이철 조우는 사람들의 칭찬에 관심을 기울이는 것이 또 다른 방법이라고 말한다. 계속해서 칭찬을 이끌어내는 실루엣에는 분명 공통점이 있기 마련이다.

 STYLING 3 기본형의 옷에 돈을 투자한다 예를 들어 완벽한 블랙 펜슬 스

커트나 가벼운 울 팬츠가 그런 예에 속한다. 그런 옷들은 몇 년 동안 지속해서 입게 되므로 좋은 것이어야 한다. 이런 경우 훌륭한 디자인과 옷감에 투자할 가치가 있다.

STYLING 4 매 시즌 트렌디한 옷을 일부 장만하기는 하지만 결코 지나치는 법이 없다 중성 색상의 흐르는 듯한 탑을 구입하여 서로 다른 하의와 매치시킬 수도 있다. 하지만 시즌이 끝날 때마다 유행하는 옷으로 옷장이 넘쳐나는 일은 없다.

STYLING 5 지나치게 맞춰 입지 않는다 신문 기사의 출처를 밝히느니 차라리 감옥에 가겠다는 신문기자들을 알고 있는가? 그렇다면 패션 에디터들은 똑같은 색상으로 쭉 빼어 입느니 차라리 감옥에 갈 것이다.

내가 함께 일하기 좋아하는 프리랜서 패션 스타일리스트인 아리엘 로렌스는 빨간색 재킷에 맞춘 빨간색 구두는 지나친 감이 있다고 말한다. 하지만 재킷에 약간의 빨간 라인이 들어있다면 빨간 구두가 잘 어울릴 수 있다. 그보다 훌륭한 것이라면 그레이나 브라운색의 정장에 곁들인 빨간색 구두다. 덜한 것이 늘 더 나은 법이다.

STYLING 6 매년 훌륭한 디자이너 백을 구입한다 그리고 훌륭한 코트도 장만한다. 어디를 가든 입거나 들고 갈 수 있기 때문이다. 그리고 그것은 훌륭한 찬사를 얻는다.

그가 열광할만한
EYE MAKE UP *technic*

여자들이 메이크업을 하는 이유가 다른 여자들 때문이라는 얘기를 사람들에게 들은 적이 있다. 이 말에도 일리는 있다. 여자들이 파티 홀이나 행사장, 심지어 사무실로 걸어 들어가면서 다른 여자들 눈에 근사해 보인다고 인정받고 싶어 하기 때문이다. 아울러 나는 메이크업이 여자 스스로를 위한 것, 다시 말해 순수한 즐거움과 기쁨을 위한 것이라고 생각한다. 새로운 틸 컬러(블루와 그린이 섞인 컬러) 아이라이너 펜슬이나 반짝이는 골드 립글로스를 바르는 것은 무척 즐거운 일이다.

그러나 한편으로 여자들은 숱한 시간을 남자를 맘속에 품고 메이크업을 한다. 남자를 꼼짝 못하게 하고, 유혹하고, 황홀하도록 만들고, 이미 나를 선택한 남자의 결정에 확신을 주고 싶은 마음 때문에, 혹은 나를 버린 남자를 통탄에 잠기도록 하고 싶은 마음 때문에 말이다. 이런 경우라면 던져야할 질문은 하나다. 즉 남자들은 어떤 종류의 메이크업을 좋아하는가? 남자유혹하기 작전에 돌입했다면 당신이 삼아야할 목표는 무엇인가?

남자에 따라 어느 정도 얘기는 달라지겠지만 내가 터득한 사실에 기초하여 대체로 안전한 내용을 언급해 보겠다.

MAKE-UP 1 남자들은 너무 짙은 메이크업을 싫어한다. 그중에서도 얼굴에 반창고를 덕지덕지 붙여놓은 듯 보이는 두꺼운 파운데이션과, 키스라도 했다가는 척 달라붙어 헤어 나오지 못할 것 같은 끈적끈적한 입술을 유독 싫어한다.

MAKE-UP 2 너무 약한 메이크업도 싫어한다. 여자의 자연스런 얼굴을 극찬하면서도 대다수 남자들은 당신이 외모에 신경 써 주기를 바란다. 그것은 당신의 정성을 보여주기 때문이다.

MAKE-UP 3 남자들이 정말로 정신 못 차리는 한 가지 메이크업 방법이라면 메이크업 아티스트들이 말하는 이른바 스모키 아이가 있다. 그것은 검정색 라인을 그리고 짙은 그레이 색상의 섀도를 바른 눈을 말한다.

스모키 아이가 남자들을 열광케 하는 이유는 무엇일까? 무척 신비로워 보인다는 것이 주된 이유다. 러트거스 대학교 인류학과의 연구교수인 헬렌 피셔는 인간이 가족의 울타리를 벗어나 짝을 찾도록 프로그램되어 있는 만큼 진정으로 흥분시키는 것은 생소함과 신비로움이라고 말한다. 또한 특유의 아이 메이크업은 인간의 눈을 사로잡으며, 눈이야말로 뇌에서 일어나는 활동에 대해 실질적 통찰력을 제공하는 유일한 신체기관이다.

스모키 아이를 연출하려면 먼저 컨실러나 아이섀도 프라이머를 발라라.

그래야 색상이 오래 유지되고 얼룩이 지지 않는다. 뾰족하게 깎은 검정 펜슬로 위 속눈썹이 난 가장자리를 따라 너무 두껍지 않도록 라인을 그려라. 안쪽 눈에서 시작하여 바깥쪽으로 그리고, 라인을 그릴 때는 눈꺼풀을 잡아당겨 가능한 속눈썹과 가깝게(심지어 속눈썹 안쪽까지도) 칠할 수 있도록 하라. 이제 아래 눈꺼풀에도 라인을 그려준다. 다음에는 손가락 끝으로 부드럽게 문질러 라인을 살짝 번지게 하라. 이렇게 하면 라인이 또렷하게 눈에 띄는 것을 막아주고 일명 '베드룸 아이'의 느낌을 만들어 준다. 그런 다음 눈꺼풀에 차콜이나 진한 그레이 색상의 섀도를 쌍꺼풀의 약간 윗부분까지 발라준다. 그렇지 않으면 너구리처럼 보이게 될 위험이 있다. 그레이 색상의 섀도는 잘 번지고 지저분하게 보일 수 있으니 몇몇 아이섀도를 실험해야 할 수도 있다. 부가적인 효과를 원한다면 펄이 감도는 그레이 하이라이터를 눈썹 뼈가 있는 부위에 바를 수도 있다. 마지막으로 눈썹에 컬을 주고 진한 검정 마스카라를 발라준다.

나머지 얼굴 부위가 제대로 균형을 이루어야 고스족처럼 보이지 않는다. 볼터치는 부드러운 색상을 선택하고, 입술은 누드 색상이나 브라운이 감도는 핑크색의 매트한 립스틱 혹은 반짝이는 립글로스를 바른다. 특별한 경우에는 빨간 입술도 스모키 아이와 함께 드라마틱한 모습을 표현할 수 있지만 평상시 데이트나 파티에서라면 지나치게 강렬한 인상을 줄 수도 있으니 입술에는 중성 계열의 색상을 바르자.

자, 이제 남자를 유혹할 만반의 준비가 끝났다.

섹스어필을 곁들여
혜택을 받지 못하는 분야는 거의 없다

일전에도 얘기했지만 나는 지난 몇 년간 섹시함에 대해 많은 것을 생각했다. 그것은 대부분 남자의 관심을 끄는 게 무엇인지 여자들이 아는 것이 도움이 되는 경우들이다. 예를 들면 어떤 헤어 색상이 섹시한지, 그의 귀에 속삭일 때 어떤 종류의 단어가 그를 흥분하게 만드는지 등등 말이다. 하지만 섹시함이란 주제에 대해 더 많이 생각할수록 남녀 관계뿐 아니라 그보다 훨씬 더 많은 상황에서 섹스어필이 중요하다는 결론에 도달했다. 무엇이든 더 섹시하게 만드는 일이 효과를 보는 경우는 그야말로 무수히 많다. 가령 직장에서 파워포인트 프레젠테이션을 할 때 청중들이 대부분 심드렁해 보인다거나, 이력서를 보내면 감감 무소식이거나, 혹은 파티에서 만난 사람들이 당신의 소개를 마저 듣기도 전에 눈길을 돌린다면, 이제는 분명 섹시해질 때가 된 것이다.

섹시해지라고 해서 비키니 차림으로 프레젠테이션을 하라거나 이력서에

'당신이 정말 섹시한 상사라고 들었어요. 어서 저를 보여드리고 싶어요'라는 문구로 시작하라는 말은 아니다. 오늘날 섹시하다는 단어에는 정욕의 암시나 자극보다 더 광범위한 의미를 갖고 있다. 섹시함은 흥미롭고, 호소력 있고, 멋지고, 매력적이고, 호기심을 자극하고, 매혹적이고, 유혹적인 것을 의미한다. 카피 문구를 작업할 때마다 최대한 섹시하게 만들기 위해 노력하는 나는 늘 스스로에게 이렇게 질문한다. "한 여성이 사람들로 북적거리는 상점으로 걸어 들어와 잡지를 구매할 만큼 충분히 흥미를 자극하는가?" 당신은 삶 속에서 다른 많은 것들에 대해서도 동일한 기준을 적용할 수 있다. 당신의 이력서는 미래의 상사가 당신에게 전화를 걸도록 할 만큼 흥미로운가? 당신이 칵테일을 마시며 건네는 얘기가 너무나 매력적이어서 누군가 당신과 더 오래 얘기를 나누고 싶어 하는가? 학교 제과 판매 행사에 내놓은 쿠키가 누군가에게 구매욕을 자극하는가? 당신이 주최한 파티나 행사가 사람들을 끌어 모으는가? 회의에서 당신의 오프닝 멘트는 모든 사람이 귀 기울이도록 만드는가?

당신이 목표로 하는 것도 바로 그런 반응이라고 생각할 것이다. 그러나 우리는 노력하는 과정 중에 사람들 눈을 의식하거나 혹은 너무 설치거나 요란을 떠는 것 같아 생각을 고쳐먹는다. 그러나 약간의 섹스어필을 곁들이면 모든 게 달라진다.

그럼 여기서 제과 판매 행사에 대한 얘기를 해야겠다. 〈코스모〉에 온지 얼마 되지 않아 아들이 학교에서 열리는 기금 마련 제과 판매 행사를 위해 컵케이크를 만들어 달라고 했다. 나는 수많은 전업 주부 엄마들이 멋진 과자를 손쉽게 뚝딱 만들어 내리라는 걸 알고 있었다. 하지만 나는 퇴근 후 저녁식사를 하고 일을 마저 끝낼 때까지 과자 굽는 일은 시작조차 못하리란 걸 알았다. 나는 기막히게 멋진 과자를 만들어낼 수 없었다. 그건 참으로 실망스러운 일이었다. 아이가 자랑스러워할 만한 컵케이크를 만들고 싶었고 그것이 잘 팔려 아이의 체면을 살려주기를 바랐기 때문이다. 나는 즉시 바깥으로 달려가 초콜릿 케이크 믹스와 초콜릿 프로스팅(케이크나 과자의 표면에 윤기가 나도록 입히는 설탕-옮긴이) 몇 통과, 커다란 통에 담긴 컬러 스프링클(케이크나 과자에 뿌리는 화려한 색상의 초콜릿 가루-옮긴이)도 샀다. 그리고 컵케이크를 굽고 열기를 식힌 후에 두툼하게 프로스팅을 입히고 엄청난 양의 스프링클을 뿌려 얹었다.

이튿날 아들에게 컵케이크를 들려서 제과판매 행사가 열리는 카페테리아에 내려주고는 딸을 교실까지 데려다 주었다. 잠시 후 상황을 엿보기 위해 카페테리아에 되돌아왔을 때 내가 만든 초콜릿 컵케이크를 막 입으로 집어넣는 몇 명의 아이들을 발견했다. 접시에는 겨우 두 개의 컵케이크만이 남아있었다. 컵케이크는 그야말로 불티나게 팔려나갔다. 비록 시중에서 판매하는 포장용 케이크 가루로 만든 것이었지만 높이 쌓아올린 초콜릿 프로스팅과 듬뿍 뿌려 얹은 카니발 색상의 스프링클 덕분에 카페테리아를 통틀어 가장 섹시한 컵케이크가 되었기 때문이다.

여기 섹스어필하는 몇 가지 방법을 나열해 보았다.

SEXY 1 **크기든 숫자든 부풀려라** 〈코스모〉 표지를 그토록 섹시하게 만드는 이유 중 하나다. 크게 부풀린 머리와 풍성한 입술, 깊은 클리비지, 과장된 자태 등이 포함된다. 커다란 숫자도 마찬가지다. '101가지 섹스 비결'이나 '그에게 접근하는 50가지 재미난 방법' 등 말이다. 장식 쿠션을 한가득 소파에 얹어놓는 것으로 보다 섹시하고 아늑한 거실이 될 수도 있고, 커다란 활자체로 좀 더 눈길을 끄는 이력서가 될 수도 있다. 최근 나는 업계의 고위직에 올라 있는 한 여성이 잡지에 관해 쓴 논평을 읽은 적이 있다. 그녀가 선택한 폰트 크기는 일반적인 것보다 훨씬 컸고 많은 문장들이 볼드체로 되어 있었는데 그 글을 읽는 것을 멈출 수가 없었다.

SEXY 2 **빨간색을 사용하라** 컬러 커뮤니케이션 테크놀로지를 전문적으로 취급하는 팬톤사의 수석 부사장 리사 허버트에 따르면 빨간색은 당신이 섹시하고 흥미로운 사람이란 메시지를 전달한다.

SEXY 3 **가능한 청중과 깊은 공감대를 형성하라** 나는 카피 문구를 만들 때 한 문구에서 '여러분'이란 단어를 최소한 두세 번 이상 사용하려고 노력한다. 상대에게 집중할수록 상대는 그것을 매우 유혹적으로 받아들이기 때문이다. 연설 등을 할 경우에는 청중이 느끼기에 관심사가 될 만한 사항을 언급하고 그들에게 질문하라.

SEXY 4 **신체적으로도 공감대를 형성하라** 힘차게 악수를 건네고 너무 서둘러 손을 빼지 말라. 상대와 시선을 마주쳐라.

SEXY 5 **상대와 시선을 고정하라** 일전에 나는 전 대통령인 빌 클린턴의

옆자리에 앉을 기회가 있었다. 그는 내 미스터리 소설을 좋아했고 나를 만나보고 싶어 했다. 그는 매우 카리스마 넘치는 사람이었고 그의 주변에서 강한 기운을 느낄 수 있었다. 사람들은 그의 눈 마주침에 대해 자주 얘기하곤 했는데 그것은 정말이었다. 그가 눈을 바라보고 시선을 고정할 때는 무척 당황스러웠지만 한편으로는 멋진 경험이었다. 실제로 한 식사자리에서 만났던 밥 우드워드(워터게이트 특종을 취재한 기자이자 언론인−옮긴이)는 클린턴의 대통령 재임 시절에 그를 인터뷰한 적이 있는데 심지어 콜라를 마시는 와중에도 유리잔 바닥을 통해 계속해서 눈을 마주쳤다고 말해주었다. 도를 넘어설 정도까지는 필요 없지만 상대에게 시선을 고정하면 강력한 영향을 일으킬 수 있다.

SEXY 6 **상대를 애태워라** 애태움은 강력한 섹스어필을 형성한다. 그러나 상대와 당장 침대로 뛰어들고 싶어 미칠 지경이라면 이 단계는 불필요하다. '회사 측에서 엄청난 경비를 절감할 수 있는 묘안이 있습니다. 언제 한번 이 문제를 갖고 얘기할 수 있는 자리를 마련해 주시겠습니까?'라는 제안도 상사의 호기심을 한껏 일으킬 수 있다.

방안에 즉각적인 마법을 더하는 법

나는 집에 손님을 초대하기를 좋아하지만 멋지게 테이블을 꾸민다거나 마법 같은 분위기를 만들어내는 데는 도무지 재주가 없어서 늘 손쉽게 따라할 수 있는(엄청난 기술이나 글루건 따위의 도구가 필요하지 않은) 간단한 요령을 찾는 편이다.

나는 비범한 재주꾼인 이벤트 플래너 콜린 코위와 함께 있을 때면 그의 말을 가능한 모조리 머릿속에 집어넣으려 한다. 콜린은 이벤트 준비를 하면서 따로 비용을 들이지 않는 편이고, 그의 기발한 아이디어는 따라 하기도 쉽고 저렴하다.

그가 우리를 도와 〈코스모〉 40회 생일 파티를 계획했을 때 우리의 논의는 마침내 조명 쪽으로 집중됐다. 인공조명은 물론이고 촛불을 이용하여 멋진 효과를 연출할 계획을 세운 콜린은 무척 인상적인 발언을 했는데, 그것은 수많은 향초에 견줄만한 것은 아무 것도 없다는 것이었다.

그의 말이 떨어지자 곧바로 일 년 전 말로 토머스의 아파트에서 열린 파티에 갔던 일이 떠올랐다. 개인적으로는 잘 알지 못했지만 그녀는 어떤 훌륭한 취지로 사람들의 관심을 끌고자 행사를 주관했고, 나는 그 초대 손님 리스트에 오르게 되었다.

그녀의 집은 정말로 아름다웠다. 센트럴 파크가 마주보이는 어퍼 이스트 사이드(화려하고 고급스런 맨션들이 늘어서 있는 주택가―옮긴 이)에 자리하고 있었지만, 거실과 주방, 서재가 하나로 합쳐진 듯 탁 트인 공간으로, 어느 정도 도심지 건물의 최상층과 같은 느낌을 풍겼다. 숨이 멎을 듯 아름다운 공원 전망이 펼쳐졌고 그 너머로 불빛으로 반짝이는 웨스트 사이드가 보였다. 그녀의 아파트에 있다는 일이 무척 자극적이고 멋진 일이라고 생각됐다. 파티가 중간쯤 이르렀을 때였다. 막 화장실을 나오는데 그녀의 남편인 필 도너휴가 몇몇 여성들을 복도로 이끌고 가는 것을 보게 됐다. 그녀들이 널찍한 아파트 후면을 기웃거리는 것을 발견한 모양이었다. 손님들은 매우 쑥스러워 하는 눈치였지만 그들을 나무랄 수는 없다. 나 역시 집안 곳곳을 샅샅이 구경하고 싶을 지경이었으니 말이다.

그날 밤 아파트와 야경은 무척이나 눈부셨지만 무엇보다 내 눈길을 끈 것은 바닥 곳곳에 놓여있던 수많은 향초였다. 그것은 황홀하게 반짝거렸고 공간을 신비롭게 보이게 했다. 몇몇 향초들에서는 매우 이국적인 향이 피어올랐다.

향초를 사용하지 않은 지 꽤 오래 되었지만 나는 콜린의 말을 들은 후로 손님을 대접할 때마다 집안 곳곳에 다시 향초를 놓아두기 시작했다. 눈코 뜰 새 없이 바쁘거나 혹은 많은 돈을 들이고 싶지 않다면 향초는 방안을 아름답고 신비롭고 매혹적으로 만드는 손쉬운 방법이 될 것이다.

위험에서 **안전하게** 살아남는 법

이 장이 다른 주제들과는 다소 동떨어져 보인다는 사실은 인정하겠다. 하지만 나는 〈코스모〉의 에디터로 일하면서 개인 안전에 대해 많은 것을 터득했다. 잡지에서 자주 다루는 주제라는 것도 이유가 되겠지만 한편으로는 범죄 미스터리 소설을 쓰면서 범죄와 안전 문제에 대해 많은 전문가들과 얘기를 나눌 수 있는 기회가 주어졌기 때문이기도 했다.

내가 들은 몇 가지 최고의 조언은 뉴욕시 수석의학검사소의 과학 수사 및 재난 조정 이사인 바버라 부처에게서 나온 것이다. 바버라는 이곳에서 현장 검사를 담당하는 것으로 일을 시작했다. 그녀는 살해 현장에 나가 원인 규명 작업을 시작하는 전문가들에 포함된다. 그녀는 매우 출중하고 재능 넘치는 여성이었고 내 모든 미스터리 소설을 도와주었다. 최근에는 코스모 살롱에서 강연을 요청하기도 했는데 직원들에게 흥미롭고 유익할 것이라 생각했기 때문이었다.

강연 당일 그녀는 자신의 직업뿐 아니라 위험한 상황에서 스스로를 보호하는 법에 대해서도 일러주었다. 그녀가 알려준 세 가지 방법은 내게 무척이나 든든한 존재다.

PROTECTION 1 **뭔가 잘못된 느낌이 들면 그것은 사실이다** 많은 여자들이 상황에 대한 자신의 직감을 무시하곤 한다. 과민반응이나 병적인 의심이 아닐지 걱정도 되고, 만일 방어 태세를 취했다가 우스운 꼴을 당하거나 무례해 보일 수도 있기 때문이다. 가령 저녁때 지하 주차장에 들어갔다가 그곳에 유일하게 있던 남자 한 명이 차 근처에서 얼쩡거리는 것을 보았다고 하자. 지나치게 오랜 시간 꾸물대며 차를 여는 모습이 조금 이상하다 생각되자 위장이 조여드는 느낌이 든다. 하지만 이내 당신은 스스로를 합리화한다. 양복 입은 남자가 범죄자일 가능성이 뭐 그리 많겠느냐고 말이다. 어쩌면 늦은 시간에 혼자 있다 보니 기분이 이상해졌을 지도 모른다. 그러나 바버라의 조언에 귀를 기울이자. 이상한 기분이 들면 그것은 사실이다. 그 자리로 돌아서서 급히 지상으로 올라가 경비원을 찾아 차 있는 곳까지 데려다 달라고 하거나 남자 친구에게 전화하여 만나자고 부탁하라. 겁쟁이처럼 보일까 봐 걱정할 필요는 없다.

PROTECTION 2 **위험에 빠지기 전에 비명부터 질러라** 바버라는 비명을 지르면 치한을 쫓아낼 수 있고 소리를 질러야 할 최적의 시점은 아직 아무 일도 일어나지 않았을 때라고 말한다. 상대가 이미 당신을 공격했을 때 비명을 지르면 이미 개시한 행동을 멈추기가 불가능하고 오히려 상대를 더 난폭하게 만들 수도 있다. 그러나 아직 아무런 일이 일어나지 않았을 때 소리를 지르면 상대는 당신에게서 도망치는 것이 현명하다고 판단할 수 있다. 가령 당신이 밤늦은 시간에 길을 가는데 한 남자가 당신을 지나쳐 갔다고 하자. 그가 모퉁이에 다다르더니 갑자기 휙 돌아서서 당신 쪽으로 걸어오는 것을 발견했다. 이때 그가 무슨 행동을 시작할 때까지 기다려서는 안 된다. 바로 이때 있는 힘껏 소리를 질러라. 그가 아직 당신을 해코지하기 전이니 그를 멀리 쫓아낼 수 있다.

PROTECTION 3 잠재적인 위기 상황에 처할 때마다 심호흡을 하고 어떤 행동을 취하기 전에 미리 몇 초간 자신을 진정시켜라 2004년 쓰나미 사태 이후 한 관광객의 경험담을 읽은 적이 있다. 리조트에서 도망쳐 나오는 수많은 인파 속에 갇혔던 그는 한 현지 주민이 방향을 틀어 복도 쪽으로 향하는 것을 발견했다고 한다. 그는 현지인이라면 실정에 더 밝을 것이라고 스스로에게 타일렀고 그의 판단은 정확했다. 현지인을 따라갔기에 쉽게 고지대에 도달할 수 있었다. 위기 상황에서 정신을 차리면 목숨을 구할 수 있다. 그러나 정신을 차리려면 먼저 마음을 가라앉히고 현 상황을 처리할 시간을 마련해야 한다.

바버라는 심호흡과 몇 초간의 시간으로 충분히 마음을 가라앉힐 수 있다고 말한다.

"3초 동안 최대한 똑똑하고 이성적으로 상황을 처리하는 강인한 여성을 내면에서 찾도록 하세요."

망신살 뻗힌 상황에
대처하는 법

〈코스모〉 독자들이 창피했거나 혐오스러웠거나 가증스러웠던 행동들, 즉 자신의 굴욕을 잡지에 털어놓는 '고백CONFESSION' 칼럼이 제일로 인기 높다고 말해도 별로 놀라운 일은 아닐 것이다. 나 역시 매달 책상에 잡지가 날아들 때마다 무척 재미나게 읽고 있으니 말이다. 그중에는 헤어진 못된 남자친구나 심통스런 상사에게 복수한 일화도 있고, 배꼽을 잡을 만큼 재미나게 남자를 만난 사연도 있다. 그중에서도 내가 제일 좋아하는 얘기는 망신스러웠던 순간이다. 아마도 끔찍한 실수를 저질렀거나 바짓단에 스타킹이 낀 것도 모른 채 레스토랑을 활보하는 일에는 어느 누구도 태연자약해질 수 없기 때문이다.

굴욕적인 상황에 처하면 멍청한 표정을 짓고 서 있는 일 외에는 별다르게 할 일이 없어 보일 수도 있다. 니콜이란 이름의 독자가 보낸 사연을 살펴보자.

니콜과 그녀의 남자친구 그레그는 그녀의 쌍둥이 조카들을 돌봐주기로 자청했고 그 덕에 그녀의 언니와 형부가 느긋한 주말여행을 즐기도록 했다. 첫날 밤, 아이들이 잠자리에 들자 니콜과 남자친구는 배달시킨 음식과 와인을 즐기다 소파에서 엎치락뒤치락 애무를 시작했고 결국 니콜이 그의 위에 올라앉게 되었다. 그러다 고개를 든 그녀는 경악하고 말았다. 조카들이 그들을 구경하고 있었던 것이다. 허겁지겁 옷을 주워 입은 두 사람은 아이들을 도로 침대에 눕혔고 나머지 주말 동안은 아무 일도 없었다는 듯 얌전하게 행동했다. 그러나 여행에서 돌아온 니콜의 언니가 아이들에게 재밌었느냐고 묻자 이렇게 대답했다고 한다.

"응. 이모랑 아저씨도 재밌게 놀았어. 두 사람이 소파에서 이리저리 튀어오르며 장난하는 걸 구경했거든."

그 순간 무슨 말을 할 수 있겠는가?

하지만 말문이 막혀버리는 난처한 상황에서도 무슨 말이든 하는 것이 도움이 된다. 그것은 직면한 상황의 주권과 제어 능력을 당신이 쥐고 있음을 나타내기 때문이다. 말할 내용에 대해서는 대개 일반적인 공식이 효과적이다. 즉 상황에 따라 재밌는 말이나 용서를 구하는 말을 하는 것이다.

곤란함에 처한 사람이 당신 혼자인 어색한 상황에서는 재미난 말이 효과적이다. 유머는 당신이 그러한 상황에 압도당하지 않았음을 보여줄 뿐 아니라 그 자리의 긴장감을 누그러뜨림으로써 그 순간을 좀 더 빠르게 모면하도록 해준다.

물론 진땀 빠지는 상황에서 유쾌한 한 마디를 만들어 내는 것은 힘든 일이다. 그렇다면 해당 상황의 난처함을 떠벌려라. 사람들이 당신의 바짓단에 낀 스타킹을 놀란 표정으로 쳐다보고 있음을 알아챘다면 이렇게 말하라.

"우리 엄마가 여분의 스타킹은 늘 챙겨 다니라고 말씀하셨거든요."

아무 말도 생각나지 않는다면 웃으며

"정말 너무 재미난 상황이지 않아요?"

라고 말하라.

피해를 입은 장본인이 당신이 아닌 다른 사람이라면(예를 들어 당신이 친구의 새 남자친구의 험담을 하는 것을 친구가 엿들은 경우라면) 즉시 사과를 구하는 것이 상책이다. 즉시 그리고 진심으로 미안하다고 말하고 상황을 가볍게 넘겨서는 안 된다. 그렇다고 갖가지 변명을 늘어놓는 것은 좋지 않고 순간적인 실수였다고 변명하는 것이야말로 손해를 최소화하는 데 도움이 된다. 예를 들어 이렇게 말하라.

"롭에 대해 나쁘게 말한 건 정말 미안해. 너랑 오랫동안 만나지 못한 게 섭섭해서 네 남자친구에게 분풀이를 했나봐."

CONTENTS

Part 2 연애

Man&
Woman
style

그는 절대로, 절대로 당신과 같아질 수 없다

얼마 전까지만 해도 우리 여자들은 남자들이 여자들처럼 행동해 준다면 훨씬 좋은 세상이 될 거라고 확신해 마지않던 시절이 있었다. 남자들이 좀 더 귀를 기울이고, 더 많이 대화하고, 보다 섬세하고 로맨틱해지는 법을 배울 수만 있다면, 남녀관계는 훨씬 매끄럽게 돌아가고 연인 사이는 보다 더 끈끈해질 거라고 말이다. 그뿐만이 아니다. 많은 여성들이 열심히 노력하여 가르치기만 하면 남자들을 좀 더 여성스럽게 만들 수 있다고 확신하는 듯 보였다. 일부 대중 심리학자들도 그런 믿음을 부추기는 데 한몫했다.

그러나 〈코스모〉에서 8년간 일하면서 확신을 갖게 된 한 가지가 있다면, 당신이 얼마나 공을 들여 남자를 훈련하고 수백 수천 잔의 와인을 그에게 갖다 바친다 해도, 그에게서 여성의 본능을 일깨우는 일은 어림도 없다는 것이었다. 남자들에게서 받은 수천 개의 이메일과 의견을 읽어본 나는 꿈쩍도 하지 않을 그네들의 사내다움에 깜짝 놀라고 말았다. 당신이 만나는 대다수 남자들이 다음과 같은 행동할 일은 절대로 없을 것이다.

1. 당신만큼 말을 많이 한다.

2. 당신만큼 많이 질문한다.

3. 느긋하고 여유로운, 로맨틱한 저녁식사를 좋아한다.

4. 석양이 얼마나 아름다운지 얘기하고 싶어 안달한다.

5. 먼저 미안하다고 말한다.

6. 당신이 어떤 문제에 대해 고민하는 동안 함께 차근차근 문제를 풀어나간다.

7. 저녁 때 무엇을 했으면 좋겠냐는 물음에 더 이상 "네가 원하는 대로."라고 말하지 않는다.

8. 당신의 엄마나 여동생, 시누이, 친한 친구 때문에 얼마나 화가 났는지, 사무실에서 두 자리 건너 앉은 여자 동료가 전화 통화할 때마다 4초 간격으로 "좋아요."라고 답하며 말을 끊는 일이 얼마나 성가신지 설명하는 당신에게 골똘히 귀를 기울인다.

9. 때로는 잠자리를 갖기보다 꼭 껴안아주기만을 원한다.

하지만 나는 우리 여자들이 이러한 사실에 실망하기보다는 오히려 안심하는 편이 낫다고 생각한다. 그와 공감할 수 없어서 답답함을 느낄 때 당신은 이렇게 스스로 얘기할 수 있다. 그것은 당신이 부족해서가 아니라 단지 서로의 생각이 틀리기 때문이라고 말이다. 게다가 그런 모든 차이점에도 불구하고 당신의 인생살이 방식을 그가 높이 평가하도록 만들 수도 있고, 심지어 그가 당신의 마지막 신경을 건드리지 않도록 스스로 알아서 행동을 조절하도록 만들 수도 있다. 앞으로 나는 여러 장에서 그에 관한 조언을 제공하겠다.

그러나 우리 여자들이 한번 고려해 봄직한 것들도 있다. 남자들 얘기를 가만히 들어보고 그들의 사내다움을 손보려고 하면 할수록 깨닫는 사실이 있는데, 남자들의 몇몇 전술은 여자들도 따라해 볼만하다는 것이다. 우리 여자들은 남자들 행동이 그저 멍청하고 한숨밖에 나오지 않는 것으로 제쳐 두지만 나는 거기서 배울 점도 많다고 생각한다. 때로는 시험 삼아 남자들의 방식을 따라 해보라. 자연스럽지는 않겠지만 계속 하다보면 몇몇 행동은 꽤 쓸모 있음을 알게 될 것이다. 다음과 같은 행동을 제안한다.

PROPOSAL 1 그와의 저녁 외식 자리에서 늘 대화를 주도하는 쪽이 당신이라면, 가끔 입을 다물고 침묵에 시간을 맡기는 기분이 어떤 것인지 음미하라. 그가 대화 주제를 꺼내도록 하라. 때로는 정적이 흐르겠지만 그가 대화를 이끌어 나가는 모습을 바라보는 것도 멋진 일이 될 것이다.

PROPOSAL 2 다음 금요일이나 토요일 그와 로맨틱한 저녁 식사를 계획하고 있다면, 남자가 좋아할 만하고 심지어 떠들썩하기까지 한 활동을 계획하라. 이를테면 저녁 야구 경기를 함께 보거나, 스포츠 바에서 접시에 수북이 담긴 버펄로 윙을 함께 먹거나,

아니면 골프 연습장에서 공을 날려라. 서로의 귀에 대고 달콤한 밀어를 속삭일 기회는 없겠지만 그가 신나게 즐길 수 있는 활동을 하게 하면 당신은 보다 유익한 시간을 가질 수 있고 그의 애정을 샘솟게 할 수 있음을 발견하게 될 것이다.

PROPOSAL 3 직장에서 생긴 문제에 대해 친구들이나 남자 친구에게 길게 얘기를 늘어놓는 대신 가능한 혼자서 해결책을 곰곰이 생각해 보라. 그것이 훨씬 더 생산적임을 깨닫게 될 것이다.

PROPOSAL 4 이담에 아름다운 석양을 감상하게 되거든 당신의 느낌을 끝도 없이 늘어놓는 대신 그와 함께 조용히 그것을 음미하라.

16 MAN&WOMAN STYLE

남자들, 정말로 말 없는 족속들이다

〈코스모〉에서 터득한 수많은 사실들 가운데 제일 충격적인 내용이 있었다. 이제는 여성들이 대부분 알고 있을 것이다. 그것은 하루에 여성이 말하는 평균 단어 수는 6천~8천 개고 남자는 2천~4천 개라는 연구 조사 내용이다.

이 통계자료 출처가 어떤 연구조사였는지, 그 결과가 재차 검증된 것인지는 잘 기억나지 않지만 그것은 그리 중요한 문제가 아니었다. 나 역시 이 얘기를 들은 다른 여성들처럼 그것이 기본적으로 옳다는 사실을 직감적으로 알아챘기 때문이다. 당신이 남자 형제와 함께 성장했거나 남자 동료들과 함께 일하고 있다면, 그리고 남자들을 사랑하고 있다면 그들이 우리만큼 많이 말하지 않는 것처럼 보이는 사실을 알아챘을 것이다. 실제로 그들 중 상당수는 여자들이 사용하는 단어 수의 절반에도 훨씬 못 미치는 양으로 간신히 살아가는 것처럼 보일 지경이다.

나는 나의 남녀관계를 통해 이를 확실히 이해했던 순간을 기억한다. 남편과 내가 결혼한 지 1~2년 정도가 지났을 무렵, 우리는 애디론댁 산으로 드라이브를 갔다. 남편은 내 기분을 확 잡쳐놓을 만한 한마디를 던졌고 나도 그만한 수위의 대답으로 맞받아쳤다. 화가 난 나는 창문 쪽으로 고개를 돌려 경치만 바라보면서 한 마디도 하지 않았다. 그런 말싸움으로 주말을 망치고 싶지는 않았지만 한편으로는 너무나 기분이 나빠서 한동안 말 한 마디도 꺼내지 않았다. 남편 역시 같은 기분인 모양이었다. 그 뒤로 1시간 동안 한 마디도 내뱉지 않았으니 말이다. 그러던 그가 갑자기 손가락으로 어느 곳을 가리키며 이렇게 외치는 것이었다.

"와, 저기 산꼭대기 좀 봐!"

그의 목소리에서는 다정함이 느껴졌고, 심지어 화가 난 기색도 전혀 찾을 수 없었다. 사실 1시간 전에 나눴던 불쾌한 대화가 그의 심기를 건드렸다면 그는 그 자리에서 그렇다고 말했을 것이다. 그렇다면 차안에서 지난 1시간 동안 아무런 말도 하지 않은 것은 그가 화가 나서가 아니라 그저 말하고 싶지 않았기 때문이었다. 또 다른 이유라면 내가 그를 대화에 끌어들이지 않았기 때문이다. 그때까지 나는 남편과 살면서 대화를 먼저 유도하지 않고는 단 1시간도 그냥 보내지 않은 것 같았다. 그때야 비로소 나는 그가 오랜 시간 동안 단 한마디 뻥끗하지 않아도 얼마든지 행복할 수 있다는 사실을 깨달았다.

그날 정신이 번쩍 드는 경험을 했지만 그로부터 몇 년 후 눈에 띄는 통계

자료를 보게 된 것은 또 다른 경험이었다. 단어 수의 차이가 그토록 크다는 사실을 알게 된 것은 실로 충격이었다. 물론 모든 법칙에는 예외가 있고, 수다쟁이 남자와 사귀는 여성들도 있지만 대개는 4천 단어 대 8천 단어라는 원칙에 직접 연관 지어 생각해 볼 수 있다.

그렇다면 우리는 어떻게 대응해야 할까? 첫째로 그러한 수치에 위안을 삼고, 남자들이 많은 시간 입을 다물고 살아가기를 선호하는 것이 당신의 부족함 때문이 아니라는 사실을 인정하라. 하지만 이것이 그에 대해 좀 더 알고 싶고 그의 삶에 일어나는 일들을 놓치지 않고 싶은 사실에는 도움이 되지 않는다. 그럼 여기 그의 입을 가볍게 만드는 몇 가지 방법을 소개하겠다.

PROPOSAL 1 **타이밍을 잡아라** 일반적인 남자들이라면 하루 중에 말이 많아지는 특정 시간이 있을 것이다. 그때가 언제인지 파악하라. 퇴근 직후라면 많은 남자들이 스트레스에 싸여 고작해야 툴툴거리는 것 이상은 하지 못하겠지만 한 시간 정도가 지나면 긴장이 풀려서 말할 기분을 되찾을 수도 있다.

PROPOSAL 2 **다그치지 말라** 당신이 강요하거나 지나치게 달라붙으면 그는 입을 다물 것이다.

PROPOSAL 3 **그가 살짝 다른 곳에 정신 팔려 있을 때를 포착하라** 남자들에 관한 흥미로운 리서치 결과가 있는데, 그것은 남자들은 한꺼번에 너무 많은 감각기관을 사용하게 하면 무척 당황한다는 내용이다. 예를 들어 당신이 맞은 편 테이블에 앉아 그의 눈을 바라보고 말을 걸면서 그의 손을 잡는다면 남자의 감각 기관에 부하가 걸릴 수 있다

는 뜻이다. 그러나 그가 한 가지 활동에 관여하여 방심한 상태로 있거나, 당신이 나란히

앉아 무슨 일을 하고 있을 때 그에게 말을 붙이면 대화중에 강렬한 눈 마주침이 없어서

좀 더 쉽게 말문을 열 수도 있다. 그러나 그가 스포츠 경기를 보고 있거나 나사를 조이

고 있을 때라면 그것은 방심한 상태가 아니므로 말을 걸어서는 안 된다. 그러나 운전 중

에 있다면 그것은 최적의 순간이다. 혹은 함께 산책 중이거나 식사 후 함께 설거지를 하

는 중에도 좋다.

PROPOSAL 4 당신이 후회하게 될 가능성을 낮추어라 당신이 그가 옆에 탄 차를

운전하면서 편안하게 말을 주고받다가 진지한 대화로 이어졌다고 하자. 평정심을 되찾

은 당신은 이때다 싶어 말문이 트인 그와 함께 당신이 걱정하던 몇 가지 문제(가령 그가

최근 심취하는 인터넷 포르노 문제라든가 현재 두 사람의 관계 등)를 거론하고 싶은 유혹을 받

을 수 있다. 하지만 잠깐! 당신이 받은 축복을 세어보고 그저 그의 말에 귀를 기울이도

록 하자. 그렇지 않으면 그는 동물병원 진료를 받기 위해 고기 맛 나는 장난감의 꼬임에

넘어가 차안에 탔던 개처럼 다시는 당신에게 넘어가지 않을 것이다.

뭔가 그를 괴롭히는 문제가 있는 것 같고 그래서 그의 입을 열게 하고 싶

다면 다음 장을 참조하라.

그의 입을 열게 만드는 법

17 MAN&WOMAN STYLE

때로 당신이 그에게서 바라는 것은 단순한 대화가 아니라 그의 고백일 것이다. 그가 정말로 고심하는 문제를 입 밖으로 말하게 하고, 운이 좋으면 그가 현재 느끼는 바를 말하게 하는 것 말이다. 어쩌면 최근 들어 퇴근 후 집에 들어오는 그가 처량한 강아지처럼 보일 수도 있고, 직장에 무슨 문제가 있는 것 같은데 도무지 입을 열지 않을 수도 있다. 아니면 당신에 대해 뭔가 맘에 들어 하지 않는 것 같아 걱정이 될 수도 있고, 그를 만난 지 얼마 되지 않아서 좀 더 알고 싶을 수도 있다.

심리학자인 알론 그래치는 남자의 고백을 듣고 싶다면 두 가지 간단한 사항을 실천해야 한다고 말한다. 그것은 일상적이고 구체적이어야 하는 것이다.

그가 일상적이어야 한다고 한 것은 남자들은 원래 속마음을 털어놓을 때 자신이 약해지는 느낌을 갖기 때문이다. 남자들에게 고백은 약함과 동등한 것이다. 알론은 또 남자들은 어렸을 적 어머니에 대한 의존에서 도피하는 데 필요한 부산물인 자율성과 독립성을 잃어버리는 일을 두려워한다고 했다. 남자는 자신을 손아귀에 넣는 데 유용할만한 깊이 있는 정보를 당신이 헤아린다고 감지하면 회피하거나 침묵을 유지하게 될 것이다. 알론은 "그의 입을 열려면 문제를 크게 만들지 말고 일상적으로 질문을 던져야 한다."고 말한다. 예를 들어 "무슨 문제 있어요? 기분이 몹시 안 좋아 보여요."라고 심각하게 묻는 대신 "요새 일이 무지 바쁜가 봐요?"라며 가볍게 대화를 유지하라. 앞에서 언급한 '나란히' 기법, 이를테면 차 안에서 말을 거는 일을 시도해볼 수도 있다. 또는 전화상으로도 말할 수 있는데 그것은 문제를 일상적인 것으로 이끌어 가는 데 도움을 주기 때문이다.

이제 구체적인 방법으로 넘어가 보자. 우리 여자들은 미묘하게 대화하는 경향이 있어서 애매모호한 방법으로 질문할 때가 많아 지나치게 퉁명스럽게 말하는 법이 없다. 우리는 말을 주고받을 때 감정의 변화를 중요시한다. 그러나 알론은 남자들은 커뮤니케이션하는 목적이 정보 교환이라고 믿기 때문에 매우 명확하고 직접적인 질문에 가장 잘 대답한다고 한다. 그는 또 이렇게 말한다.

"남자들은 행동 지향적이다. 그들은 문제에 안주하지 않고 그것을 해결하려 든다."

그러니 남자의 입을 열게 하고 싶거든 구체적이고 행동 지향적인 언어를 사용해야 한다. 가령 "내일 상사와의 미팅에 대해 어떻게 생각하고 있어요?"라기보다는 "내일 상사와 갖는 미팅의 전략은 뭐예요?"라고 질문하라.

남녀관계에 대해 말할 때도 동일한 접근방식이 효과적이다. "요즘 들어 당신을 잘 모르겠다는 생각이 들어요."라고 말하면 그는 어리둥절해 할 것이다. 대신 "오늘은 일 얘기 말고 다른 얘기를 할 수 있을 것 같아요."라고 말하라.

남자의 입을 열게 만드는 몇 가지 사항을 알아보았다. 이외에도 다음과 같은 주제들을 피한다면 그를 좀 더 대화 속으로 끌어들일 수 있다.

18 MAN&WOMAN STYLE

남자의 입을
다물게 하는
대화 주제 9

TALK 1 유명 연예인 이야기 대다수 남자들은 할리우드의 젠과 브래드, 안젤리나, 리즈, 브리트니, 레오, 톰, 케이트, 제시카 등에 대해 털끝만큼도 관심이 없다. 최근 연예인들의 일상에서 얼마나 큰 대형 스캔들이 터졌고, 누가 누구를 가슴 아프게 했고, 어떻게 해서 대식증에 걸렸는지 그는 전혀 상관하지 않는다. 사실 남자는 당신이 왜 그런 일에 그토록 관심을 갖는지, 한 번도 보지 못한 사람들의 애칭을 멋대로 불러대는지 이상하게 여길 것이다.

TALK 2 구두 여기에는 예쁜 구두, 꼭 사야하는 구두, 월급의 절반 가격에 달하는 구두, 아직 사지 않았지만 반드시 손에 넣어야 하는 구두, 이미 샀지만 괜히 샀다 싶은 구두, 발을 아프게 하는 구두, 다른 여자들이 신은 구두 등에 대한 모든 얘기가 포함된다.

TALK 3 친구에 관한 험담 그들은 도대체 당신이 어떤 사람인지 심각하게 자문하도록 할 것이다.

TALK 4 허리 아래의 생리적 기능 혹은 문제에 관한 얘기 여기에는 헛배 부름이나 위경련, 월경, 질염, 분비물, 가려움증, 쓰라림, 그리고 방귀 등이 포함된다. 〈코스모〉에 들어와 제일 웃겼던 일은 남녀 대화에 관한 우리의 기사를 보고 한 남자가 보내온 의견이었다.

"왜 그랬는지는 몰라도 예전 여자친구가 제게 방귀 트러블을 없애는 방법을 무척 말해주고 싶어 하더군요. 모로 누워서 다리를 가슴 쪽에 붙이고는 방귀를 서서히 내뿜으면 된다나요. 이런 얘기를 듣고도 아무렇지 않은 남자라면 총살을 당해도 싸요."

TALK 5 당신의 몸무게나 비만도, 혹은 당신의 다이어트 계획

TALK 6 옛 남자친구 그에 관한 일상적인 언급도 포함된다. 가령 그와 함께 갔던 암벽 등반 여행이나 그가 탔던 자동차 종류에 관한 얘기 말이다.

TALK 7 잘 알지 못하는 주변 사람들 직장 내 당신의 부서에서 일 년 중에 이미 일주일 병가를 낸 여자 동료의 이야기나 피트니스 클럽에서 입술을 괴상하게 오므리고 러닝머신을 달리는 어떤 남자 회원의 이야기 등 말이다.

TALK 8 두 사람의 관계 언젠가는 두 사람의 관계를 테이블 위에 올려놓아야 할 때가 있을 것이다. 그러니 "우리 관계에 대해 얘기 좀 해야겠어."라고 말해서는 안 된다. 남자들은 관계에 대해 얘기하는 것을 무조건 싫어한다. '그의 입을 열게 만드는 비법'을 참조하라).

TALK 9 당신 둘이서 지금 함께 하고 있는 일 여자들은 현재의 순간을 말로 붙잡아두기를 좋아한다. 우리 여자들은 "나 지금 너무 행복해. 자기는 그렇지 않아?"라거나 "이 음악 너무 멋지지 않아?"라고 말할 것이다. 그러나 남자들은 실황중계를 듣는 대신 그저 그 순간을 체험하기를 선호한다.

남자를
평생토록 사로잡는 법

　　일로 만났던 수많은 전문가들 중에서 가장 매력적인 사람은 일
전에 소개한 바 있는 러트거스 대학교의 인류학 교수인 헬렌 피
셔 박사였다. 피셔 박사는 사랑에 대해 다방면으로 연구해 왔고 그중에는
사랑에 푹 빠진 사람들의 뇌에 대한 MRI 촬영도 포함되어 있었다.

　　잡지 기사에 실었던 주인공들을 6주마다 한 번씩 회사로 초청하여 직원
들을 상대로 조촐한 강연회를 여는 것을 좋아했던 나는 피셔 박사가 요청에
응해줬을 때 무척 기뻤다. 그녀의 프레젠테이션은 직원들의 관심을 끌었다.
정확히 말하자면 그녀의 연구조사에 대한 직원들의 관심은 순전한 직업적
인 이유 때문이라기보다는 개인 생활에서 유용하게 사용할 수 있는 내용을
알고 싶었기 때문이다.

　　피셔 박사가 언급한 바 있는 이론 중 하나는 바로 우리가 맨 처음 사랑에
빠져 경험하는 열정적이고 주체할 수 없는 감정이 아쉽게도 오래가지 못한

다는 사실이다. 그것은 대개 18개월에서 3년 정도 지속된다. 남녀관계가 이 시기를 넘겨 지속되면 좀 더 편안한 단계로 넘어가면서 처음에 가졌던 열정적 감정이 따뜻하고 부드러운 감정으로 바뀌게 된다. 우리는 대부분 경험을 통해 이를 알고 있고 그것을 사랑으로 받아들인다. 사실 일주일 24시간 동안 정신 나간 기분으로 뭔가에 홀려 푹 빠져있지 않는다는 건 어찌 보면 다행이기까지 하다. 하지만 이러한 감정에서 벗어나는 것은 기대에 어긋나는 일일 수 있다. 요동치는 맥박이 진정으로 그리울 수도 있고 더 이상 그런 자극이 일어나지 않으면 상대에게 흥미를 잃어버릴 수도 있으며, 그것은 당신의 상대에게도 똑같이 일어날 수 있는 일이다.

하지만 피셔 박사는 강연 중에 우리에게 깜짝 놀랄만한 사실을 알려줬다. 그녀는 열정적인 사랑에 빠진 기분을 다시금 뇌에 일으키는 것이 가능하기에 다시 생동감 넘치는 남녀관계를 유지할 수 있다고 말해주었다. 우리는 모두 숨죽이고 앉아 그 방법을 설명해 주기를 기다렸다. 그 요령은 바로 커플끼리 뭔가 참신하고 뜻밖의 일을 지속적으로 하는 것이라고 했다.

"이전에 해보지 못한 전혀 새로운 경험에 관여하면 도파민이 배출되고 그것이 다시 정욕과 욕망을 일으킵니다."

도파민은 누군가에게 처음 반했을 때 뇌에서 넘쳐나는 바로 그 화학물질이다.

그것에 대해 곰곰이 생각할수록 그녀의 말에 일리가 있음을 알 수 있었다. 당신의 지난 경험에 대해 한번 생각해 보라. 어쩌면 그와 드라이브를 나갔다가 그냥 정처 없이 차를 몰기로 했던 적이 있었을지 모른다. 그러다 강가에 있던 어느 외딴 아름다운 레스토랑에서 식사를 하게 되었고, 그러다 갑자기 전혀 낯선 기분으로 그를 바라보게 된 사실을 깨닫게 되었을지 모를 일이다.

하지만 생소한 경험이라고 해서 모두 효과적인 것은 아니다. 드라이브를 나갔다가 차가 고장 나거나 아담하고 예쁜 B&B(아침식사를 주는 민박 형태의 숙박시설-옮긴이)가 알고 보니 공포 영화에 나옴직한 모텔로 드러나는 등 역효과를 일으키기도 하기 때문이다. 그러나 더 많은 실험에 참여할수록 격정적인 기분을 경험할 수 있는 기회는 더욱더 많아지는 법이다. 밤에 가는 놀이공원으로 그를 깜짝 놀래주거나 급류타기를 하러 떠나거나 바에서 포켓볼을 치는 건 어떨까? 일요일을 호화 주택의 모델하우스에 들르는 날로 정하거나 스파 시설에서 제공하는 새로운 커플 룸에서 함께 마사지를 받기로 예약할 수도 있다. 그러나 무엇보다도 이번 주말은 그가, 다음 주말은 당신이 순서를 맡아 번갈아가며 준비하는 수수께끼 데이트야말로 가장 재미있을 것이다.

 **MAN&WOMAN STYLE**

사소한 결정이 때로는
크고 멍청한 결과를 불러온다,
싹을 잘라라

　　상대 남자가 술 한 잔 하자는 말에 "예스" 라고 대답한 적이 있
는가? 거절이란 불편함을 감수하느니 차라리 순순히 요청에 응하고 1시간
정도 함께 있어주는 게 낫겠다 싶어서 말이다. 그리고는 스스로에게 한 잔
정도야 그럭저럭 견딜만하다고 타이른다. 게다가 술집에 있는 당신에게 얼
른 자리를 떠야 할 위기상황을 꾸며대어 전화해줄 친구도 예비해 두었고 말
이다.

　　그러나 이러한 수법은 당신이 휴대전화를 끊자마자 다시는 보고 싶지 않
은 상대에게 친구가 기르는 고양이가 많이 아파서 친구가 제정신이 아니니
그만 자리에서 일어나야겠다고 말했을 때 그럼 일요일 밤에 만나는 건 어떻
겠냐고 상대가 물어온다는 데 문제가 있다.

　　이렇게 되면 당신은 또 다시 예정에 없던 결정에 봉착하게 되고 그것은
이전 것보다 더 골치 아픈 일이 될 것이다. 저번에는 전화상으로 얘기했지

만 이번에는 얼굴을 맞댄, 더욱더 난처한 상황이 발발한 것이다. 게다가 지난번에 써먹을 수 있었던 "사실은 남자친구가 있어요."라거나 "다음 주에 봉사 교육 활동을 시작해요."라는 그 모든 변명들이 이번에 술자리를 허락하면서 모든 신빙성을 잃어버렸으니 말이다. 당신은 하는 수 없이 그의 저녁식사 제의에 또 다시 "예스"라는 대답을 하고 나중에 빠져나갈 방법을 궁리하겠다고 말할 수도 있다.

우리 모두 그런 상황에 처해본 적이 있다. 필요도 없는 일에 "예스"라고 대답하는 바람에 얼마든지 피할 수 있던 곤경에 빠진 자신을 발견하는 일 말이다.

나는 사소하고 멍청한 결정을 내리지 않는 것이 이롭다는 사실을 터득했다. 만약 그것이 〈코스모〉에서 크고 멍청한 결정으로 이어지는 날에는 엄청난 비용을 치러야 할 테니 말이다. 아무리 힘들고 거북하다 해도 나는 차라리 냉정하리만치 솔직한 편이며, 그렇게 해야 더 큰 문제를 미연에 철저히 방지할 수 있다.

그때 일만 떠올리면 아직도 머리털이 쭈뼛해지지만, 어쨌든 좋은 사례가 하나 있다. 〈코스모〉에서 일한지 일 년쯤 됐을 때의 일이다. 우리는 여러 스태프들(포토그래퍼와 조수, 메이크업 아티스트, 헤어스타일리스트 등)을 로스앤젤레스로 보내어 빼어난 미모로 탄탄한 미래가 보장되던 한 할리우드 스타를 표지 모델로 촬영하도록 했다. 내 생각에 그녀는 정말로 멋졌다. 그러나 불과 촬영을 며칠 앞두고 우리는 그녀의 헤어스타일에 커다란 문제가 있다는 소식을 들었다. 머리를 무척 짧게 자른 탓에 현재 촬영 중인 영화에서 가발을 착용하고 있다는 것이었다. 우리에게는 특히나 골치 아픈 상황이었다. 〈코스모〉 표지의 특징 가운데 하나가 풍성한 머리, 다시 말해 긴 머리였기 때문이다. 짧은 머리로도 효과를 볼 수는 있었지만 그것 역시도 풍성하고 무척 아름다워야 했다. 우리와 의논한 전담 헤어스타일리스트는 해당 여배우에게 맞는 제품을 주문하기는 이미 늦었지만 갖가지 헤어 볼륨 제품과 붙임 머리, 다양한 가발을 한가득 챙겨 가겠다고 말했다.

촬영 당일, 나는 디자인 디렉터에게 전화 한통을 받았다. 우리가 짐작했던 것보다 상황이 훨씬 심각하다는 말이었다. 그 여배우의 머리는 그냥 짧은 정도가 아니라 잔 다르크의 머리만큼이나 짧다고 했다. 적어도 영화 속 잔 다르크 모습처럼 말이다. 그렇다면 입체감을 살리는 일은 불가능했고 붙임 머리도 해당 사항이 되지 못했다. 게다가 설상가상으로 안쪽 머리는 검은 색이고 바깥쪽 머리는 오렌지색이었다. 그뿐만이 아니었다. 그녀의 머리는 온갖 염색으로 손상되어 그야말로 기름에 튀긴 것 같았다.

헤어스타일리스트가 몇 가지 가발을 씌워봤지만 자연스러워 보이지 않았다. 마지막으로 디자인 디렉터가 여배우의 본래 머리를 최대한 살려서 실제보다 더 낫게 사진에 나오기를 기대해 보자고 했다.

그러나 그 전략은 허사였다. 실제로도 형편없는 그녀의 머리는 사진에서도 거의 똑같이 형편없게 나왔다. 컴퓨터로 매만진다 해도 소용없었다. 포토샵은 얼굴의 흠이나 의상의 주름을 없앨 수는 있어도 머리에는 적당치 않았다. 헤어 색상을 손볼수록 결과는 더 얼룩져 보일 뿐이었다.

그렇게 되면 그녀는 기름에 튀긴 오렌지색 머리로 〈코스모〉에 등장할 테고, 그것도 모자라 아무 것도 없다시피 한 헤어스타일의 두상은 콩알만큼 작게 보일 것이 분명했다. 그야말로 모든 요소들이 멋진 표지와는 동떨어진 것들이었다.

나는 안 되겠다고 했고, 디자인 디렉터는 그래도 한번 해보고 나서 결과를 보자고 했다.

그래도 공평한 게임을 해 보는 게 현명하다는 것이 그녀의 주장이었지만 나는 그녀의 말에 동의할 수 없었다. 사진이 나오고 나면 분명 끔찍한 상황에 처한 내 자신을 발견하게 될 테니 말이었다. 그 여배우의 스태프들은 〈코스모〉 표지 촬영에 잔뜩 기대들을 걸었을 테고, 사진이 맘에 들지 않는다고 취소라도 하면 역정을 낼 것이 분명했다. 게다가 촬영팀은 결과물에 만족하지 않더라도 엄청나게 쏟아 부은 투자비용 때문에 그대로 밀어붙일지도 모를 일이었다. 팔리지도 않을 게 불 보듯 뻔한 표지를 그대로 밀어붙였다가 나 이외의 모든 사람들을 만족시키게 될 내 자신이 쉽게 그려졌다.

결국 나는 스태프들에게 사진 한 장도 찍지 말고 짐을 챙겨 사무실로 돌아가자고 말했다.

그건 정말로 끔찍한 일이었다. 사람들은 있는 대로 화를 냈고, 나중에 안 사실이지만 울음을 터뜨린 직원도 있다고 했다. 하지만 나는 내 선택을 결코 후회하지 않았다. 그것은 넉 달 후 나타날 재앙적인 표지를 면하는, 나로서는 힘든 결정이었다.

이담에 당신도 "예스"라고 하는 것이 편하다는 이유로 무언가에 굴복당한다면 그로 인해 어떤 상황이 이어질 수 있을지 스스로 질문해 보라. 일이 힘들더라도 지금 당장 현명한 선택을 내려서 훗날 있을 재앙을 면해야 한다.

그달 표지 촬영이 어떻게 됐을지 궁금할 것이다. 나는 금발의 아름다운 패션모델을 찾아갔다. 물론 오렌지색 머리의 여배우도 궁금할 것이다. 그녀는 간판급 스타로 성장했지만 또다시 모델로 서달라고 요청하지는 않을 것 같다. 지금 생각해도 오렌지색 머리의 표지는 실패작이었을 게 분명하다. 그리고 금발 모델의 표지는 가판대에서 2백만 부 이상 팔렸다.

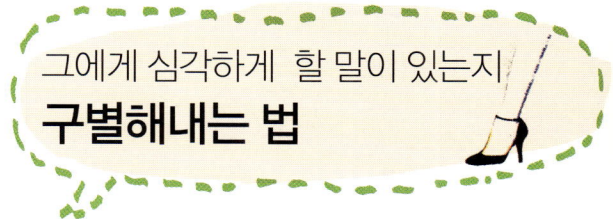

그에게 심각하게 할 말이 있는지
구별해내는 법

보디랭귀지는 남녀의 애정 관계는 물론이고 다른 일상 분야의 의사소통 방법에도 중요한 역할을 차지한다. 그런 이유로 나는 지난 수년 간 이 주제에 대해 수없이 많은 책을 읽었다. 우리가 눈과 입, 손, 그리고 어깨를 통해 메시지를 전달한다는 사실을 알게 된 것은 무척이나 흥미로웠다. 어떤 특정한 비언어적 암시가 의미하는 바를 아는 것은 무척이나 유용하며 까다로운 상황을 해석할 때도 도움이 될 수 있다.

내가 좋아하는 보디랭귀지 중 하나는 남자가 입술을 오므리는 것인데, 그것은 당신에게 뭔가 하고 싶은 말이 있지만 아직 말로 체계를 갖추지 못한 상태임을 뜻하는 경우가 많다.

이때 최고의 전략은 장소를 옮기지 말고 분위기를 가볍게 유지하면서 새로운 주제를 꺼내지 않는 것이다. 무슨 일이 있어도 "무슨 일 있어?"라며 꼬치꼬치 캐묻고 싶은 충동을 자제해야 한다. 인류학자이자 보디랭귀지 전문가인 데이비드 기븐스는 남자가 입술을 오므리는 것은 무언가 얘기하고 싶다는 표현이라고 말한다. 그럴 때 당신은 그에게 시간(그리고 적당한 분위기)을 주어 스스로 말하도록 해야 한다.

그러다 그가 갑자기 말을 끊고 작은 도마뱀 머리마냥 혀끝을 뾰족이 내민다면 무언가 말하기 꺼림칙한 얘기가 있지만 그것을 마음속에 삭히고 있음을 뜻한다. 그 얘기는 그다지 부정적인 것이 아닐지도 모르며, 어쩌면 홀가분하게 벗어던지고 싶지만 그러기에는 창피한 직장 얘기일 수도 있다.

그다지 부정적인 내용이 아니라면 당신은 조심스레 그의 입을 열 수도 있다. 성공 확률은 당신이 어떤 말을 하느냐에 달려 있다. 기븐스 박사는 잠시 있다가 다시 그 주제로 우회하라고 제안한다. 그렇게 하면 그가 속을 터놓을 수 있기 때문이다.

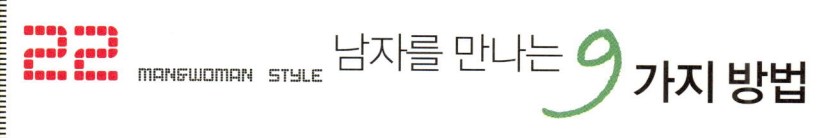

내가 남자 쇼핑을 한지 꽤 오래됐다는 사실은 인정하지만(나는 몇 년 전에 결혼했다) 그래도 이 주제는 늘 구미가 당긴다. 나는 독자들이나 젊은 부하직원들이 어떻게 남자를 만나는지, 그리고 그 과정에서 어떤 답답함을 겪는지 늘 궁금하다. 많은 여성들이 그 과정이 너무나 힘들어 의기소침해지거나 불쾌감을 느낀다고 토로하면서, 아무런 공을 들이지 않고도 자연스럽고 로맨틱하게 전개되기를 바란다. 클럽이나 바에서 아무런 소득 없는 무수한 밤들을 보낸 뒤라면 밖에 나가 다시 도전하는 대신 소파에서 뒹굴고 싶은 유혹을 느낄 것이다.

그러나 그 과정이 누가 쉽다고 얘기했던가? 남자를 만나는 일, 그것은 대형 프로젝트를 처리하듯 생각해야 한다. 많은 정성을 기울이고, 최고의 기술을 연마하고, 어떤 전략이 다른 것보다 훨씬 효과적이라는 사실을 터득하는 일 말이다. 재미난 사실은 그것을 하나의 프로젝트로 인정하고 나면 모든 경험들이 덜 위압적으로 느껴지고 결국 더 많은 행운을 얻게 된다.

그러니 파티에 참석하여 뭔가 짠하고 일이 벌어지기를 기다리지 말고, 첫 번째 아파트를 장만하거나 피지 섬으로 여행을 가는 자세로 접근하라. 여기 내가 터득한 아홉 가지 비결을 소개하겠다.

SECRET 1 **남자 탐색 작업에 너무 엄격한 규정을 정해놓지 마라** 예를 들면 어떤 여성들은 남자를 만나는 방법에 규칙을 정해놓고, 온라인 데이트는 시도조차 하지 않는 여성들도 있다. 특히나 데이트 가뭄에 시달리고 있다면 융통성을 발휘하여 다양한 전략을 기꺼이 실험해볼 필요가 있다. 소개팅에서 좋은 남자들을 만나는 여성들은 무수히 많으니 그렇다면 당신도 생각을 바꿔보는 게 어떨까? 그러나 단 한 번의 소개팅에서 모든 전략을 구사할 수는 없다. 내 이론에 대해 말하자면 소개팅에 성공하려면 예닐곱 번의 소개팅을 거쳐야만 한다. 그렇다면 소기의 목적을 달성하기 위해 다섯 명의 끔찍한 상대와 얘기를 나눠야 할 수도 있다는 계산이 나온다.

남자를 만나는 장소에 대해서도 융통성을 발휘할 필요가 있다. 허구한 날 같은 바에 간다면 똑같거나 비슷비슷한 부류의 남자들만 만날 것이다. 새롭고 흥미로운 방식으로 남자를 만날 수 있는 방법은 늘 존재하니 귀를 쫑긋 세우고 요즘 인기 있는 장소가 어디인지 새겨들을 필요가 있다. 상황은 계속 변하기 마련이어서 인맥을 쌓을 수 있는 칵테일파티가 대세다가도 어느새 또 다른 장소가 각광을 받을 수 있다. 최근에 듣기로는 데이 스파(하루 정도 도심지에 위치한 스파 시설을 이용하며 휴식을 즐기는 것으로 뉴요커들 사이에서 유행하기 시작함–옮긴이)에서 싱글들끼리 어울릴 수 있는 시간을 마련하고 있다고 한다.

SECRET 2 **대책을 강구하고 계획을 세우는 데 부끄러워 마라** 냉정한 계산과 판단이 인생의 반쪽을 만나는 신비로운 접근방식에 걸맞지 않은 듯 보이겠지만 일단 데이트만 시작되면 마법을 경험할 시간은 얼마든지 많다. 매주 최소한 두 가지 구체적인 방법으로 남자 탐색 작업에 돌입하겠다고 스스로 다짐하라. 그리고 기회가 주어지면 일이 벌어질 때까지 기다리지 말고 스스로 일을 벌여라. 이를테면 멋진 남자를 발견했는데 그에게 말을 붙일 쉬운 방법이 없다면 제발이지 우연을 가장하여 그와 부딪히라는 말이다!

SECRET 3 **파티나 행사장에 갈 때 여자들끼리 우르르 몰려가지 마라** 여우 떼 마냥 몰려다니는 여자들에게 남자들은 겁을 먹는다. 적당한 숫자로 무리를 나누기도 어렵고, 한 여자와 얘기하고 나서 돌아섰을 때 자신이 한 말이나 옷차림을 나머지 무리의 여성들에게 트집 잡힐 수 있다고 생각하기 쉬우니 말이다. 두 명도 좋지만 세 명이 더 좋다. 당신이 어떤 남자과 대화하게 되면 나머지 친구 둘이 서로의 말동무가 되어줄 수 있기 때문이다.

SECRET 4 **잔뜩 치장하는 것은 금물이다** 화려하게 꾸미면 남자들이 달라붙을 것 같지만 사실 남자들은 너무 화려한 물건을 꺼리는 경향이 있다. 지나친 화장과 명품으로 휘감은 모습은 유지비용이 많이 드는 여자임을 알리는 짓이며, 남자들은 이메일과 인터뷰를 통해 그것을 싫어한다는 사실을 끊임

없이 말해주고 있다. 게다가 그 모든 장식품은 당신을 범접하기 불가능한 존재로 만든다. 예쁘고 섹시하게 보이는 것, 그 이상은 없다. 또 다른 조언이라면 대화를 꺼낼 수 있도록 만드는 무언가를 걸치는 일을 생각해 보라. 예를 들어 재미난 문구가 적힌 티셔츠나 남자가 한번 만져 봐도 되냐고 물어올 수 있도록 인조 털 장식이 붙은 조끼를 입을 수 있다.

SECRET 5 **한 손에 술잔을 들어라** 일전에 우리는 남자에게 여자를 소개해 주는 직업에 대해 글을 써주던 귀여운 여자를 알고 있었다. 그녀의 업무는 바와 같은 장소에서 부끄러움을 많이 타는 남자에게 고용되어 여자들에게 대신 말을 걸어 소개시켜 주는 것이었다. 그녀는 여자에게 빈손으로 서있지 말라는 훌륭한 귀띔을 제공해 주었다. 여자가 술잔을 들고 있으면 남자가 곧바로 술을 사지 않아도 괜찮다고 생각할 수 있기 때문이다. 그러다 일이 순조롭게 진행되어 여자에게 똑같은 술 한 잔을 더 주문해 준다면 그것은 남자에게 긍정적인 신호가 될 수 있다.

SECRET 6 **지나치게 부끄러워 말라** 수줍음은 섹시하고 무척 매혹적일 수 있다. 알다시피 남자들은 여자들을 쫓아다니길 좋아하지만 손에 잡히지 않을 것 같다면 접근하지도 않는다. 그 어느 때보다도 요즘 남자들은 여자들의 애매모호한 태도를 싫어하고, 여자가 거절할 일말의 가능성조차 피하려는 모습을 보인다. 그렇다면 효과적인 수줍음의 전략은 무엇일까?

내가 젊은 싱글 에디터였던 시절의 일이다. 인류학자인 데이비드 기븐스는 내게 훌륭한 팁 하나를 제공했는데, 목표 대상이 나타났을 때 그와 3초간 눈을 마주쳤다가 다른 곳으로 눈을 돌렸다 다시 그것을 반복하라는 것이었다. 그도 관심이 있다면 당신 쪽으로 건너와도 안전하다는 분명한 신호를 주는 셈이었다. 그리고 그와 대화를 나누게 되면 밥풀처럼 찰싹 달라붙어 필사적으로 덤벼드는 것처럼 보여서는 안 되며 다만 호감이 있다는 약간의 미묘한 태도만 보이면 된다. 가령 당신이 무언가를 얘기할 때 그의 팔에 살짝 손을 얹는 것처럼 말이다.

SECRET 7 갑자기 당신 앞에 나타난 귀여운 남자를 제압해 버릴 완벽한 말 한마디가 없을까 전전긍긍하지 마라 그렇다고 바보처럼 지나쳐서는 안 된다. 그저 재밌고 다정하게 보이면 전혀 문제될 것이 없다. 좀 더 성공률을 높이려면 몇 가지 전략을 구사하라. 그에게 무언가 도움을 요청하면 그와 말문을 트는 일에 100% 성공할 수 있다. 너무 머리를 굴리지 않아도 되고 부끄러움도 덜하며, 게다가 남자들은 누군가 도와주기를 좋아하기 때문이다. 전자제품 상가에 갔다가 몇 발자국 떨어진 곳에서 귀여운 남자를 발견했다면 "저기, LCD와 액정 화면이 어떻게 다른지 가르쳐 주실 수 있나요?"라고 말할 수 있다. 유머가 효과적일 때도 있지만 그것은 좀 더 숙련된 솜씨가 필요하다. 어설픈 유머를 구사하느니 차라리 해당 상황의 난처함에 대해 재치 있는 말을 할 수 있다. 예를 들어 엘리베이터 앞에 서있다면 장난스럽게 말을 던질 수 있다. "버튼을 스무 번이나 서른 번쯤 눌러대면 빨리 내려온다고 하던데요."

또 다른 유용한 기술이라면 남자에게 장난스러운 설문조사를 하는 것이다. "제가 설문조사를 하는 중인데요. 이곳 바에 오는 데 10㎞ 이상 운전하셔야 하나요?" 혹은 당신에 관한 질문을 상대방에게 던질 수도 있다. "제가 파란색 콘택트렌즈를 껴야할까요?"

SECRET 8 **긍정적인 태도를 가져라** 몇 년 전 한 자선 행사의 저녁 식사에서 싱글이던 친구를 멋진 남자 옆에 앉혀준 적이 있다. 그날 밤 나는 다른 테이블에서 줄곧 그들을 지켜보았고, 일이 순조롭게 진행되고 있음을 증명하는 여러 증거들을 포착했다. 친구는 그에게 반한 것 같았고 두 사람은 쉴 새 없이 떠들어댔다. 하지만 나중에 그 남자는 내 친구가 계속해서 부정적인 얘기들만 늘어놓았다고 얘기했다. 지하철도 싫고 상사도 싫고 너무 앙증맞게 작은 강아지도 싫다면서, 모조리 싫은 것 투성이라고 했다. 친구는 자신이 좋아하지 않는 것을 솔직히 말하면 상대 남자와 일종의 유대감 같은 것을 공유할 수 있다고 생각했겠지만, 남자들은 여자들의 부정적 태도에 돌아선다.

SECRET 9 **그가 하는 말을 귀담아 들어라** 긴장을 하면 지나치게 수줍어하기 쉽고 그렇게 되면 처음 만난 남자에게 수없이 많은 질문을 퍼부을 수 있다. 그러나 다음에 무슨 말을 할지 걱정하다 보면 상대의 대답에 귀를 기울이지 못하게 되고, 유대관계를 맺는 일은 그만큼 더 어려워질 수 있다. 여기 당신의 집중력을 높이는 방법이 있다. 상대가 한 말에 몇 박자 뜸을 들이며 그것을 잘 생각해 보라. 그러고 나서 그의 말을 이어나갈 당신의 의견이나 질문을 제공하는 것이다.

데이트에서 물어보기
좋은 질문 **11**

　　남자와 제대로 필이 꽂혔다 해도 관계 초기에는 어색한 대화의
순간이 생길 수 있다. 그것은 어떤 주제에 대해 얘기를 나누다 갑자기
머릿속이 얼어붙는 경험을 말한다. 당신이 무슨 말을 해야 할지 한 마디도
떠오르지 않고, 그 역시 순간 혀가 꼬인 것처럼 보인다면, 필요한 것은 좋은
질문이다. 그것은 흥미로운 대답을 이끌어낼 뿐 아니라 대화를 부드럽게 전
개해주기 때문이다.

　　우리는 매달 〈코스모〉에서 남자에게 하면 좋은 질문을 제공하고 있는데,
그것은 첫 번째 데이트나 다섯 번째 데이트에서, 심지어 몇 년씩 사귄 관계
에서도 효과적이다. 그동안 많은 질문들을 연재했지만 내가 좋아하는 질문
들이 있다. 그것은 다음 질문과 대답으로 자연스레 넘어가도록 해줄 뿐 아
니라 상대 남자에 관하여 많은 정보를 알려준다. 다만 속사포처럼 질문을
퍼부었다가는 앵커우먼처럼 보일 것이다.

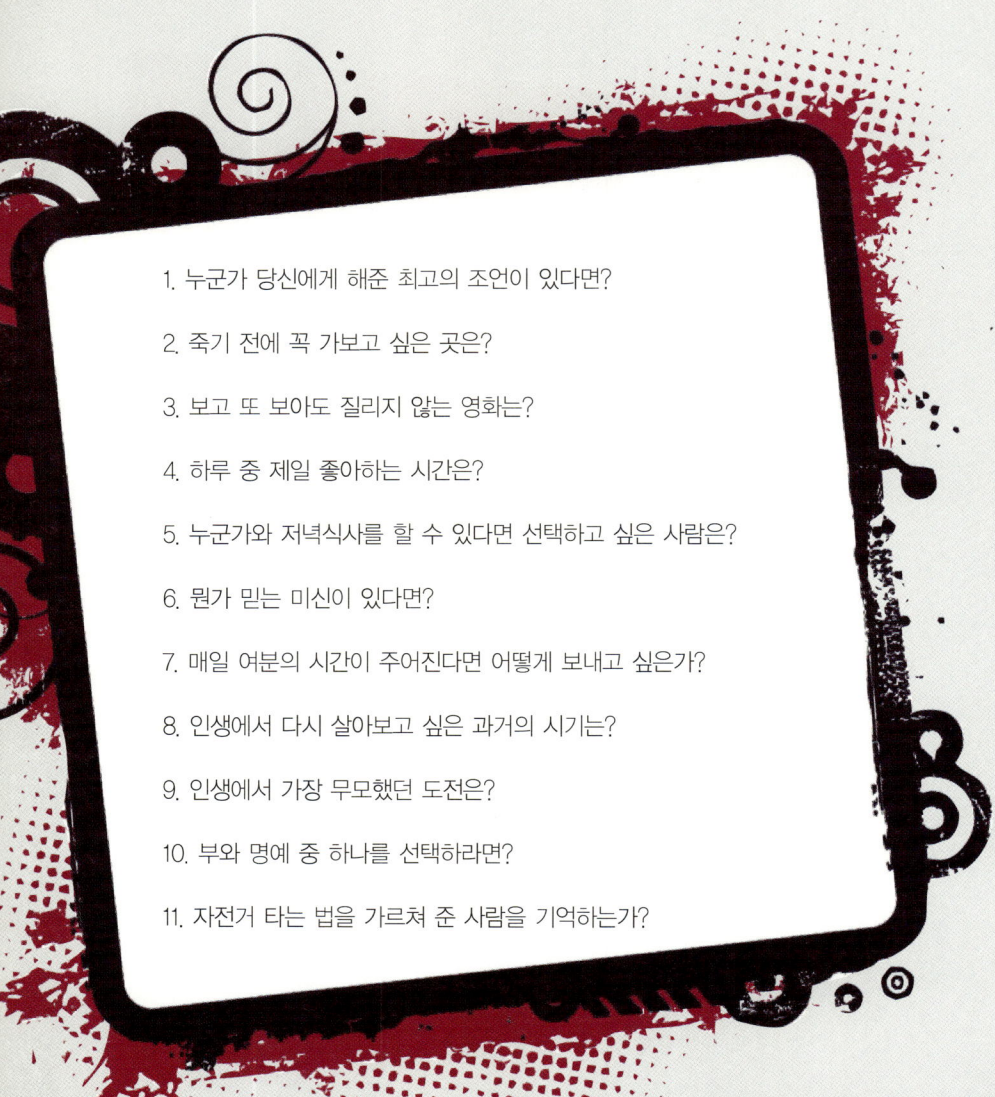

1. 누군가 당신에게 해준 최고의 조언이 있다면?

2. 죽기 전에 꼭 가보고 싶은 곳은?

3. 보고 또 보아도 질리지 않는 영화는?

4. 하루 중 제일 좋아하는 시간은?

5. 누군가와 저녁식사를 할 수 있다면 선택하고 싶은 사람은?

6. 뭔가 믿는 미신이 있다면?

7. 매일 여분의 시간이 주어진다면 어떻게 보내고 싶은가?

8. 인생에서 다시 살아보고 싶은 과거의 시기는?

9. 인생에서 가장 무모했던 도전은?

10. 부와 명예 중 하나를 선택하라면?

11. 자전거 타는 법을 가르쳐 준 사람을 기억하는가?

남자들의 눈썰미는
한마디로 제로

몇 년 전, 두 명의 자녀를 둔 40대 이혼녀인 친구 한 명이 재미난 얘기를 들려주었다. 그것은 새로 데이트를 시작한 남자의 얘기였다. 그는 따뜻하고 마음이 넓은 남자였고 그녀를 위해 뭔가 해주기를 좋아했다. 하루는 그가 친구에게 커다란 코치 토트백을 깜짝 선물로 줬다고 했다. 아이를 키우는 엄마이자 TV 프로듀서였던 그녀는 가방에 갖가지 물건을 넣어 다녔기 때문이다. 사실 마크 제이콥스 가방이 더 젊어 보였겠지만 그의 사려 깊음에 감동한 친구는 다른 것들을 제쳐두고 그가 사준 가방을 들고 다니기 시작했다. 그 가방에는 꽤 유용한 기능들이 많았는데 예를 들면 물병을 넣어 다닐 수 있는 작은 주머니가 가방 끝에 달려 있는 식이었다. 다만 한 가지 알쏭달쏭한 기능이라면 가방 안에 패드 처리가 되어있는 네모난 물건이었다. 남자친구에게 그 물건의 용도를 물어보자 그는 잠시 생각하더니 노트북이 이리저리 움직이지 못하도록 고정시켜 주는 패드라고 말했다.

'와, 이 가방에는 없는 것이 없군'

친구는 그렇게 생각했다.

6개월 후에도 계속 남자친구와 사귀며 가방을 들고 다니던 친구는 그것을 메고 한 근사한 칵테일파티에 갔다. 그때 모르는 여자가 가방을 보더니 미소를 지으며 말했다.

"어머, 그쪽도 코치 기저귀 가방을 드셨네요. 그것 참 좋죠?"

친구는 벌어진 입을 다물 수 없었다. 그럼 6개월 동안이나 이 빌어먹을 기저귀 가방을 둘러메고 다녔단 말인가. 물병 주머니는 젖병을 넣어 다니는 주머니였고, 패드는 황급히 기저귀를 갈 때 쓰이는 깔개였던 것이다. 모든 중요한 회의마다 그 가방을 들고 다녔던 일을 생각하니 얼굴을 들 수가 없었다. 토트백이라는 남자친구의 말을 그대로 믿은 것이다.

그렇다면 그 남자친구는 가방을 구입한 장본인이면서 도대체 어찌하여 기저귀 가방임을 알지 못했단 말인가? 그가 남자였기 때문이다. 매장에서 큰 가방을 발견하고는 여자친구에게 큰 가방이 필요하다고 생각한 그는 아이가 빽빽 울고 있는 그림의 세부설명서에는 눈길조차 주지 않은 것이다.

재미난 것은 친구가 내게 이 얘기를 들려준 비슷한 시기에 날아든 독자의 편지였다. 내용인즉슨 남자친구가 선물로 사준 못생긴 셔츠를 입어봤다가 임부복이라는 사실을 알게 됐다는 것이다.

남자들이 시각적인 동물이라는 말은 사실이지만 세부 사항에 대한 눈썰미는 참으로 없는 편이다.

심리학자인 제이 카터 박사에 따르면 실제로 남자의 눈은 여자의 눈보다 망막의 간상체 수가 적어서 여자들이 보는 것을 전부 볼 수 없다고 한다.

그의 눈썰미를 높이는 일은 불가능하겠지만 무슨 일을 부탁할 때 답답한 상황을 막으려면 세부적인 지침을 주어야 한다. 예를 들어 저녁 요리로 타라곤 머스터드소스를 곁들인 닭요리를 만들기 위해 그에게 겨자를 사오라고 한다면 당신이 원하는 구체적인 종류의 소스를 일러주라. 그렇지 않으면 당신이 늘 냉장고에 넣어 두었던, 그도 골백번 보았을 게 분명한 겨자 소스 대신 핫도그에 뿌리는 밝은 색의 노란 겨자 소스를 사올 것이다.

그가 당신에게 줄 선물로 귀걸이를 생각하고 있음을 알았다면 당신의 귀를 뚫었는지 안 뚫었는지 일러주라. 그는 아무런 생각이 없을지도 모른다.

파티가 끝나고 그가 청소해 주기를 바란다면 "거실을 좀 치워줄 수 있겠어?"라고 부탁해서는 안 된다. 그에게 청소의 개념은 당신이 생각하는 것과 다를 가능성이 높기 때문이다. 대신 이렇게 말하라.

"자기가 청소를 좀 도와주면 좋겠는데. 맥주 캔을 치워주고 카펫에서 토르티야 칩 부스러기를 진공청소기로 청소해줘. 그리고 바닥에 난 커다란 소스 얼룩을 지워주겠어?"

25 MAN&WOMAN STYLE

그와 소울메이트가 돼서는 안 되는 이유

누군가의 소울메이트라는 말은 무척 근사하게 들린다. 사실 소울메이트의 사전적 정의는 '누군가에게 일시적으로 잘 들어맞는 상대방'을 뜻하지만 일반적으로는 그보다 더 많은 의미가 담겨있다. 당신의 소울메이트는 당신을 완벽하게 간파하며, 당신이 어떤 것을 불쾌하게 여기고 어떤 것을 열망하는지 아는 사람을 말한다. 당신이 미처 깨닫기도 전에 무슨 생각을 하는지 알아채고, 당신과 모든 것을 함께 하기 원하며, 당신이 하는 모든 일을 격려해 주는 사람이다. 세상에, 생각만 해도 눈물이 고인다.

많은 여성들이 소울메이트 개념을 매력적으로 여기는 것도 그리 놀랄 일은 아니다. 나와 수년간 함께 일해 온 트렌드 조사 기업인 인텔리전스 그룹의 연구조사에 따르면 90%에 달하는 여자들이 소울메이트가 되어줄 남자와 결혼하고 싶다고 말했다. 그들을 나무랄 수는 없지만 문제는 여기에 있다. 당신의 그와 소울메이트가 되거나 그를 소울메이트로 만들려는 노력은 그리 훌륭한 생각이 아닐 수 있기 때문이다.

첫째로 한 여자의 소울메이트가 되는 일은 지나칠 만큼 무리한 요구이다. 그래서 많은 착한 남자들이 여자가 인정하는 완벽한 요구 수준에 도달하지 못하고 그것은 결국 갖가지 재앙을 초래할 수 있다. 예를 들어 그가 눈을 동그랗게 뜨고 당신의 얘기를 경청하거나, 크리스마스트리처럼 눈을 반짝이며 당신의 행동을 경탄해 주지 않으면 당신은 못마땅해 할 수도 있다.

어쩌면 소울메이트가 좋지 못한 데는 그보다 더 중요한 이유가 있다. 서로에게 소울메이트가 되어주는 커플과 열정에 활활 타오르는 커플은 완전히 상극의 개념을 갖기 때문이다. 1년 전 한 컨퍼런스에 갔다가 미라발 리조트 의학 프로그램의 총괄 소장인 라나 홀스타인 박사를 만날 기회가 있었다. 그녀는 워크숍에서 상담한 대다수 커플이 들려준 고민거리 중 하나가 열정이 식어버린 관계라고 말해 주었다. 그녀 말에 따르면 두 사람이 소울메이트가 되기 위해 너무 열심히 노력한다는 사실이 주범인 경우가 많다고 했다.

"요즘 들어 우리는 파트너가 연인이면서 동시에 후원자이자 조언자, 그리고 세상에 둘도 없는 절친한 친구가 되어주기를 바랍니다. 하지만 두 사람이 지나치게 닮아가고 많은 것을 공유하다 보면 남자와 여자로서 갖는 에너지를 잃는 위험에 빠지게 됩니다. 자석의 양끝이 되기보다는 두 사람 다 자석의 중심이 되는 꼴이죠. 그렇게 되면 진정한 매력의 짜릿함을 잃고 맙니다."

물론 당신 입장에서도 요구사항이 있을 테고 할 말도 있을 것이다. 그럼 누가 내 직장 문제 해결을 도와주고, 길거리에 설치된 대형 크리스마스트리를 함께 보러 가주겠는가? 그리고 생리 전 증후군에 시달리는 동안 누가 함께 커다란 봉지에 든 칩을 먹어주겠는가? 하지만 잠깐! 바로 그런 이유로 여자친구와 〈코스모〉가 있는 게 아니던가. 그건 맞는 말이다. 그리고 여자친구들과 함께 할 수 있는 일들은 분명 존재한다. 때로는 혼자서 일을 처리할 때가 좋은 경우도 있다. 이제 '그는 내 전부'라는 짐을 내려놓아라. 그리고 다음과 같이 할 때 어떤 일이 벌어지는지 지켜보라.

약간의 신비감을 유지하며 서로를 좀 더 알아간다면, 기분 좋은 짜릿함이 되살아나는 것을 경험하게 될 것이다.

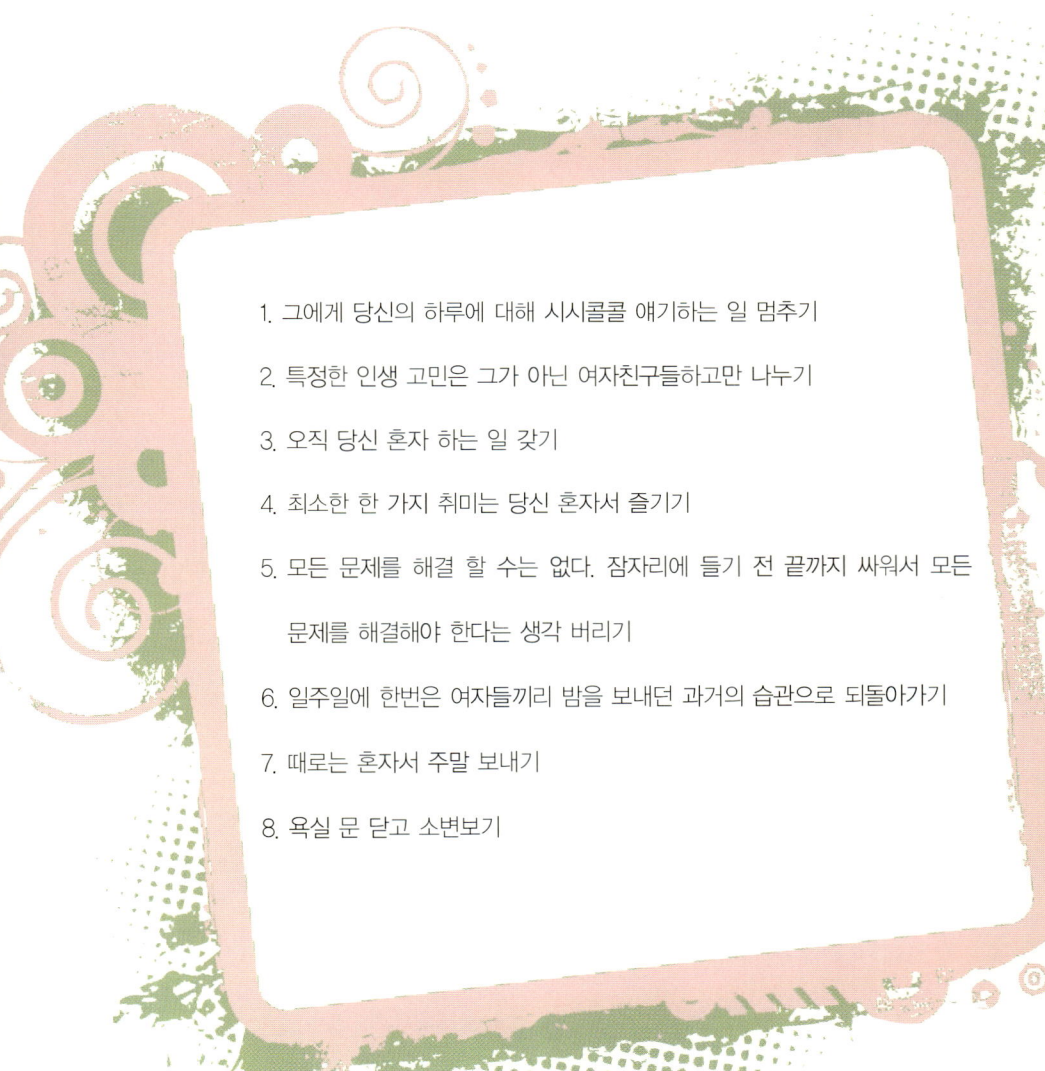

1. 그에게 당신의 하루에 대해 시시콜콜 얘기하는 일 멈추기

2. 특정한 인생 고민은 그가 아닌 여자친구들하고만 나누기

3. 오직 당신 혼자 하는 일 갖기

4. 최소한 한 가지 취미는 당신 혼자서 즐기기

5. 모든 문제를 해결 할 수는 없다. 잠자리에 들기 전 끝까지 싸워서 모든

   문제를 해결해야 한다는 생각 버리기

6. 일주일에 한번은 여자들끼리 밤을 보내던 과거의 습관으로 되돌아가기

7. 때로는 혼자서 주말 보내기

8. 욕실 문 닫고 소변보기

남자들은 정말로 여자들을 기쁘게 해주고 싶어 한다

당신에게 전해줄 참으로 영특하고 멋진 뉴스가 하나 있는데, 그것은 바로 남자들이 우리 여자들을 기쁘게 해주기를 무척 바란다는 사실이다. 나는 해마다 남자들에게 받는 수백 통의 이메일에서 그들이 〈코스모〉를 읽는 주된 이유가 여자들이 무엇을 원하는지 알고 싶어서라는 얘기를 듣고 그 사실을 알게 됐다. 남자들이 자주 쓰는 표현대로 '상대 팀의 작전 계획표를 손에 넣는 것'과도 같다.

물론 어떻게 하면 우리 여자들보다 한수 높은 기량을 발휘할 수 있는지 알기 위해(가령 남자들보다 나은 여자들의 판단력을 꺾고 침대로 유인하기 위해) 작전 계획표를 손에 넣으려는 남자들도 있는 것이 사실이다. 하지만 〈코스모〉를 열심히 읽는 남자들은 그저(침대 안이나 바깥에서) 여자들을 기쁘게 해주려면 어떻게 해야 하는지 알고 싶어 하는 경우가 대부분이다.

그렇다면 당신은 궁금해 할지 모른다. 그 말이 사실이라면 그런 남자들로 인생이 종종 답답해지는 이유는 무엇이냐고 말이다. 도대체 그는 왜 생뚱맞은 짓을 일삼으며 당신을 기쁘게 해줄 기회를 번번이 놓치는 것일까? 예를 들어 당신의 생일선물로 차량 비상 용구세트를 구입하고, 기름기 묻은 피자 박스와 몇 년 전에 구입했을 말라비틀어진 빵을 하루 종일 커피 테이블에 놓아두는 일들 말이다.

하지만 내가 분명히 터득한 사실은 남자들은 우리 여자들을 기분 좋게 해주려고 무던히 애를 쓰지만 태생적으로 그 방법을 알지 못하고, 우리 여자들은 남자들에게 그 방법을 알려주기를 거부한다는 것이다. 여자들은 남자들이 스스로 그 방법을 알아내기를 원하기만 할 뿐이며 남자들이 우리의 심중을 읽거나 파악하지 못하면 그것을 대단한 모욕으로 받아들인다.

우리가 던진 힌트를 약삭빠르게 낚아채는 남자들도 더러 있기는 하다. 우리는 인터뷰에서 이렇게 고백하는 남자를 만난 적이 있었다.

"정말이지 저는 열심히 적는답니다. 정말 미친듯이 적어대죠. 그녀가 좋아하는 꽃을 말해주면 데이트를 끝내고 열심히 받아 적어요. 음악이나 영화, 속옷 등등 그런 것도 몽땅요."

그러나 대부분의 남자들에게는 그런 힌트가 너무 애매모호하거나 의미 없는 것들이라 행동으로 연결되지 못한다. 여자에게 중요한 것이 남자에게 중요한 것과는 사뭇 다른 경향이 있어서 남자들에게는 마치 다른 언어로 해석해야 하는 일처럼 여겨지기 십상이다.

그렇다면 당신이 할 일은 정해졌다. 당신을 기쁘게 해주는 방법을 그에게 말해주는 것이다! 그에게 짐작하여 알아맞히게 하지 말고, 당신을 안다고 해서 당신이 무엇을 바라는지 그것까지 추측하게 하지 말라. 그를 함정에 빠뜨려 시험하지도 말라. 다만 그에게 이렇게 말하라.

1. 당신 생일이 다음 주 목요일이고, 그와 함께 생일을 축하하고 싶다고 말하라.

2. 섹스를 마친 후 몇 분 동안은 서로 꼭 껴안고 있는 것을 좋아한다고 말하라.

3. 토요일 밤 꼭 가보고 싶은 레스토랑이 있다고 말하라.

4. 그의 부모님과 함께 휴일을 보낼 때 오후 나절에는 둘만 빠져나가 오붓한 시간을 보냈으면 좋겠다고 말하라.

5. 퇴근하고 집에 돌아와 10분 동안은 아무런 참견 없이 직장 얘기를 쏟아내고 싶고, 얘기가 다 끝나고 나면 의견을 듣겠다고 말하라.

6. 금보다 은으로 된 액세서리를 좋아한다고 말하라.

당신이 즉시 버려야 할 것들

남자와의 교제 단계가 정착되면 좋은 일 중 하나가 마침내 외모에 대한 긴장을 풀고 늘 완벽에 가까운 모습을 보여야 하는 문제에 대해 더 이상 걱정 하지 않아도 된다는 것이다. 어느 날 밤 편안한 순면 파자마가 입고 싶은 생각이 들면 그렇게 하면 된다. 그런다고 그가 기겁을 하지 않으리라는 것을 당신도 잘 알기 때문이다. 심지어 앙증맞은 잠옷을 입은 당신이 얼마나 귀여운지 칭찬을 들을 수도 있다.

시간이 갈수록 다른 면에서도 점점 느슨해지기 시작할 것이다. 화장을 생략하고, 날마다 다리털도 밀지 않으며, 그와 함께 집에 머물 때는 헐렁한 스웨트 셔츠 바람으로 돌아다니고, 그리고 한 에디터의 표현대로 '엉덩이가 포옹을 원할 때도' 할머니 팬티를 걸치는 일이 아무렇지 않게 된다. 늘 치장을 하지 않아도 자기 자신과 남자친구와의 관계에 대해 이토록 자신감을 갖게 되는 일은 훌륭하다. 하지만 시간이 갈수록 후줄근한 옷차림의 당신을 더 많이 발견하게 될 수도 있다.

그러나 문제는 바로 여기에 있다. 남자들은 당신이 외모 안전지대에 너무 자주 안주하는 것을 싫어하기 때문이다. 그들은 당신이 아름답게 보이고, 예쁘게 옷 입고, 좋은 향기를 풍기고, 좋은 감촉을 지니기를(따끔따끔한 다리털이 아닌 부드러운 피부 말이다) 바란다. 그것도 생각보다 더 많이 말이다. 그는 당신이 계속 이런 일들을 건너뛰는 것을 알아채면 좋아하지 않을 것이다. 그와 함께 있으면서도 더 이상 외모의 성가신 노예가 되지 않아 얼마나 좋은지 모른다고 생각하겠지만, 그는 불쾌해 할 것이다. 남녀 교제에 관한 내용의 기사에서 인터뷰한 한 남자는 도탄에 빠져 이렇게 질문한 적이 있다.

"도대체 누가 내 섹시한 여자친구를 납치한 건가요?"

이 문제의 근본에 자리 잡은 한 가지 요소는 남자는 시각적 존재고 시각적 자극에 흥분한다는 사실이다. 심리학자 스탠 카츠가 말한 것처럼 당신의 모습과 옷차림은 늘 그를 유인하는 원동력이 된다. 두 사람이 만났던 때를 떠올려 보라. 그가 당신의 다리나 가슴, 얼굴, 혹은 이 모든 것에서 시선을 떼지 못했던 사실을 당신도 알아챘을 것이 분명하다. 데이트 초기에 그는 당신에게 향기가 너무 좋다거나 머릿결이 좋다거나 옷이 맘에 든다고 말했을 것이다. 시인 워즈워스 정도는 아니라 해도 당신에게 흠뻑 도취되어 찬사를 늘어놓았을 것이 분명하고, 당신도 그가 당신에게 시선을 고정한 채 그렇게 말해주던 것을 좋아했을 것이다.

그러나 그런 매혹적인 시각적 자극이 없어진다면 당신은 그가 갈망하는 것과 그의 자극적 연료를 빼앗는 것이다. 게다가 그는 더 이상 노력하지 않는 당신을 보며 기분나빠할 수도 있다. 그럼 그는 왜 순면 잠옷을 입은 당신이 사랑스럽고, 하나로 머리를 묶은 모습이 귀엽다면서 당신을 잘못된 길로 인도한 것일까? 처음에는 새로운 모습이 흥미를 끌고, 그것이 시각적 자극에 '의외성'이란 요소를 추가하기 때문이다. 그럼 그는 어째서 문제가 생기기 시작했어도 말해주지 않은 것일까? 남자들은 긁어 부스럼 만들지 않기로 유명한 족속들이기 때문이다. 어쩌면 몇 가지 힌트를 제공했을지도 모르지만 대개는 평지풍파를 일으키려 하지 않는 게 보통이다. 아니 어쩌면 이제는 더 이상 꾸미지 않는 당신의 모습이 얼마나 성가신지 의식적으로 깨닫지 못했을 수도 있다.

그렇다고 잠자리에서도 립글로스를 바르고 매주 면도를 하는 일에 또다시 집착해야 한다는 소리는 아니다. 하지만 그와의 관계가 편안한 단계에서 게으른 단계로 넘어가지는 않았는지 질문해 보라. 그가 당신에게 그토록 매혹되었던 바로 그것을 내던지지는 않았는지 말이다. 몇 가지 대답해 볼만한 질문들은 다음과 같다.

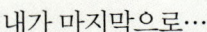

내가 마지막으로…

1. 침대에 오르기 전에 온 몸에 로션을 발랐던 적은 언제인가?

2. 그의 애간장을 녹였다고 생각되는 옷차림을 한 적이 언제인가?

3. 퇴근하고 집에 와서, 토요일에 옷을 차려입고 향수를 뿌렸던 적이 언제인가?

4. 빅토리아 시크릿(미국의 유명 속옷 매장 - 옮긴이)에서 야들야들한 속옷을 사서 입었
   던 적이 언제인가?

5. 페디큐어를 한 적이 언제인가?

6. 저지나 테리, 면 소재가 아닌 옷을 입고 잠자리에 든 적이 언제인가?

7. 알몸으로 잠자리에 든 적이 언제인가?

8. 비키니 왁스를 받은 적이 언제인가?

9. '끝내주게 섹시하다'고 표현될 만큼 멋지게 보였던 적이 언제인가?

이들 중 대다수 질문의 대답이 몇 주 전(혹은 더 이전)이라면 이제 다시 정성껏 치장하고 옷을 입던 시절로 돌아갈 시간이다. 데이트 초기 시절 그가 해주던 칭찬을 되새기고 그것을 자극제로 삼아라. 예컨대 그가 늘 당신의 머리를 극찬했다면 머리에 묶은 곱창밴드를 벗어던지고 드라이기를 집어 들라. 할머니 팬티는 한두 개만 남겨두고 나머지는 모조리 불태워 버리자.

마지막으로 시각적 의외성이 갖는 파워를 얕잡아서는 안 된다. 동료 한 명이 바로 그렇게 남편을 흥분시켰던 재미난 일화를 얘기해 준 적이 있다. 남편과의 관계가 다소 시들시들하다고 느끼던 어느 날, 남편과 저녁을 먹으러 외출하기로 한 그녀가 멋진 푸시업 브라를 입고 웃옷을 걸치지 않은 채로 침실 화장대 앞에 앉아 있었다고 한다. 그러자 괜히 방을 들락거리며 이

리저리 서성이는 남편을 보고 자신의 모습에 흥분했다는 사실을 감지했다. 마침내 남편이 다가와 그녀를 애무하기 시작하더니 외출 전에 섹스를 하자고 했더라는 것이다. 그 후로 옷을 입을 때마다 다른 브라를 입고 있는 그녀를 보고 남편은 "난 오늘밤에 당신이 푸시업 브라를 입는 줄 알았는데."라고 말했고 그러면 그녀는 부끄럽다는 듯 배시시 웃으며 "아뇨, 오늘밤에는 그럴 생각이 없어요."라고 말했다고 한다.

그가 당신의 말에 좀 더 귀 기울이도록 하는 방법

앞에서 나는 남자의 입을 열게 만드는 비법을 말한 바 있다. 하지만 거기에 적힌 조언을 읽은 당신이라면 '그럼 도대체 나는 어쩌란 말이야?'라는 생각이 들었을 수도 있다. 그가 마음 속 깊은 곳에 감춰둔 생각과 바람을 쏟아내도록 당신은 온갖 방법을 동원하지만, 정작 당신 속을 털어놓을 차례가 됐을 때 그가 당신 말을 제대로 들어주지 못할 수 있다고 말이다. 소파에 듬직하게 앉아는 있어도 실은 딴 데 정신이 팔려 있거나 혹은 몸을 비비 꼬며 고통스러워하는 그의 모습을 당신은 영혼 깊은 곳에서 감지했을지 모르고, 심지어 당신이 함께 얘기하고 싶다고 말했을 때 TV 소리를 죽이고 리모컨으로 채널을 돌리고 있을지도 모른다. 이런 상황이라면 커다란 물건을 집어 들어 그의 머리에 내던지고 싶은 충동을 억눌러야 할 것이다.

하지만 당신이 환상 속에 그리는 말 잘 들어주는 남자가 되지는 못한다 해도 적어도 지금보다는 얘기를 더 잘 들어주는 남자로 만들 수 있다.

남자의 입을 열게 하고 싶을 때 서로 나란히 앉아 할 수 있는 일을 제안했던 것이 기억나는가? 이 전략은 그가 당신의 말에 귀를 기울이게 할 때도 적용된다. 함께 조깅을 하거나 해변을 걷거나 차를 운전하면서 복잡한 감각 운동에 관여하지 않아도 될 때 당신은 좀 더 주의를 기울이는 그를 발견하게 될 것이다. 남자들은 의례적인 습관이나 활동을 좋아하니 그런 것들을 유리하게 이용할 수도 있다. 규칙적인 활동(가령 일요일 아침에 여는 팬케이크 파티)을 정해놓고 편안한 대화를 유도하다가 마침내 못다 한 얘기를 주고받는 시간으로 발전시킬 수 있다. 단, 그의 앞에서 일요일은 '대화의 날'이라고 친구들에게 떠벌렸다가 일을 그르치지 않도록 조심하라.

시간과 장소를 정했다고 해도 아직은 그를 좀 더 거들어야 한다. 사회 철학자이자 치료전문가자인 마이클 거라이언에 의하면 남자를 경청자로 만드는 최상의 방법 중 하나는 당신의 말을 스스로 편집하는 법을 배우는 것이다(가혹하게 들리겠지만 적어도 내 경우에는 맞는 말이다). "여자가 할 수 있는 핵심 사항은 사용 단어 숫자를 줄이는 것입니다. 다시 말해 어떻게 하면 요점에 다다를지 좀 더 일목요연한 계획을 세우도록 하십시오." 남자들은 상대방이 본론을 말할 때 진정한 경청자가 된다고 한다. "그들은 상대방이 횡설수설하며 잡다한 지각과 감정을 연결시킬 때 집중하여 듣지 못합니다."

당신이 타고난 수다쟁이이고 긴 대화를 즐기는 여성이라면 어떻게 해야 할까? 당신에게 많은 것을 해주는 그라 해도 수다를 들어주는 일만은 포함되지 않는다는 사실을 이제는 스스로 다짐해야 할 수도 있다. 길고긴 속 애기나 그때그때 떠오르는 얘기, 실황중계 식의 직장 무용담 등은 여자친구나 그런 얘기를 즐기는 이성 친구를 위해 아껴두자. 그러나 남자친구에게는 쓸데없는 얘기는 잘라내고, 잘라내고, 또 잘라내라.

물론 그가 얘기를 들어주는 것 말고 질문도 해주기를 바랄 것이다. 한 친구의 얘기처럼 질의응답을 할 줄 아는 남자와의 데이트보다 더 짜릿한 것은 없다. 거라이언은 대화 주제가 명료하고 당신이 그에게서 원하는 바가 뚜렷할수록 남자가 더 많은 질문을 할 수 있다고 말한다. 그러나 당신이 무수한 감정과 생각·기억·공감을 쏟아낼수록 그는 잘 따라가지 못할 것이다. 그렇게 되면 '그의 마음속에는 주제는 없고 단지 감정만 남게 될 것'이라고 한다. 그에게 "오늘 상사에게 크게 야단맞았는데 무슨 일이 있었는지 얘기해주면 내일 내가 어떻게 해야 될지 의견을 말해줘."라거나 "최근에 여동생이 나한테 하는 행동이 이상해졌어. 그 애 행동을 구체적으로 얘기해 줄 테니 무슨 문제가 있다고 생각되는지 말해주겠어?"라고 말하라.

이제 대화에서 자신의 역할을 알게 된 그는 그 역할에 합당한 질문을 하고 당신에게 필요한 도움이나 조언을 제공할 것이다. "당신 상사 기분이 좀 저조한 것 같은데. 그런 일이 다시 생기지 않는다면 별 문제는 없을 거야."

물론 그의 의견이 필요하지 않을 때도 있을 것이다. 그저 당신의 마음을 정화시키는 차원에서 얘기하고 싶을 때 말이다. 많은 남자들이 난처해하는 얘기지만 이때도 당신이 원하는 바를 말하라. "그냥 내 감정을 얘기하면 자기가 아무 말 않고 들어줬으면 좋겠어."

처음엔 당신에게 꽤 버거운 일처럼 보이겠지만 차차 습관을 들이면(상황을 잘 포착하고 당신이 나아가는 곳을 그에게 알려주면) 시간이 갈수록 그렇게 부자연스럽거나 인위적으로 여겨지지 않을 것이다.

장담하건대 이 글을 읽는 당신에게 한 가지 생각이 떠오를 것이다. '그럼 처음 데이트할 때 그는 왜 그렇게 말을 잘 들어주는 것처럼 보였을까?' 거라이언은 이렇게 설명한다.

"여자에게 한창 작업을 걸고 섹스를 기대하는 구애 단계에 놓이면 남자들은 더 많이 질문하고 더 열심히 귀를 기울입니다."

거라이언은 현재 당신의 관계에서도 이점을 유념해야 한다고 말한다. 그에게 더 많이 작업을 걸고 더 빈번히 잠자리를 가질수록 그가 더 열심히 귀를 기울이게 된다고 말이다.

바람에 관한 진실
더 재미난 사실 11가지

사실 처음에는 남자의 바람을 구별해내는 법에 대해 한 장을 할애할 생각이었지만 곧이어 남자의 바람을 막는 법에 대해 써야겠다는 생각이 들었다. 그러다 만약 바람을 피는 장본인이 당신이라면(요즘에는 여자가 남자만큼 바람을 많이 피는 것처럼 보이니 말이다) 그것이 무엇을 의미하는지 쓰는 것이 좋겠다는 데 생각이 미쳤다. 그러고는 마침내 그동안 불륜에 관하여 터득한 모든 내용을 모조리 적어야겠다는 결정에 이르렀다.

요즘 들어 바람 피는 일이 흔해졌고 더없이 행복하게 보이는 잉꼬부부마저 바람 문제로 파경을 맞는 걸 보면서 당신도 이 문제에 꽤나 집착하고 있을 것이다. 이 무슨 운명의 장난이란 말인가? 최근 나는 지난 〈코스모〉 잡지들을 뒤적거리다 2003년 호에서 남녀관계에서 바람을 방지하는 법에 대한 기사를 발견했다. 그 기사의 첫줄은 이러했다. 「당신과 남자친구는 제니퍼 애니스톤과 브래드 피트보다 더 단단하고 바람에 흔들리지 않는 사랑을 만들 수 있다.」 그러나 우리 말이 맞았다. 그 누구도 바람을 완전히 막을 수는 없다. 하마 같은 외모의 유모를 고용하고 남자친구가 안젤리나 졸리와 함께 영화를 찍는 걸 막을 수는 있을지 몰라도, 그가(혹은 당신이) 바람 문제로 흔들리지 못하도록 장담할 수는 없다. 그러나 남자와 여자가 왜 바람을 피우는지 이해하고 남녀관계를 안전하게 지키는 몇 가지 요령을 터득한다면 최상의 보호책을 제공할 수는 있다. 여기 바람에 대해 내가 아는 바를 적어보겠다.

SECRET 1 남자가 피는 바람은 그저 기회가 주어져 저지르는 경우일 수 있다. 출장 중인 그에게 젊고 아름다운 여성이 접근하여 그가 저항하지 못하는 경우 말이다. 최근 남자친구와 저녁 약속을 한 동료에게 그의 머릿속을 파헤쳐 남자의 진실 10가지를 캐오면 대신 저녁값을 내주겠다고 했고 그녀는 기꺼이 내 제의를 받아들였다. 그녀가 캐온 진실 가운데 첫 번째 진실은 "모든 남자은 바람 피기를 원한다. 다만 일부 남자들이 그러지 않는 이유는 바람 피다 걸릴까 두렵기 때문이다."

SECRET 2 때로 남자가 하룻밤 새로운 여성에게 마음이 끌려 바람이란 위험에 무릎을 꿇었다 해도(바람 피다 걸릴 확률이 낮다고 생각한 경우) 대부분 문제는 간단하지 않다. 지난 몇 년간 알게 된 사실에 따르면 남자들은 대개 남녀관계에서 뭔가 부족한 것이 있을 때 바람을 핀다. 당신이 알아차리지 못하는 문제 때문일 수도 있고, 어쩌면 짜릿함이 사라졌거나 당신이 그에게 예전만큼 관심을 쏟지 않아서일 지도 모르며(아기가 생기면 남자들이 흔히 하는 불평이다), 어쩌면 섹스를 충분히 하지 못하기 때문일 수도 있다(흔한 주범이다). 여자는 섹스 횟수가 줄어도 괜찮다고 하겠지만 대부분의 남자들은 그것을 싫어한다.

한편 여자들도 단순한 정욕이나 짜릿함을 갈망하며 바람을 피지만 남녀관계에서 일어나는 문제의 결과로 말미암는 경우가 더 많다. 예를 들어 자신이 인정받지 못한다고 느끼거나 남자가 기대에 부응하지 못한다고 생각되는 경우(가령 남자가 돈을 잘 못 벌거나 충분히 도와주지 않을 때)가 해당된다.

SECRET **3** 상대 배역과 눈이 잘 맞는 할리우드 유명 연예인들을 보면서 영화 촬영장이 불륜의 온상이라 생각하겠지만 사실 어떤 형태의 일터든지 모두 위험 지대가 될 수 있다. 한 치료전문가에 따르면 부정을 저지른 남자 상담자의 60% 이상이 직장에서 만난 여성과 바람을 폈다고 했다.

바람은 때로 순수하게 시작된다. 두 직장동료가 친해지고 서로의 생활에 대해 일상적인 내용을 주고받다 점심을 하게 된다. 그러다 시간이 갈수록 점점 개인적인 내용을 나누게 되고 그러다 욕정의 에너지가 샘솟는다. 점심은 술자리로 이어진다. 어쩌다 남자가 자신의 답답한 사랑 문제를 털어놓게 됐고 여자 직장 동료가 그 말을 측은지심으로 들어준다. 그러다 그의 여자친구보다 더 따뜻하게 행동하기 시작하고 그러다 본의 아니게 이른바 감정적인 불륜을 저지른다. 이제 그는 위험한 비탈길에 놓이게 되고 그때부터 우정은 다음 단계, 즉 육체적 관계로 이어지기 마련이다.

여자들도 남자들(직장 동료나 이성 친구)과 같은 함정에 걸려든다. 처음에는 선을 넘으려는 의도 없이 수다를 떨고 함께 시간을 보내고, 약간의 작업을 건다. 그러다 남자친구와의 문제에 부딪혀 신경을 쓰고 답답함을 느끼다 보면 다른 남자와의 옳지 않은 수작질에 당신을 내맡기게 되고 그러다 일이 걷잡을 수 없이 진행된다.

SECRET **4** 운명에 앞서 선견지명을 주장하는 한 결혼 전문가에게 들은 훌륭한 조언 하나가 있다. 그저 뒤로 물러나 앉아 무슨 일이 벌어질지 노심초사하지 말고 그가 딴 데 정신이 팔리지 못하도록 실질적인 조치를 취할 수 있다는 것이다. 그가 딴 곳을 바라볼 수 있는 구실을 허용하지 말고, 그가 섹스를 원하거나 당신과의 관계에서 무언가 못마땅해 하는 신호에 좀 더 자주 주의를 기울여라. 그와 관계가 심드렁하다고 느껴지면 '그와 소울메이트가 돼서는 안 되는 이유'와 3장의 '화끈한 침실 생활을 유지하는 방법'을 참조하라. 그리고 그것을 바람 예방책으로 생각하라.

그리고 그의 직장에 종종 들르는 일을 주저하지 마라. 자신의 영역을 표시하는 사냥개의 모습과 비슷하지만 그것은 어떤 약탈자에게든지 확실한 신호를 전달한다. "이 남자는 내거라고, 이 불여우야. 우린 아무 문제없으니 함부로 끼어들지 말란 말이야." 이름만 듣다가 당신의 얼굴을 함께 각인시키면 당신의 남자에게 군침을 흘리는 여자 직장 동료에게 커다란 죄책감을 느끼게 할 수 있다. 솔직히 둘이서 오붓한 점심을 하기 위해 그를 직장으로 데리러 갔던 적이 얼마나 됐는지 생각해 보라.

SECRET **5** 그가 직장 여자동료나 이성친구와 너무 많은 시간을 보내는 것 같다고 해서 그를 호되게 나무라서는 안 된다. 그것은 오히려 그가 해당 이성과 함께 불평을 나누도록 구실을 제공해줄 뿐이다. 그보다는 그 여자와 함께 보내는 시간이나 전화로 수다 떠는 시간 동안 당신이 얼마나 불편해 하는지 퇴근 후 자리에 앉아 차분히 설명하고 그리고 그런 행동을 고쳐주면 좋겠다고 말하라. 어쩌면 그것은 때마침 그에게 필요했던 경고 신호가 될 수도 있다.

SECRET **6** 바람에 대한 일반적인 경고 신호는 다음과 같다.

- 그가 당신과 함께 시간을 보내고 싶어 하는 횟수가 뚝 떨어졌다.

- 한눈을 팔거나, 당신과 함께 있는 시간을 지루해 한다.

- 당신에 대한 성적 흥미가 떨어졌다.

- 화난 것도 아닌데 언제부턴가 당신에게 쌀쌀맞게 대한다(바람 피는 사람이 겪는 스트레스가 비이성적 분노로 바뀌면서 오히려 피해 받는 상대를 겨냥하게 될 때가 있다).

그가 바람 피는 것으로 의심되면(당신이 구제불능 피해망상증 환자가 아니라면) 거기에는 그럴만한 가능성이 있다. '훌륭한 직감을 키우는 3가지 비결'에서 설명한 것처럼 어떤 느낌이 들었다면 거기에는 이유가 있기 마련이다.

SECRET **7** 그에게 따지기 전에 증거물을 확보하라. 남자들은 여자가 느낌만으로 바람 핀 사실을 추궁할 경우 계속 잡아떼면 그 말이 사실이기를 원하는 여자가 결국 자신의 설명을 인정하게 된다는 사실을 알고 있다. 그러나 증거물이 있는 당신이라면 실없는 소리를 하는 것이 아닐 것이다. 그에게 말하면서 뺨을 갈기고 싶은 욕구를 자제하라. 조용하고 차분한 상태를 유지하는 것이 그의 마음을 열게 할 수 있다. 관계를 유지하고 싶다면 그가 이 문제를 어떻게 판단하는지, 그리고 상대 여자와 관계가 얼마나 심각한지 알 필요가 있다. 그의 엉덩이를 발로 차버리고 싶다 해도 그의 말을 끝까지 듣는다고 해될 것은 없다. 지금 더 많은 정보를 입수할수록 훗날 대책 없는 질문에 고통당할 가능성이 적어지기 때문이다.

SECRET **8** 그가 미안하다 말하고 당신과의 관계를 회복하기 원한다면 그 약속에 대한 그의 진실과 당신의 진실을 판단해볼 필요가 있다. 당신의 직감은 당신에게 무엇을 말하고 있는가? 당신은 그를 용서할 수 있는가? 당신이 그 상처를 회복할 수 있다고 생각되는가? 그가 다시 그런 행동을 할 가능성이 있는가? 전문가들은 일부 남자들은 실제로 상습적인 바람둥이기는 하지만 그가 부정행위를 저지른 이유를 해결한다면 또다시 바람을 피지 않을 수 있다. 당신이 그에게 머물기로 결정했다면 그의 나쁜 행동을 계속 떠올리지 않도록 자신을 추슬러야 한다. 그에게 머리끝까지 화가 났다 해도 날마다 그 문제를 물고 늘어져서는 안 된다.

SECRET **9** 그렇다면 당신은 어떠한가? 교제하는 남자가 있으면서도 다른 남자와 진지하게 작업을 거는 당신을 발견했다면 그 이유를 스스로에게 물어보라. 물론 상대 남자가 너무나 멋져 그럴 수도 있지만 남자친구와 관계에 뭔가 부족한 것이 있는가? 관계를 망가뜨리고 싶지 않다면 작업 대상과 이상한 상황을 만들어 욕정의 분위기를 연출하지 마라. 상대가 직장 동료라면 점심이나 술자리를 사양하고 불필요한 접촉을 피하라. 상대가 이성 친구라면 분위기가 가라앉을 때까지 서로 만나는 일을 자제하겠다고 말하라. '하지만 아무 일도 일어나지 않았는걸'이라고 스스로에게 말하지 말라. 뭔가 화학적 작용이 있었다면 계속 연락을 주고받는 동안 발전되기 마련이기 때문이다.

SECRET **10** 당신이 바람 핀 장본인이라면 당신을 자극한 원인이 무엇인지 생각해 보라. 현재 관계에 머무르고 싶다면 당신으로 하여금 다른 사람을 갈망하게 만든 두 사람의 문제가 무엇인지 해결하라. 그리고 절대로, 절대로, 바람 핀 사실을 고백해서는 안 된다. 죄과를 고백하고 양심을 세탁하고 싶은 욕구가 든다 해도 대개의 전문가들은 돌이킬 수 없는 상처의 원인이 된다는 이유로 이러한 자백을 만류하는 편이다. 그 대신 다시는 바람 피지 않겠다고 스스로 맹세하라.

SECRET 11 옛 여자친구와 바람을 폈던 남자를 만났다면 어떻게 해야 할까? 그의 얘기를 귀 기울여 들어보라. 관계가 삐걱거릴 때 한눈을 판 것이라면 그가 자주 바람을 핀다는 사실을 의미할 가능성은 낮다.

남자들은 이렇다 할
예고 없이 떠나간다

전문가들과 함께 남녀관계의 역학과 커플의 의사소통 문제에 대해 얘기를 나눌 때마다 등장하는, 들을 때마다 사람을 불안하게 만드는 작지만 무시무시한 정보가 아닐 수 없다.

여자들이라면 아무런 예고 없이 남자와의 관계가 별안간 끝나버릴 수 있다는 생각을 하기 싫겠지만 이는 실제로 일어나는 일이다. 레스토랑에 마주 앉아 있던 그가 갑자기 더 이상은 안 되겠다고 말할 수 있다는 소리다. 아니 어쩌면 좀 더 머리를 굴려서 서로가 잠시 떨어져 있는 게 좋겠다는 생각이 들었다고 말할 수도 있다. 문제가 있으면 그것을 테이블 위에 올려놓고 함께 고민하는 여자들로서는 이런 일은 상상도 하기 힘들다. 사실 우리 여자들은 남녀 문제에 대해 함께 의논하기를 남자들에게 애원하는 편이다.

그러나 대부분의 남자들은 테이블 위에 문제를 올려놓는 것을 거북해 한다. 남자들이 가장 두려워하는 일 가운데 하나가 남녀 사이의 관계에 대한 얘기이며 무슨 수를 써서라도 그 얘기를 피하려 든다. 남자는 남녀 사이에 걱정되는 문제가 있어도 더 이상 참을 수 없을 때까지 방치하다 어느 날 갑자기 폭탄선언을 한다. 그리고 남자의 불만이 깊어진 단계에서 그를 되돌리기란 여간 힘든 일이 아닐 수 없다.

그렇기 때문에 서로의 관계에 대해 늘 바짝 주의를 기울이는 일이 필요하다. 여자가 책임져야 할 또 다른 일이라는 게 부당해 보이겠지만 의사소통 방식의 차이점을 극복하는 일이라 여기기 바란다.

그렇다면 문제가 있는지 없는지 어떻게 알아볼 수 있을까? 그에게 불만이 있다면 평소 모습처럼 보이지 않을 가능성이 높다. 예전보다 말을 덜하고, 감정적인 소통 의욕이 줄어들었고, 섹스하려는 의지마저 덜할 수도 있다. 그의 행동을 다른 원인(가령 스트레스)의 탓으로 돌릴 수도 있지만 그것이 서로의 관계와 결부된 것이라면 스스로에게 질문해 보아야 한다.

빙빙 돌리지 말고 주제를 꺼내 곧장 본론으로 들어가라. 예를 들면 "요즘 들어 다른 데 정신이 팔려있는 것처럼 보여. 뭔가 나랑 얘기하고 싶은 고민거리가 있는 거 아니야?"라고 말하라. 그가 즉시 말을 꺼내지 않는다고 해서 침묵을 깨고 들이밀어서는 안 된다. 그에게 시간을 제공하라. 그가 일이나 부모님, 혹은 당신과 전혀 관계없는 일로 핑계 대면 더 이상 그를 다그치지 말고 상황을 유심히 지켜보라. 몇 주가 지났는데도 상황이 좋아지지 않는다면(특히 섹스 문제가) 당신이 용감하게 맞서야 할 때다. 뭔가 문제가 있다는 것을 얘기하고, 그것이 당신을 괴롭히고 있고 두 사람의 관계가 어떠한지 당신에게 말해줄 필요가 있다고 말하라.

더 이상 남자와
어긋난 관계로
끝나지 않는 법

지난 8년 동안 나는 좋은 남녀관계에 대해 수도 없이 많은 조언을 제공받았고 그 중 많은 것을 내 개인 생활에 접목시켰다. 때로는 좋은 것 그 이상의 훌륭한 지혜를 듣기도 했는데 그것은 강렬하고 신선하게 나를 자극했다. 아니 어쩌면 그것은 우리들이 대부분 이미 어느 정도는 알고 있지만 완전히 인식하지는 못하던 사실을 생소한 방식으로 언급해 놓은 것에 불과할 수도 있었다.

내가 지금 말하려는 조언이 정확히 그런 종류의 것이다. "당신의 참모습 그대로 사랑받아라." 주디스 셔번 박사에게서 나온 이 조언은 계속해서 남자와 관계가 어긋나는 여자들을 위한 것이다. 당신이 그러한 여자들 가운데 한명이라면 제일 먼저 세상을 탓하거나 불평하고 싶은 마음이 들 수 있다. 왜 세상에는 그렇게 형편없는 남자들만 득실대고 왜 나는 지지리도 운이 없느냐고 한탄하면서 말이다. 때로는 당신이 해볼 수 있는 방법이 별로 없는 것처럼 보이기도 할 것이다.

그렇다면 지금부터는 마음을 단단히 먹기 바란다. 셔븐 박사의 조언을 읽으면 움찔할 수도 있으니 말이다. 자, 시작하겠다.

"계속해서 남자와의 관계가 실패한다면 이 점을 알아두기 바랍니다. 그러한 관계에서 변하지 않는 유일한 요소는 바로 당신입니다. 그렇다면 뭔가 변화해야 할 장본인은 바로 당신입니다."

약간은 뜨끔할 것이다. 그러나 이 말은 곧 문제를 해결할 수 있는 열쇠를 당신 손에 쥐어주는 것이기도 하다. 이제 당신은 스스로 무엇을 잘못하고 있는지 알아내야 한다. 당신은 왜 당신과 어울리지도 않는 남자들에게 계속해서 이끌리는가? 일단 그 교제 관계에 들어서면 당신이 그 관계를 중단하는가? 당신은 문제를 해결하기 위해 충분히 노력하는가 아니면 그저 도망치는가? 당신이 진정으로 그 해답에 귀 기울일 용기가 있고 방어태세 없이 그 말을 듣고 그것에 변명하지 않겠다면 친구들이 도움이 될 수 있다. 매번 똑같은 종류의 남자를 고르는 이유를 이해하려면 전문적인 치료가 도움이 될 수도 있다. 그러나 첫 단계는 문제의 공통분모가 당신이라는 사실을 깨닫는 것이다.

32 MAN&WOMAN STYLE

여자친구들이
잘못 알고 있는 남자의 진실

대다수 남자들이 남자가 여자를 쫓아다니는 것을 그 반대의 경우보다 선호하고, 여자들이 그 상황을 역전시키려 하면 막 싹트던 로맨스마저 수그러든다고 한다. 그러나 적어도 관심도 없는 남자에게 시간을 낭비할 가능성이 있다는 사실을 여자들에게 일깨워 주는 베스트셀러 책은 10년 주기로 세상에 나오는 것처럼 보인다.

90년대에 나온 『규칙 The Rules』이란 책이 그런 책이다. 이 책은 여자들의 튕기기와 데이트 신청 기다리기, 먼저 전화 끊는 사람 되기("이만 끊어야겠어요."란 말과 함께)의 필요성에 대해 조언한다. 여자가 튕기는 일에 실패하면 그녀에게 반했던 남자들은 곧 흥미를 잃게 된다고 작가는 말한다. 2000년대에 나온 『그는 당신에게 반하지 않았다』란 책은 데이트 후 그에게서 연락을 받지 못했다면 그것은 오직 단 한 가지 이유, 즉 당신을 만날 생각이 없기 때문이라고 설명한다. 그가 당신을 집까지 바래다주면서 혹은 아침에 침대에서 빠져 나오면서 무슨 말을 했든지 간에 말이다.

그렇다면 남자들이 여자를 쫓아다니기 좋아하고, 그가 쫓아다니지 않으면 관심이 없다는 사실임을 왜 우리 여자들이 계속해서 상기해야 하는 걸까? 그것은 당신의 여자친구들이 사기를 진작시킨답시고 과감히 정면 돌파하도록 부추기는 데 일부 원인이 있다. 친구들은 "그 남자가 너무 바빠서 그럴 거야."라거나 "네가 전화해 봐." 혹은 "콘서트 표가 있는데 갈 의향이 있는지 궁금해서 전화했다고 해."라고 말할 것이다. 게다가 가만히 앉아 기다리기를 좋아하는 사람은 없고, 게다가 이미 여자들은 자신의 운명을 스스로 조종하는 일이 얼마나 멋진지 이미 터득하고 있기 때문이다.

또 다른 이유는 최근에 알게 된 사실인데 남자들이 언제부턴가 혼란스런 메시지를 전달하기 시작했다는 것이다. 우리 여자들이 먼저 접근하는 것을 좋아하는지 아닌지 별다른 말이나 행동이 없어서 여자들을 헷갈리게 만들기 때문이다.

〈코스모〉의 설문조사를 통해서도 이러한 현상이 확인됐다. 한 조사에서는 66%의 남자가 바에서 여자들이 접근하는 것이 좋다고 답했고, 다른 조사에서는 78%의 남자가 여자가 먼저 섹시하게 접근하는 것을 선호한다고 답했다.

그렇다면 우리는 무슨 말을 믿어야 할까? 남자들이 변하고 있다는 말일까? 아니면 일부 남자들만 변하고 있는 걸까? 남자들은 늘 여자들이 더 적극적이기를 몰래 원하고 있는 걸까? 도대체 우리 여자들은 어떤 반응을 취해야 할까?

이 문제에 대한 내 견해를 말하자면 남자들은 그래도 쫓아다니는 편이 되고 싶어 한다는 것이다. 적어도 초기 단계에서는 당신이 먼저 전화하고 문자 메시지를 보내고, 이메일을 보내고, 강아지 그림이 그려진 귀여운 카드를 보내주기를 원치 않는다. 하지만 거절당하는 것도 싫어한다. 그래서 상황이 애매모호하다면(요즘에는 그런 경우가 더 많은 것처럼 보인다) 남자는 접근 전에 상대 여성이 관심이 있는지 없는지 확실한 증거를 찾아볼 것이다. 자신이 쫓아다니면 당신이 잡혀줄 용의가 있는지 말이다. 만약 당신이 바에서 먼저 작업을 걸었거나 섹시하게 접근했다면 여자 쪽에서 먼저 그 애매모호함을 없애는 게 된다.

그러나 그 다음에는 그가 바통을 이어받을 것이다. 그가 당신에게 호감이 있다면 접근할 것이라는 말이다. 코스모 라디오의 사회자 패트릭 미거가 말했듯이 "문만 살짝 열어놓으면 알아서 비집고 들어가겠다."는 뜻이다.

자 결론이다. 불공평하게 들릴 수도 있겠지만 당신이 남자를 정말 좋아한다면 그가 쫓아다니도록 만드는 것이 가장 좋다. 초반부에 그가 당신의 의향이 떠보는 것 같은 생각이 들면 살짝 옆구리만 찔러 주도록 하라. 그러나 한 번의 손놀림처럼 잼싸야 한다. 그러고는 물러나라. 예를 들어 파티에서 만난 그와 얘기가 잘 통했다면 그에게 언제 한번 만나자는 암시를 줄 수 있다. 하지만 그 다음에는 그가 당신에게 전화를 걸도록 여지를 남겨두자.

만약 그가 매우 긍정적인 반응을 보였고, 당신에게 전화했고, 꽤 재밌는 데이트를 한 것처럼 보였는데 그 후로 연락이 없다면 어떻게 할까? 그가 생각했던 것만큼 당신에게 관심이 없다는 소리다. 당신의 단짝 여자친구는 그가 데이트 신청을 했으면 좋아하는 게 분명하니 네가 한번 전화해 보라고, 어떤 행사에 그를 초대해 보라고 말할 것이다. 하지만 그가 당신이 제안한 두 번째 데이트에 승낙했다면 그것은 그저 별다른 감정 없이 그랬을 가능성이 높다. 그렇다면 당신은 필연의 결과, 다시 말해 그에게 다시는 연락받지 못하게 될 일만 조금 뒤로 늦출 뿐이다.

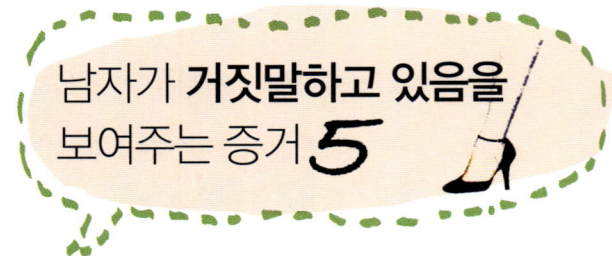

남자가 **거짓말하고 있음을** 보여주는 증거 **5**

우리는 종종 남자가 거짓말하고 있음을 알아차릴 때가 있다. 그의 생각이 단순한 나머지 얼굴에 다 드러나거나 그의 말이 앞뒤가 맞지 않아 신빙성이 떨어지는 경우에 말이다.

하지만 그 밖의 다른 경우라면 쉽게 드러나지 않는다. 어쩌면 그는 진실해 보이거나 화가 난 것처럼 보이는 방법을 오랫동안 연마하여 내성을 길렀을 지도 모른다. 그리고 당신은 뭔가 잘못됐음은 감지하지만 그것이 무엇인지는 모를 수 있다. 그래서 보디랭귀지 전문가가 알려주는 남자가(이 경우에는 여자도 해당된다) 거짓말하고 있음을 나타내는 미묘한 증거를 가르쳐주게 된 점을 기쁘게 생각한다.

LIE 1 가슴 앞에서 팔짱을 끼거나 다리나 발목을 꼬고 앉는다 이는 그가 느끼는 불편함에서 유발된 방어적인 동작이다. 그는 또 무의식적으로 자신을 상대에게서 분리시키고 있다. 그것은 마치 "내가 하는 말은 하나도 믿지 마!"라고 말하는 것과 같다.

LIE 2 눈의 바깥쪽 코너를 손가락으로 비빈다 제아무리 솜씨 좋은 사기꾼도 거짓말을 하면서 상대의 눈을 똑바로 쳐다보기는 어려운 법이다. 자신의 눈 주위를 만지작거림으로써 눈 마주침을 회피하려는 수작이다.

LIE 3 귓불을 잡아당긴다 거짓말을 하는 사람은 주의를 흩뜨리기 위해 무의식적으로 손동작을 이용한다. 상대에게 자신의 말에 집중하기보다 손동작을 쳐다보도록 하기 위한 수작이다.

LIE 4 코의 가장자리를 손가락으로 위아래로 비벼댄다 코를 비비는 동작은 자신의 입에서 나오는 부정직한 메시지를 무의식적으로 차단하려는 노력을 말한다. 또 다른 이론이 있는데 거짓말을 하면 속이 거북해지고 맥박이 빨라지며 얼굴로 혈액이 쏠려 코와 귀가 가렵게 느껴져서 손으로 긁고 싶어진다고 한다.

LIE 5 아랫입술을 깨문다 또 다른 방어적인 테크닉이다. 사실을 자백하고 싶은 충동과 싸우는 중임을 나타낸다.

34 MAN&WOMAN STYLE

사랑에 관한 한 여자는 비밀 정보요원이 되어야 한다

〈코스모〉에 정착하기 오래 전, 사랑에 관하여 터득한 교훈 중 하나가 남녀관계의 진행 상황을 확인하는 쪽이 여자여야 한다는 것이다. 그렇다고 여자 쪽에서만 감정적인 생명력을 유지하라는 얘기는 아니며, 그보다는 여자 쪽에서 남녀관계의 품질 관리에 힘쓰고 문제가 발견되면 그것을 바로잡도록 최선의 노력을 기울이라는 말이다.

예를 들어 열대 휴양지의 모기장 밑에서 일주일을 보내거나 8월 한밤중에 피크닉을 즐기며 별똥별이 쏟아지는 것을 구경하는 일처럼 재미나고 섹시한 활동은 여자들이 계획하는 경우가 많다. 사실 〈코스모〉에서는 별똥별이 연출하는 엄청난 장관과, 남자친구와 담요와 와인 한 병을 들고 야외로 나가 끝없이 쏟아지는 별똥별 아래서 사랑을 속삭이는 이벤트를 언급하지 않고 일 년을 지나치는 일이 거의 없다.

나는 이런 일들은 여자들 소관이라고 알면서 자라왔을 뿐이지만 이에 관해 정확히 정의 내려준 사람은 다른 잡지사에 재직할 때 함께 일했던 어느 결혼 상담가였다. 그녀는 '여자는 남녀관계의 보호자'라고 내게 말해주었다. 그녀는 이러한 특성이 여성들에게 다분히 천성적으로 받아들여지고 프로그래밍 된다고 설명하면서, 그것은 어쩌면 선사시대에 화덕을 지키던 여인네들의 임무 때문인지도 모른다고 했다. 물론 남자들이 그런 일을 떠맡지 않는 경향이 있어서(적어도 그 옛날 옛적부터) 우리가 대신 그 빈자리를 메우려는 것이기도 하다. 물론 당신은 정기적으로 당신에게 여행 가방을 챙기라고, 주말에 버크셔에 위치한 멋진 B&B를 예약해 놓았노라고 말하는 남자와 5년째 사귀고 있을지도 모른다. 만약 그렇다면 그것은 정말로 멋진 일이다. 하지만 당신의 남자가 상식적으로 예외에 속할 일은 거의 없을 것이다.

여자들은 본래 보호자의 역할을 타고났을 수도 있다. 그러나 시간이 지날수록 그런 역할에 조금씩 싫증이 나기 십상이고, 어쩌면 감히 단언하건대 그 모든 계획 활동과 그토록 힘든 일을 도맡아 하는 당사자가 늘 당신이라는 사실에 신물이 날 수도 있다. 그러한 따분함으로 당신은 두 손을 들게 될 수 있고, 그렇게 되고 나면 두 사람의 관계는 뻔한 결말을 맞게 될 것이다. 별빛 아래에서의 피크닉과 같은 이벤트를 남자들이 계획할 리는 만무하겠지만, 막상 예상치 못한 재미난 일들이 벌어지면 남자들도 그것을 즐기며 그와 더불어 사랑도 샘솟기 때문이다.

그렇다면 당신은 꽤 난처한 선택을 떠맡은 셈이다. 보호자 역할이 너무 지나치면 그것에 화가 치밀 것이고, 그러한 책임을 나 몰라라 하면 당신의 관계는 밍밍해질 수 있으니 말이다. 그러나 당신의 보호자 역할을 손쉽게 만드는 두 가지 전략이 있다.

Plan 1 **먼저 그 역할을 바라보는 방식을 바꿔라** 그것을 지루한 역할로 바라보는 대신 그런 방면에 소질이 있어서 당신이 부수적으로 맡는, 여자로서 갖는 특권으로 바라보라.

몇 년 전, 이 문제를 다룬 기사를 편집하면서 내 오랜 부하직원인 미리엄과 '남자와 여자의 불균등함'에 대해 얘기를 나눈 적이 있다. 당시 그녀가 해준 말은 내 모든 생각을 완전히 뒤바꿔 주었다.

"자신이 보호자라고 생각하면 너무 따분하잖아요. 여자들이 자신을 비밀 첩보원이라 생각하면 더 낫지 않을까요?"

나는 그녀의 생각이 무척 마음에 들었다. 물론 그녀는 글자 그대로를 의미한 것은 아니었다. 비밀 첩보원은 은밀한 활동으로 사람들을 선동하여 폭동을 일으키는 사람을 말한다. 그러나 그 단어의 사용 폭을 좀 더 넓혀서 뭔가 비밀스럽고 외설적이며 못된 짓을 일삼기 좋아하여 예기치 못한 일을 벌이는 사람으로 묘사하면 무척 매력적인 느낌을 가질 수 있다.

Plan 2 **남자를 부추겨 생동감 넘치는 관계를 유지하는 데 앞장서도록 부추길 수도 있다** 그러나 당신이 바라는 점을 그에게 분명히 말해줘야 한다. 여자들은 남자가 그 모든 일들을 알아서 처리해줄 때 더 로맨틱하다고 여기기 때문에 그렇게 말하기를 꺼린다. 그러나 말로 표현하는 일을 실천하다 보면 결국에 가서는 당신이 그에게서 원하는 것을 더 많이 얻게 될 것이다.

그에게 금요일 밤 계획을 짜주면 너무나 좋겠다고 말하라. "자기 아이디어는 늘 재밌어."라는 칭찬으로 시작하여 영화를 선택하거나 저녁식사 장소를 선택해 달라고 하라. 하지만 그가 다트판과 당구대가 있는 레스토랑으로 데려간다고 해도 투덜대서는 안 된다. 결국에는 그에게 하룻밤 데이트 전체를 책임지도록 제안하게 될 수도 있다. 그가 더 많이 연습하고 자신감을 가질수록, 당신이 요구하기도 전에 스스로 짠 계획으로 당신을 더 많이 놀래줄 것이다.

남자의 말, 곧이곧대로 받아들여라

　　우리 여자들은 말할 때 사용하는 단어에 완전히 드러나지 않는 의미를 싣는 경우가 있다. 가령 기분이 어떠냐는 친구의 물음에 "뭐, 그런대로 좋아"라고 답할 수 있다. 그러나 당신의 친구도 여자이기에 당신이 사용한 '좋다'는 단어에 그다지 현혹되지 않을 것이다. 그렇다면 그 말의 정확한 의미는 무엇일까? "사실 기분이 썩 좋지 않은데 네가 그 이유를 알아줬으면 해. 왜냐면 그걸 내 입으로 말하기는 곤란하니까 말이야"이다. 그것이 아니라면 "사실 기분이 썩 좋지 않은데 네가 그 이유를 알아주었으면 해. 왜냐면 너도 그 문제에 포함되니까 말이야"이다.

　　우리는 남자도 그럴 거라 여기고, 남자가 조금이라도 솔직하지 않은 기분이 들면 그를 추궁하여 진짜 생각과 느낌을 실토하도록 만든다.

　　나는 연구조사를 통해 남자들이 있는 그대로 얘기한다는 사실을 알게 됐다. 하지만 그 사실을 분명히 확신하게 된 것은 〈코스모〉에 보내온 메일에서 남자들의 말을 곧이곧대로 받아들이지 않고 단어와 목소리 톤으로 말뜻을 해석하려는 여자들의 심리에 무척 당황해 하는 남자들을 봤을 때였다. 한 남자는 인터뷰에서 이렇게 물었다.

"여자들은 왜 늘 뭔가 문제라고 생각하는 거죠? 통화 중에 제 목소리가 약간 가라앉았었나 봅니다. 그랬더니 계속해서 아무 일 없느냐고 묻는 거예요. 여자들은 도대체 왜 그렇게 말하는 거죠?"

물론 남자들 중에는 속을 알 수 없거나 사기꾼 같은 이들도 더러 있다. 때로는 저기압 상태의 남자가 부루퉁해서는 갑자기 왜 심통을 부리는지 당신이 알아주기를 바라기도 한다. 그러나 대부분 남자들이 하는 말은 그대로를 의미한다. 그렇다면 당신은 남자들의 말을 대개 액면 그대로 받아들여야 하고, 그것을 해석하거나 더 많은 정보를 캐내기 위해 골머리를 썩일 필요가 없다.

예를 들어 그가 괜찮다고 말하면 그는 실제로 괜찮을 가능성이 높다. 그와 상반되는 뚜렷한 증거물이 나오지 않는다면 말이다. 그에게 이탈리아 요리와 멕시코 요리 중 무엇을 원하느냐고 물었을 때 멕시코 요리라고 답했다면 그는 정말로 멕시코 요리를 원하는 것이다. 남자는 예의를 차리거나 혹은 상대가 자신의 속마음을 알아주기를 은근히 바라며 말하지 않는다.

그러니 "정말이야?", "진짜?" 혹은 "진심으로 하는 말 아니지?"라고 질문하지 마라. 그런 질문들은 남자를 돌아버리게 만든다.

CONTENTS

Part 3 섹스

Red-Hot
Sex style

그를 후끈 달아오르게 하는 법 | 내 안의 성적 매력을 일깨우는 15가지 방법 | 잠자리에서 남자들은 생각보다 매우 과감한 터치를 좋아한다 | 당신을 침대로 끌어들일 수 있다면 남자들은 어떤 일도 마다하지 않는다 | 남자들도 전희를 좋아한다? 사실이다 | 색다르게 시도해볼 만한, 9가지 고감각 섹시 침대 테크닉 | 남자는 적어도 침대에서는 '여성 상위'를 좋아한다 | 팬티와 연관된 것을 생각하라 | 남자가 여자의 손길을 기다리는 성감대 5 | 오르가슴에 도달하는 3가지 비결 17 | 그래도 효과가 없다면? 또 다른 오르가슴 비결 9 | 남자에게도 섹스에 대한 두려움은 있다 | 남자들은 알몸의 여자를 좋아한다! 알몸, 그것만으로 충분하다! | 황홀감의 극치를 안겨줄 5가지 섹스 비결 | 데이트할 때 잠자리까지는 얼마나 기다려야 할까? | 남자들이 열광하는 키스 | 화끈한 침실 생활을 유지하는 방법 | 그를 내 맘대로 요리하는 12가지 오럴섹스 비법 | 가장 훌륭하지만 가장 홀대받기 쉬운 남자의 성감대 | 세상에서 가장 관능적인 섹스를 즐기는 법 | 남자들은 약간의 변태적 행위를 남몰래 동경한다 | 침대에서 남자의 쾌감을 두 배로 높이는 법 | 침대에서 남자를 유도하여 당신의 황홀감을 얻어내라 | 섹스는 인생에서 최고로 좋은 것에 속한다 | 침대 속 요부가 되는 법

그를 **후끈** 달아오르게 **하는 법**

　　대다수 여자들이 알고 있듯이 남자를 유혹하는 데 엄청난 노력
이 필요하지는 않다. 대개는 "바지를 벗는 게 어때요?"라는 한마디로도
충분하기 때문이다.

　　그러나 유혹에도 그저 그런 유혹이 있는가 하면 남자를 후끈 달아오르게
하는 유혹이 있다. 물론 후자가 훨씬 더 에로틱하고 인상적이며, 남자에게
는 육체적으로도 화끈한 경험을 선사하여 오르가슴의 강도를 높일 수 있다.

　　세 가지 유혹 단계는 어렵지는 않지만 어느 정도의 노력이 필요하다. 이
제 당신은 그를 약 올리고, 애태우고, 괴롭혀야 한다.

약 올리기

앞으로 벌어질 상황에 대해 넌지시 힌트를 주고 서서히 분위기를 고조시킬 차례다. 피부를 많이 드러내는 도발적인 옷차림을 하고 그의 얘기를 듣는 동안 살짝 입술을 깨물어라. 대놓고 말하기보다는 암시적인 언어를 사용하여 심중에 들어있는 말을 하라. 가령 "오늘처럼 뜨겁고 열기가 후끈거리는 날을 좋아하는데, 당신은 어때요?"라고 말하라.

애태우기

이제 열기의 수위를 조금 더 높여보자. "당신을 원해요."라는 말로 약을 올리며 장난하는 것이 아님을 알려라. 그에게 해주고 싶은 몇 가지 야한 행동에 대해 작은 목소리로 속삭여라. 그의 손을 잡고 손바닥을 혀로 살짝 핥아라. 그의 허벅지 사이로 손을 집어넣고 허벅지를 쓰다듬어라.

괴롭히기

화끈한 열기를 지속시키자. 곧장 침대로 뛰어들지 말고 당신의 옷을 한 번에 하나씩 벗겨내며 스트립쇼를 하라. 아니면 그의 옷을 한 번에 하나씩 벗겨내라. 그것도 아니면 그의 등을 한번 애무하고는 그의 엉덩이 쪽으로 손을 뻗어 아래로 쓸어내려라.

본 시합에 들어가려고 기를 쓰는 남자라 해도 당신이 공을 들이는 동안 흥분을 고조시킬 수 있다는 사실을 분명히 기억해 두자.

내 안의 성적 매력을
일깨우는 15 가지 방법

이제 당신의 성적 매력을 소유하고 당신이 얼마나 섹시한 여성인지 높이 평가하는 일이 중요하다는 것을 알게 됐다. 앞서 말했듯이 그것은 내적인 전략이다. 그러나 당신만의 섹시함을 인정하고 높이 평가하는 보다 손쉬운 방법이 있는데, 그것은 섹시함을 정기적으로 한껏 즐기고 감각적인 삶을 살기로 택하는 것이다. 섹시한 행동을 할 때 당신은 한층 섹시해짐을 느낄 수 있을 것이다. 다음과 같이 해보자.

sexy 1 더운 날(마음만 내키면 추운 날도 상관없다) 상의를 벗은 채로 집안을 걸어보라. 당신의 가슴에 와 닿는 미풍을 느껴보라.

sexy 2 집안 곳곳에 촛불을 켜라. 단, 플로랄 향기의 향초 대신 이국적이고 숲속 향기가 나는 향초를 사용하라. 그것이 훨씬 더 에로틱하다. 내 뷰티 디렉터가 알려주어 푹 빠져버린 환상적인 향초는 바로 딥티크 DIPTYQUE

의 푸 드 부아Feu de Bois이다. 그 향을 맡고 있노라면 숲속 요
정이 된 듯한 느낌이 들 것이다.

sexy 3 데이트 생활이 무미건조하다면 침대에서 섹시한 란
제리를 걸쳐라.

sexy 4 봉골레 스파게티(조개 소스로 만든 스파게티)를 주문하거나 직접
만든 다음 한 입 한 입 그 맛을 음미하라. 어떤 음식을 먹든지 한 입 한 입
씹는 동안 수저나 나이프, 포크 등을 내려놓고 맛을 음미하라.

sexy 5 자신의 성적 쾌락을 음미하는 동안 멋진 분위기와 좋은 음악으
로 체험을 극대화하라.

sexy 6 높은 번수(600수 면의 감촉은 천국이나 다름없다)의 침대 시트를
구매하기가 버겁다면 높은 번수의 베갯잇을 장만하라.

sexy 7 오렌지를 가득 담은 그릇을 테이블 위에 놓아라. 보기에도 아름
답고 향기 또한 좋다.

sexy 8. 아랫배로부터 심호흡 하라.

sexy 9 페디큐어 서비스를 받을 때 10분간 다리 마사지를 해달라고 부
탁하라.

sexy 10 길거리에 지나가는 멋진 남자에게 시선을 고정하라. 그와 눈
이 마주쳤다면 좀 더 오래 서로의 시선을 응시하라.

sexy 11 환상적인 코롱을 찾아라. 바비 브라운이 만든 비치Beach라는
이름의 코롱에서는 선탠로션과 바다와 섹시한 여름 체취가 뒤섞인 향기가

나며, 그것을 뿌리면 비키니 차림으로 해변에 누워 부서지는 파도 소리를 들으며 피부에 쏟아지는 태양을 느끼는 기분이 든다.

sexy 12 때로 점심 식사에 와인을 곁들여라. 프랑스의 프로방스 지역에서는 점심에 로제 와인을 마신다. 여름에는 기가 막힌 와인이다.

sexy 13. 가능한 야외에서 매끼 식사를 즐겨라.

sexy 14 겨울에는 캐시미어로 된 양말을 신어라. 천국의 기분을 맛볼 것이다.

sexy 15 침실 천장에 설치할 대형 팬을 장만하라. 그 아래서 자면 자메이카에 온 기분이 들 것이다.

잠자리에서 남자들은 생각보다
매우 과감한 터치를 좋아한다

남자를 어루만지는 문제에 관해 거의 틀림없는 사실이 있는데 그것은 남자들이 여성의 손길을 무척 좋아한다는 것이다. 다만 여성에게 갖는 불만이 있다면 그것은 여성의 터치가 종종 강렬하지 않다는 것이다.

우리 여자들이 조심스럽게 구는 데는 나름대로 이유가 있다. 남자의 페니스가 부드럽고 연약해 보이기도 하고, 행여 그것을 다치게 하지는 않을지 걱정도 되기 때문이다. 남자의 그곳이 부러져 극심한 고통과 창피함을 무릅쓰고 응급실로 달려갔다는 끔찍한 얘기도 있지 않은가 말이다. 과연 어떤 여성이 그토록 끔찍한 악몽의 주인공이 되고 싶어 하겠는가? 비록 페니스의 끝이 무척 예민하다고는 해도(특히 치아에 약하다!) 나머지 부위는 팔뚝의 피부나 다를 바 없어서 오히려 힘껏 움켜쥘 때 제대로 반응을 보인다. 한번은 이메일에서 한 남자 독자가 이렇게 강조했다. "여성분들, 우리 물건은 그렇게 예민하지 않아요. 우리는 여러분이 좀 더 거칠게 다뤄주기를 바랍니다. 세게 쥐어주고, 힘껏 빨아주고, 젖소의 젖을 짜내듯 그렇게 움켜잡아 주세요. 혹시 다치지는 않을지 걱정되겠지만 내가 장담합니다. 그에게 물어보면 더 세게 해달라고 졸라댈 걸요."

그 외 다른 신체 부위에 대해서도 많은 남자들은 강한 터치를 원한다. 실제로 남자의 피부는 여자의 그것보다 20% 두꺼워서 여자에게 만족스러운 압력과 터치가 남자에게는 턱없이 약할 것이다. 남자들은 여자가 자신의 귓불을 잘근잘근 씹어주고, 젖꼭지를 꼬집어 주고, 엉덩이를 힘껏 쥐어주고, 오럴섹스에서 손가락으로 페니스를 단단히 움켜쥐고, 페니스의 중간 부위를 살짝 깨물어 주고, 고환을 세게 당겨주기를 바란다. 그러니 침대가 들썩일 만큼 움직거린다고 걱정할 필요는 없다. 침대 머리 판에 계속 헤딩을 하고, 걸어놓은 그림이 우당탕 떨어진다 해도 오히려 그것이 좋다고 고백하는 남자들이 많으니 말이다.

그렇다고 무조건 있는 힘껏 힘자랑을 하라는 말은 아니다. 강약 조절은 해야 한다. 때로는 마치 당신의 손이 그에게 속삭인다는 생각으로 그의 피부에 닿을 듯 말 듯 손가락을 대고 가볍게 쓸어내려라. 그리고 다음 순간 당신이 어떤 터치를 해줄지 알지 못하는 것도 그를 무척이나 흥분시킬 것이다.

당신을 침대로 끌어들일 수 있다면
남자들은 어떤 일도 마다하지 않는다

나는 지난 몇 년간 남자들에 관하여 새롭고 흥미롭고 안심이 될 만한 많은 사실들을 터득했다. 남자들이 우리 여자들을 좋아하고, 우리를 즐겁게 해주는 데 열을 올리고, 우리의 마음을 움직이는 것이 무엇인지 알고 싶어 한다는 것 말이다. 그러나 또 한편으로는 남자들이 보내온 이메일과 의견을 읽고 일부 남자들이 얼마나 차갑고 이기적이고 교활한지 모른다는 것도 알게 됐다. 때로는 그들의 통명스러운 답변에 울화가 치밀기도 했지만 모르는 것보다야 낫겠다는 생각도 들었다. 유비무환의 정신으로 말이다.

남자들이 자신들에 관해 알려준 그 모든 통찰력에 비추어볼 때 거듭 반복되는 한 가지 주제가 있었는데, 그것은 남자들 특히나 젊은 남자들이 일주일 24시간 섹스에 대해 생각한다는 사실이었다. 그러니까 아침에 눈을 뜨고 하루 일과를 보내면서, 심지어 단아한 펌프스 구두와 피터팬 칼라 블라우스를 입은 60세의 할머니 동료를 쳐다볼 때조차도 그것을 생각한다는 것이다. 온종일 섹스에 관한 생각뿐이니 어떻게 하면 여성을 침대로 끌어들일 지 온갖 궁리를 할 수밖에 없는 것이다. 한번은 〈코스모〉에 다음과 같은 헤드라인을 실은 적이 있다.

"그는 언제나 잠자리에 관한 계획을 꾸민다. 이는 사실이다. 언. 제. 나. 말이다."

정말이지 사실 그대로를 요약해 놓은 문구였다.

그러나 여자와 잠자리를 갖기 위해 노력하는 남자들이 잘못됐다고 말하려는 건 아니다. 다만 남자들의 행동을 부추기는 동기가 무엇인지 그것을 간파하는 것이 똑똑한 처사라는 말이다. 여성을 유혹하려던 한 남자에게서 들은 기발한 스토리 하나가 있다. 그는 여자와 저녁식사를 하는 동안 룸메이트를 시켜 걸게 한 비상 전화로 아파트에 물이 샌 것처럼 꾸며댔다. 말할 것도 없이 그의 데이트 상대는 자신의 집에서 하룻밤을 머물도록 제안했고 결국에는 그렇고 그렇게 되었다고 했다. 그리고 그는 그 후로 그날 밤을 '워터 월드 이벤트'라고 이름 붙이게 됐다.

심지어 남자가 전혀 섹스를 생각할 것 같지 않은 순간이라 해도 사실은 그렇지 않다. 27세의 맷Matt이란 남자가 고안한 독창적인 수법을 살펴보자. 그는 우리에게 이렇게 얘기해 주었다.

"이상하게도 여자가 섹스를 하도록 만드는 가장 쉬운 방법은 섹스에 관해 얘기하지 않는 것입니다. 내가 그녀에게 섹스할 일이 없다는 확신을 주자('만난 지 얼마 되지 않아 여자와 자는 일은 거의 없어요') 모든 부담과 기대와 어색함이 사라졌어요. 그리고 우리가 방금 불가능하다고 얘기 나눈 것이 가능할 뿐 아니라 얼마든지 벌어질 수 있는 일이라고 깨달았을 때 그녀는 모든 것을 허락했습니다. 이 방법은 절대로 틀릴 일이 없습니다."

다시 얘기해 두지만 나는 이에 대해 뭐라고 평가 내리려는 게 아니라 그저 속지 말라고 말하려는 것뿐이다.

남자들도 전희를 좋아한다?
사실이다

남자들은 잠자리에서 곧장 섹스에 돌입하기를 좋아한다는 평판을 얻고 있다. 전희를 생략한 채 최대한 신속히 본 경기에 임한다고 말이다. 남자란 족속들은 대개 여자들과 달라서 흥분하거나 심지어 절정에 다다르기 위해 전희라는 방식을 그다지 필요로 하지 않기 때문이다. 연애단계 초기나 뜨거운 하룻밤 관계라면 그는 당신의 손이 닿기도 전에 충분히 흥분할 수 있을 것이고, 혹시나 어느 정도 관계가 진전된 사이여서 신선함이 사라진 경우라면 그의 물건을 몇 차례 쓰다듬으며 공을 들여야 할 수도 있겠지만 남자라면 대부분 발기하기까지 그리 오랜 시간이 걸리지 않는다.

그렇다 해도 남자들은 전희를 즐긴다. 비단 그것이 자신의 여자 파트너에게 중요하기 때문에 그녀를 기쁘게 해주려고 그런 것만은 아니다. 성교 전에 남자를 더 많이 애무하고 어루만질수록 그의 잠자리 만족도는 더욱더 상승하고 성적 쾌감 또한 더욱 강렬해질 수 있다.

그러니 그에게 전희의 기쁨을 선사하고, 모든 동작을 그의 페니스에 국한시키지 말라. 그렇게 한다고 그가 불평하지는 않겠지만 살짝 고통스럽기까지 할 정도로 서서히 그곳에 도달한다면 그를 최고의 흥분 상태로 몰아넣을 수 있다.

제일 먼저 관능적인 키스로 시작하여 그의 몸을 따라 손을 더듬어라. 남자들의 생각은 일차원적이어서 다양한 기교를 섞어 다음에 당신이 무슨 행동을 할지 알지 못하면 금세 뜨겁게 달아올라 즐거움에 몸서리를 치게 된다. 당신의 손끝으로 그의 몸을 지그재그로, 혹은 가볍게 원을 그리며 움직이다가 가끔씩 그의 몸을 주무르기를 반복하라.

그의 몸에 숨어있는 성감대(예를 들면 그의 귀)를 집중 공격할 수도 있다. 어떤 남자들은 당신이 귓바퀴를 조금씩 깨물어주고, 혀로 핥아주고, 심지어 부드럽게 귀 안쪽으로 혀를 밀어 넣는 것도 무척 좋아한다. 목과 눈꺼풀도 키스하거나 혀로 핥아주기에 매우 에로틱한 부위이다. 물론 그의 젖꼭지에 후한 관심을 기울이는 것도 잊지 말기 바란다.

이제 원을 그리거나 불규칙적인 동작으로 쾌감의 경로를 따라 아래쪽으로, 그의 가슴과 아랫배를 거쳐 몸통의 양쪽 하단부로 내려가라. 그의 허리와 척추, 안쪽 허벅지 주변의 신경은 페니스와 연결되어 있어서 그러한 부위를 애무해 주면 그는 '다른 곳'에서 쾌감을 느낄 것이다.

무엇보다 관심을 집중시킬만한 최고의 부위는 그의 골반이 위치한 곳으로, 배꼽 아래와 음모가 시작되는 부분의 중간에 해당된다. 우리는 그곳이 도달 지점에 거의 근접해 있다는 이유로 '아슬아슬한' 부위라고 일컫는다. 그곳을 혀로 핥아주고 깨물어주면 그는 기대감에 몸부림칠 것이다.

물론 당신도 그에 상응하는 전희를 그에게서 기대해야 하는 일은 말할 것도 없다!

색다르게 시도해볼 만한,
9가지 고감각 섹시 침대 테크닉

TECHNIC 1 그에게 오럴 섹스를 해주기 전에 구강 청결제 민트를 빨아 먹어라. 당신의 숨결에 베인 박하향이 알싸한 감각을 일으킬 것이다.

TECHNIC 2 그의 몸통과 허벅지를 따라 얼음 조각을 대고 움직여라.

TECHNIC 3 가짜 진주나 비즈 목걸이의 양쪽 끝을 잡고 그의 페니스에 두른 다음 앞뒤로 끌어당겨라.

TECHNIC 4 그의 몸 위에 닿을 듯 말듯 손가락 끝을 대고 깃털처럼 몸 전체를 따라 움직여라.

TECHNIC 5 그에게 오럴 섹스를 해주기 전에 뜨거운 물(최대한 참을 수 있을 만큼)을 한입 넣어 물고 있다가 그의 페니스에 조금씩 뿌려라.

TECHNIC 6 실크 장갑을 끼고 그의 페니스를 어루만져라.

TECHNIC 7 구슬(아이들이 갖고 노는 장난감 종류) 한 다발을 냉장고에 넣어 차갑게 하라. 구슬을 침대에 던져 깔아놓고 그 위에 남자를 눕힌 다음 당신의 다리를 벌려 그의 몸에 걸터앉아라.

TECHNIC 8 그의 벗은 몸을 따라 캐시미어 스카프를 부드럽게 잡아끌어라.

TECHNIC 9 그가 엎드려 있을 때 그의 등과 엉덩이를 당신의 가슴으로 쓸어내려라.

남자는 적어도 침대에서는 '여성 상위'를 좋아한다

남자들은 압도적으로 여성 상위 체위를 선호한다. 일부 보수주의자는 여전히 정상 체위를 고집하고 10% 가량의 사람들이 후배위를 좋아한다고 하지만, 과반수가 훨씬 넘는 남자들은 파트너가 위에 올라타는 것을 선호한다.

나는 남자를 대상으로 시행한 많은 섹스 설문조사를 통해 이 사실을 알게 됐다. 해가 바뀌어도 여성 상위는 60%에 가까운 남자들이 선호하는 체위로 선택되곤 한다.

솔직히 섹스 설문조사를 한 첫해에 그러한 결과를 알고는 적잖이 놀랐다. 사실 그것은 다른 연구조사를 통해 많은 여성들이 선호하는 체위라고 알고 있었고, 상대에게 받는 자극을 여성 자신이 조절할 수 있고 스스로 쉽게 흥분할 수 있다는 게 선호의 이유였다. 하지만 그렇게나 많은 남자들이 좋아한다는 사실은 미처 알지 못했기 때문이다.

어쩌면 당신은 낄낄 웃으며 남자들이 선천적으로 게으르기 때문에 여성 상위를 선호하는 것이 당연하다고 생각할 수도 있다. 그건 맞는 말이다. 잠자리에서조차 게을러터진 남자들이 해변에서 휴식을 취하는 고래마냥 침대에 가만히 누워서도 흥분할 수 있다면 그야말로 금상첨화일 테니 말이다.

하지만 그것은 일부 남자들의 얘기일 뿐이고 대부분의 남자들은 하드웨어적인 속성이 있어서 시각적 자극이 성적 흥분을 일으키는 데 도움이 되고, 여성 상위가 훌륭한 볼거리를 제공함과 동시에 훌륭한 자극을 느끼게 해주기 때문에 그것을 선호한다. 아울러 침대에서 여자를 즐겁게 해주기 원하는 남자들이 무수히 많으며(그것이 정신적인 관대함 때문이든 자기만족에 대한 필요 때문이든 혹은 그 둘 모두 때문인지는 몰라도) 여성 상위의 체위로 여자가 쉽게 오르가슴에 도달한다는 사실을 경험으로 터득했기 때문이다.

이 체위가 쑥스럽다 해도 한번 도전해 보라. 당신의 모습이 적나라하게 드러나 수줍게 느껴진다면 남자들이 여자가 지닌(혹은 자신이 그렇다고 생각하는) 신체적 결점에 대단히 관대한 경향이 있음을 기억하자. 당신이 위에 올라타 있다면 상대 남자는 당신의 가슴에 온통 정신이 팔려 한쪽 가슴이 다른 한쪽보다 작다는 사실을 전혀 눈치 채지 못할 것이고, 당신의 각선미에 경탄하느라 당신이 흡족해 할 만한 정도에 못 미친다는 사실은 전혀 아랑곳하지 않을 것이다.

가장 편안한 자세를 취하려면 당신의 몸이 그의 몸과 거의 직각을 이루도록 하고 당신의 손을 침대에 얹은 상태로 출발하라. 기분이 점점 편안해

지면 당신의 손을 허리에 올려놓아라.

　이외에도 남자가 열광하는 몇 가지 체위가 있는데, 하나는 여성이 올라 앉되 돌아앉은 체위이고, 다른 하나는 여성이 발바닥을 침대에 대고 앉아(무릎을 꿇은 체위 대신) 그의 위아래로 피스톤처럼 움직일 수 있는 체위다.

팬티와 연관된 것을
생각하라

남자들이 머릿속으로 섹스를 생각하는 일이 여성보다 많다는 사실은 당신도 경험을 통해 알고 있을 것이다. 연구조사도 이를 여실히 증명해 준다. 국가 차원에서 실시한 한 여론조사에 따르면 남자의 70%가 매일 섹스를 생각하는 데 반해 여성의 경우는 34%에 불과했고, 남자의 43%가 매일 수차례 섹스에 대해 생각하는 데 반해 여성의 경우는 겨우 13%였다. 그나마 이것은 전체 인구를 통틀어 나온 결과이며, 젊은 남자들을 대상으로 한 연구조사를 보면 그들은 섹스에 대한 생각을 한시도 쉬지 않는 것처럼 보인다. 평균 24세의 남자들의 뇌를 출력해보면 이런 결과가 나오지 않을까 싶다. 섹스, 커피 마시고 싶다, 섹스, 차가 막힌다, 섹스, 섹스, 저런 미친 놈, 섹스, 햄 샌드위치가 먹고 싶다, 섹스, 섹스, 또 섹스 등등……

물론 당신도 혈기 왕성한 젊은 여자로서 간밤에 침대에서 얼마나 황홀했

했는지를 출근길에 떠올리며 얼굴 가득 웃음을 머금고 있지 않으리라는 법은 없다. 하지만 우리 여자들은 남자들만큼이나 육체적인 상상을 즐기는 편은 아니다. 한 진화론적 관점에서 보자면 짝을 찾아 헤매는 이는 남자들이다. 종족 전파를 위해 남자들은 섹스에 대해 생각하고 그것을 정기적으로 추구하도록 설계되어 있는 것이다.

이미 설계된 두뇌 회로를 바꿀 수는 없지만 우리 여자들도 섹스에 대해 예전보다 더 많이 공상하는 일을 택할 수는 있다. 팬티와 연관된 생각에는 확실한 이점이 있다. 하나는 그것이 재미도 있고 활기를 불어넣어 준다는 것이고, 또 하나는 섹시한 이미지를 머릿속에 그리는 일이 성적인 흥분으로 이어진다는 것이다. 섹스 치료전문가이자 버먼 센터 소장인 로라 버먼 박사도 섹스 전에 성적 흥분감이 높을수록 섹스 중에 쉽게 흥분을 일으켜서 오르가슴에 도달하기가 더욱 수월해진다고 한다. 20분 만에 0에서 100까지 도달하려고 하지 않아도 되기 때문이다. 다시 말해 하루 동안 몸을 달아오르게 만들면 최고 정점에 도달하기가 수월해지는 것이다.

지금까지 해보지 않았다면 당신의 팬티와 연관된 것을 떠올려라. 엘리베이터를 타거나 계산대에서 기다리는 동안 과거 화끈했던 잠자리 장면을 회상하고, 당일 밤 그와 가질 섹스가 어떠할지 그가 얼마나 야한 말을 해줄지 상상하라. 혹은 딱 달라붙은 청바지를 입고 당신 옆에 서있는 낯선 남자와 섹스를 나누는 환상에도 빠져보라. 하루 종일 그런 생각을 되풀이하고 특히 잠자리를 갖기 전에는 반드시 그렇게 하라.

남자가 여자의 손길을 기다리는
성감대5

그가 자신의 페니스에 신경 써 주기를 바란다는 사실은 당신도 알고 있다. 실제로 그는 그곳에 손이나 입으로 아낌없는 관심을 쏟아주기를 바란다. 하지만 남자에게 황홀한 자극을 선사하고, 섹스 전반의 과정을 자극적으로 만들어 줄 수 있으면서도 덜 주목받는 부위가 있으니 그것은 다음과 같다.

POINT 1 그의 젖꼭지 남자에게 젖꼭지가 있어야 할 생물학적 근거는 확실히 전무하다. 그러나 여자와 마찬가지로 신경 말단이 모여 있는 남자의 젖꼭지는 훌륭한 성감대가 된다. 당신의 손끝과 혀로 그곳에 원을 그려주면(먼저 혀로 촉촉하게 만들어야 한다) 그는 무척 좋아할 것이다.

마찬가지로 그의 유륜, 즉 젖꼭지 주위를 감싸고 있는 원형의 분홍색이나 브라운색의 피부에도 그렇게 해주어라. 그의 젖꼭지를 빨아줄 수도 있고, 그것을 잘근잘근 씹거나 깨물어 주는 것을 좋아하는 남자들도 있다. 많은 여자들이 이 부위를 무시하고 지나치는 바람에 경험이 없는 남자에게는 부드럽게 시작하라.

POINT 2 **그의 회음부** 고환과 항문 사이 조그만 너비의 피부를 말한다. 언뜻 보면 아무런 감각도 느끼지 못할 것 같지만 사실은 그렇지 않다. 이곳에는 신경 말단이 잔뜩 모여 있어서 당신의 둘째 혹은 셋째 손가락 관절을 이용해 살짝 눌러주거나 문지르는 동작을 해주면 제대로 반응을 보인다.

그가 사정하기 바로 직전에 이 부위를 계속 자극해 주면 오르가슴의 세기를 더욱 높일 수 있다.

POINT 3 **그의 페니스 소대** 소대란 피부가 연결되어 접힌 막을 말하며 예를 들면 혀의 밑면도 이곳에 해당된다. 남자의 페니스 밑면에서 페니스 줄기가 귀두 쪽으로 둥그렇게 둘러져 튀어나온 부위와 만나는 지점을 말한다. 이곳을 만져주거나 혀로 쓸어주면 매우 강렬한 자극을 받는 남자들이 있다. 그러나 신경 말단이 모여 있는 부위니 만큼 가볍게 시작하도록 한다.

POINT 4 **그의 엉덩이** 모든 남자가 만져주기를 바라는 부위는 아니지만 섹스 중에 엉덩이를 움켜쥐고 주물러 주면 좋아하는 남자들이 있고 심지어 항문 부위를 손가락으로 만져주는 것을 좋아하는 남자들도 있다. 그러나 일부 남자들은 질겁할 수도 있으니 그의 반응을 조심스럽게 살피도록 하라. 손가락으로 항문 주위에 원을 그리며 기분이 좋은지 물어볼 수도 있다.

POINT 5 **그의 두피** 의외의 성감대지만 이곳 역시 신경 말단이 잔뜩 몰려 있는 곳이다. 그와 열정적인 키스를 나누는 동안 그의 머리를 한줌 잡아 강하게 끌어당겨라. 의외로 감각적인 성감대다.

남자의 고환에 대해 언급하지 않은 사실을 눈치 챘겠지만 그것은 따로 한 장을 할애할 정도로 중요하기 때문이다.

오르가슴에 도달하는 **3**가지 비결

우리 여자 독자들은 〈코스모〉에 보내는 편지에서 온갖 종류의 질문을 던진다. 그러나 뭐니 뭐니 해도 가장 많이 물어오는 질문 하나는 어떻게 하면 오르가슴에 도달하는 법을 배울 수 있느냐는 것이다. 어쩌면 그것은 혼자서는 오르가슴에 도달할 수 있지만 남자와 잠자리에서는 그렇지 못하다는 얘기일 수도 있고, 남자와 사랑을 나누는 동안 오르가슴에 도달할 수 는 있지만 가뭄에 콩 나듯 일어나는 일이라거나 따라서 자신이 오르가슴을 조절할 수 있었으면 좋겠다는 얘기일 수도 있다. 개중에는 오르가슴을 한 번도 경험해 보지 못한 여자들도 있다.

당신도 이런 문제로 고민해 본 적이 있을 것이다. 연구조사에 따르면 잠자리에서 손으로 클리토리스를 자극하는 일을 병행하지 않으면 25%의 여성만이 가끔 혹은 빈번하게 오르가슴을 경험하며, 게다가 5~10%의 여성들은 오르가슴을 전혀 느껴본 적이 없다고 한다.

상대적으로 볼 때 이런 문제로 고민하는 자는 드문 편이니 참으로 불공평한 일이 아닐 수 없다. 오히려 젊은 남자들의 최대 섹스 결함이라면 너무 빨리 오르가슴에 도달한다는 것이다. 왜 여자들은 오르가슴에 도달하기가 힘들게 만들어졌는지 의아할 따름이다.

생물학자인 엘리자베스 로이드 박사는 최근 이론에서 여자의 오르가슴이 진화론적 기능을 갖고 있지 않은 관계로 파악하기가 곤란한 문제라고 주장한다. 여자는 절정에 도달하지 않고도 성교를 통해 임신이 가능하므로 오르가슴이 종족 보존에 필요하지 않다는 것이다. 로이드 박사는 어머니 자궁에서 생명이 탄생된 첫째 주에 여자와 남자가 동일한 체제(體制)를 형성하게 되므로 그때 여자의 오르가슴 신경 경로가 발달된다는 이론을 내세웠고, 여자의 클리토리스가 남자의 젖꼭지와 마찬가지로 퇴화했다고도 주장했다.

여자의 오르가슴이 진화론적 목적을 갖고 있지 않아 파악이 어렵다는 사실에도 불구하고, 절정에 다다르는 능력을 확실하게 향상시킬 수 있다. 그것도 보다 정기적으로, 파트너와 나누는 섹스 과정 중에 말이다. 지난 몇 년간 나는 이 주제에 대해 정말이지 끔찍이도 많은 글을 읽었다. 다음 세 가지 전략이 바로 성공의 열쇠다.

SECRET 1 **먼저 당신은 자신이 느끼는 오르가슴의 주인이 되어야 한다** 많은 여성들이 남자에게 책임을 전가하는 경향이 있고, 오르가슴이 일어나지 않을 경우 상대 남자가 형편없는 애인이라고 치부하거나 혹은 반응 없는 자신의 몸을 한탄한다. 여자들이 말하는 표현을 생각해 보라. 오르가슴에 도달하면 "그가 그렇게 해줬어."라고 말하지 않는가?

반면 남자들은 늘 자신의 쾌락을 스스로 책임진다. 물론 남자들은 대부분 그것이 식은 죽 먹기나 다름없고 섹스를 나눌 때 여자의 성적 흥분과 자극에 의존하지만, 동시에 자기의 목표는 늘 자신이 완수한다. 예를 들어 남자는 성교 도중 최고점에 도달한다는 일념으로 피스톤 운동을 가속할 수도 있고, 혹은 섹스 도중 약간의 환상에 빠져서 그 순간의 자극을 유지할 수도 있다.

따라서 당신의 첫 번째 과업은 좀 더 남자처럼 생각하는 것이다. 당신이 오르가슴의 주인이며 절정에 도달하기 위해 직접 필요한 것을 하겠다고 스스로에게 말하라.

SECRET 2 **그러나 아직도 남자와 잠자리할 단계는 아니다** 남자와 사랑을 나누는 동안 절정에 도달하려면 먼저 그 방법을 스스로 터득할 필요가 있다. 자위를 통해서 말이다. 자위를 통해 오르가슴에 도달해 본 여자라면 2번은 생략하고 넘어가라. 그러나 〈코스모〉에 보내는 이메일에서 많은 여성들이 단 한 번도 자위행위를 해본 적이 없다고 고백하면서, 그것이 너무나 부끄럽고 혹은 어떻게 하는지도 잘 모르겠다고 한다. 그러나 어떤 종교적 관습이나 부모에게 물려받은 자제력으로 수치감을 느낀다면 그것이 더 좋지 못한 것이다.

아직 한 번도 자위행위를 해보지 않았다면 이제는 스스로의 올가미에서 벗어날 시간이다. 자위행위는 정상적이고 건강한 행동이며, 심지어 남자와 지속적인 관계를 갖는 여자를 포함하여 여자들이 대부분 섹스의 오르가슴을 터득하는 방법이다. 그러니 조명을 낮추고 스스로의 몸을 탐구할 채비를 하자.

당신의 몸 전체를 애무하는 것으로 시작해도 되지만 궁극적으로 집중이 필요한 작은 부위는 바로 클리토리스다. 클리토리스는 작은 덮개로 덮인 다량의 신경 말단으로, 질에서 약 5㎝ 앞쪽에 위치해 있다. 자신의 G 스폿(질 안쪽에 위치한 곳)을 자극하여 오르가슴에 도달하는 여자들도 있지만 클리토리스는 대다수 여성들의 핵심 부위에 속한다.

반면 모든 여자에게 똑같이 효과적인 자극 요법은 존재하지 않는다. 효과적인 공식을 발견하려면 먼저 다양한 동작을 실험해보는 수밖에 없다.

그럼 어떻게 시작해야 할까? 대부분의 여성들은 한두 개의 손가락 끝으로 클리토리스에 작은 원을 돌리며 부드럽게 문지르거나 마사지한다. 한 여자는 클리토리스의 왼쪽 편을 우연히 문지르다 느낌이 전혀 다른 것을 알게 됐다고 편지에 적어 보냈다. 기사 인터뷰를 했던 독자들 중 한 명 이상은, 클리토리스를 직접 손으로 자극하면 느낌이 너무 강해서 속옷 위로 클리토리스를 문지르는 것을 더 좋아한다고 말했다. 그리고 많은 여자들이 자위기구나 샤워기를 이용하면 적당한 양의 자극을 얻을 수 있다고 한다.

당장 아무 일이 일어나지 않는다고 낙심할 필요는 없다. 충분히 긴장을 풀려면 몇 차례의 시도가 필요할 수 있다. 게다가 반드시 알아둘 사항은 여자는 절정의 경지, 다시 말해 오르가슴을 막 넘어서는 지점까지 도달하는 데 평균 20분 정도가 소요된다는 점이다. 모든 게 순조롭게 진행된다면 점점 흥분으로 고조되는 느낌이 들기 시작할 것이다. 그때부터 긴장을 풀고 몸을 내맡긴다면 절정에 도달할 확률은 더 높아진다.

SECRET 3 당신만의 공식을 터득했다면 남자와의 잠자리에서 사용해볼 수 있다

그러나 이번에는 상대 남자에게 해달라고 해야 한다. 많은 여자들이 그렇게 하는 것을 쑥스러워 한다. 자신이 뻔뻔스럽다고 여겨지거나 자신의 공식이 조금 괴상망측해 보일까봐 부끄럽다고 말이다. 하지만 우리가 시행한 모든 인터뷰에서 착한 남자들이 상대 여자를 흥분시켜 주기를 무엇보다 원하고 상대의 개인적인 요구에 기꺼이 응한다는 사실을 확실히 알게 됐다. 게다가 남자는 오르가슴에 도달한 당신을 보면 격정적인 흥분을 경험하게 된다.

그러니 전희하는 동안 당신이 좋아하는 것을 그에게 보여주어라. 설문조사에서 65%의 남자가 여자가 스스로 좋아하는 동작을 실제로 보여줄 때 그것이 무척 섹시할 뿐 아니라 상대가 무엇을 좋아하는지 터득하는 기회가 된다고 답했다. 남자에게 동작을 보여줄 때 그의 손을 당신 손에 포개어 실제 감각을 느끼도록 해줄 수도 있다.

자위기구가 성공의 비결이라면 남자와의 잠자리에 그것을 보여줄 수도 있다. 그가 이상하게 생각할까봐 걱정되는가? 한 설문조사에서 60%에 가까운 남자들이 여자친구가 그것을 침대에 가져오면 무척 흥분될 거라고 대답했고, 30%의 남자만이 조금 불편하겠지만 시도해볼 용의는 있다고 대답

했다.

당신의 파트너가 능수능란하고 손이나 입으로 여자를 흥분시키는 일에 적극적이라면 스스로의 도움 없이도 오르가슴을 시도해 볼 수 있다. 그러나 그런 경우에도 어떤 동작이 최상의 느낌을 주는지 그에게 알려줄 필요가 있다. 그렇다고 차 안의 내비게이션 기계처럼 말할 필요는 없고 다만 신음이나 그렇게 하면 기분이 좋다는 말로 반응을 전달하면 된다. 때로는 테크닉이 아니라 타이밍이 해결해야 할 문제일 수 있다. 그렇다면 '20분 법칙'을 기억하라. 여자들만큼의 전희가 필요하지 않아서 일을 서두르려는 남자들도 있지만 상대 남자에게 시간이 좀 더 필요함을 알려줘야 한다.

그렇다면 성교 도중의 오르가슴 문제는 어떻게 해결할 수 있을까? 성교 중에 절정에 도달하는 일이 가능한 여자들도 있지만 어려운 여자들도 있다. 클리토리스 자극이 열쇠라고 다시 말해두겠지만 성교 중에 페니스와 클리토리스의 접촉이 늘 제대로 각도를 이루는 것은 아니다. 그래서 많은 여자들은 성교 도중 직접 손으로 자극하는 것으로 이 문제를 해결한다. 여자 독자들이 우리에게 계속해서 일러준 사실은 손으로 동시에 자극하기가(자신이 직접 하거나 상대 남자가 그의 엄지로 해주거나) 쉽다는 이유로 여성 상위를 선호한다는 것이었다. 게다가 이 체위는 남자의 페니스가 클리토리스를 직접 접촉할 수 있도록 해준다. 우리가 인터뷰한 한 여자는 윗몸일으키기를 하는 것처럼 팔을 구부려 상대 남자의 가슴과 45° 각도로 상체를 기울인다고 말했다. 그 각도가 클리토리스에 최상의 자극을 제공하기 때문이며, 그러한 자세로 골반을 앞뒤로 몇 분간 움직이면 절정에 이른다고 했다.

또 어떤 여자들은 G 스폿, 즉 질 앞쪽 벽에 작은 동전크기 만한 부위를 자극하면 오르가슴에 도달할 수 있다. 남자가 손가락을 구부린 형태로 여자의 질 안쪽에 집어넣어 마사지하거나 눌러 주면 그곳에 닿을 수 있는데, 후위 체위나 여자가 돌아앉아 남자 위에 올라앉는 특정적인 체위가 G 스폿 오르가슴을 가속시킬 수도 있다.

그러나 이점을 꼭 유념하기 바란다. 성교 도중 오르가슴에 도달하지 못했다고 해서 자신을 학대해서는 안 된다. 이미 앞서 언급했듯이 오르가슴에 도달하지 못하는 여자들이 많으며, 모든 섹스 전문가들은 어떤 형태의 오르가슴이든지 그것은 모두 훌륭하다고 말한다.

그래도 효과가 없다면?
또 다른 오르가슴 비결 9

앞장에 나온 단계를 따른다면 바라건대 섹스 도중 절정
에 도달하는 일에 성공할 수 있을 것이다. 그러나 아무 일도
일어나지 않았다고 해서 절망할 필요는 없다. 기본 지침이 절정에 근접하는
데 도움이 되기는 하지만 막바지 절정에 도달하기 위해서는 약간의 특별한(
때로는 조금 괴상하기까지 한) 요소를 가미해야 할 때가 많다고 많은 여자들은
말한다. 그럼 이제는 당신만의 오르가슴 칵테일을 만든다고 생각하자. 다음
과 같은 방법들이 효과적일 수 있다.

SECRET **1 괄약근을 운동하라** 지금쯤이면 괄약근에 대해 들어보았을 것이
다. 괄약근은 그것을 수축시킬 때 소변의 흐름을 멈추게 하는 골반 근육을
말하지만 성생활에서 중요한 역할을 차지하는 근육이기도 하다. 괄약근이
튼튼할수록 혈액의 펌프 작용이 왕성해져서 섹스 도중 흥분에 도달하기가

쉬워진다.

그뿐만이 아니다. 성교 중에 괄약근을 수축하면 상대 남자의 페니스를 좀 더 단단히 조여 줄 수 있다. 또 다른 보너스도 있다. 섹스 도중 괄약근을 수축하면 자신도 절정에 도달하기가 수월해진다고 많은 여자들이 입을 모은다.

괄약근을 튼튼하게 유지하려면 케겔 운동이 필요하다. 그것을 발명한 의사의 이름을 본떠 명명한 케겔 운동은 괄약근의 단순 연속 수축 운동을 말한다. 괄약근이 어디에 있는지 잘 모르겠다면 소변을 보다가 참는 방법을 이용하면 된다. 단, 허벅지나 엉덩이, 하복부 근육을 함께 사용해서는 안 된다. 말은 어렵게 들려도 해보면 무슨 말인지 알 수 있을 것이다. 케겔 운동은 먼저 괄약근을 10초간 꽉 조였다가(조금씩 노력해야 할 수도 있다) 다시 풀어주고 이를 서너 차례 반복하는 것이다. 하루에 몇 번씩 케겔 운동을 하라. 재미난 것은 어디서나 할 수 있는 운동이라는 것이다. 습관을 들이려면 특정 시간을 정해놓고 연습하라. 가령 샤워를 하거나 믹서로 주스를 만들 때, 혹은 퇴근길에 운전하면서 말이다.

SECRET 2 **윤활제를 이용하라** 섹스 치료전문가인 로라 버먼 박사에게서 맨 처음 들은 조언으로, 윤활제가 오르가슴의 비밀 무기라고 말해주었다. 매끈한 감촉을 제공해줘서 온통 성기에 모든 감각을 더 잘 집중하도록 해주기 때문이다.

SECRET 3 **다리의 각도를 조정하라** 펠리체 두나스 박사에 따르면 일반적으로 여성의 무릎이 엉덩이보다 아래쪽에 위치하면 오르가슴에 도달하기가 보다 수월해진다면서, 정상 체위의 섹스라면 엉덩이 아래에 베개를 받치거나 침대 끝에 누워 다리를 자유로이 움직일 수 있게 하라고 제안한다. 이렇게 하면 사타구니 근육의 긴장감을 높여주어 골반 부위의 신경을 자극하게 된다는 것이 그녀의 이론이다.

SECRET 4 **골반 부위로부터 길고 깊게 호흡하라** 성기 부위의 자극이 즉시 강렬해진다.

SECRET 5 **그와 호흡을 맞춰라** 이유는 몰라도 이렇게 하면 여자가 신체의 긴장을 완전히 풀고 온전한 자극을 느낄 수 있다.

SECRET 6 **침대 가장자리로 머리를 내밀어라** 이것은 심리학자이자 오렐리에 존스 구드윈이 제안하는 테크닉이다. 그녀는 커다란 근육을 긴장했다 푸는 동작이 오르가슴을 촉진하며, 목 근육을 이완하는 것이 특히 좋다는 것이 연구조사에서 발견됐다고 말한다.

SECRET 7 **머릿속을 비워라** 오르가슴을 느끼고 있는 여자의 뇌를 촬영한 한 네덜란드 연구조사에 따르면 걱정과 공포와 같은 감정을 관장하는 뇌 부위가 2분 정도 기능을 상실한 것으로 나타났다(반면 남자는 그러한 경험을 해석하는 데 뇌를 이용하는 것처럼 보인다). 결국 연구조사원들의 확신에 따르면 이 결과는 곧 여자가 절정에 도달하기 위해 긴장을 풀어야 하는 이유를 설명해 주고 있다. 걱정 수위가 높으면 머릿속을 비울 수 없기 때문이다.

SECRET 8 **그에게 예전과 전혀 다른 방식으로 당신의 클리토리스를 자극하게 하**

라 한 독자는 상대 남자에게 그의 혀로 자신의 클리토리스를 8자 모양으로 자극하게 했을 때 절정의 극치에 도달했다고 알려주었고, 또 다른 독자는 남자친구에게 초인종을 누르듯 자극하도록 했을 때 흥분됐다고 했다.

SECRET 9 **브라질리언 왁싱을 받아라** 이것이 효과적이라는 증거는 없지만 여배우 에바 롱고리아가 인터뷰에서 말해준 이후 그 말에 일리가 있다는 생각이 들었다. 그녀는 음부 주변의 털을 거의 모두 제거하다시피 하면 자극이 강렬해진다고 말했다. 그녀는 오르가슴 측면으로 볼 때 섹스가 한결 좋아진다고 고백했다. 브라질리언 왁싱을 했을 때와 하지 않았을 때 섹스의 차이는 팔을 문지르는 것과 살짝 두들기는 것의 차이와 비슷하다고 했다.

남자에게도
섹스에 대한 두려움은 있다

어떤 남자와 첫 섹스를 나눌 때 머릿속에서 기분 나쁜 녹음기가 돌고 도는 것을 알고 있는가? 바로 다음과 같은 질문들 말이다. 내 모습을 맘에 들어 할까? 혹시 내 가슴에 난 튼살을 눈치 챘을까? 나한테서 나는 냄새는 괜찮을까? 그 녹음기는 아무리 타일러도 좀처럼 조용해지지 않는다.

사실 남자들도 이런 녹음기를 갖고 있기는 마찬가지다. 남자들이 워낙 무덤덤하고 심지어 뻔뻔해 보이기까지 해서 속으로 자신에 대한 회의나 혐오감을 느낀다는 것은 상상하기 어렵겠지만, 남자들이 계속 보내는 비참한 메시지에서 우리는 그것이 사실임을 알 수 있다. 우리가 인터뷰했던 한 20대 남자의 고백은 이를 매우 잘 보여준다. "나는 섹스의 화신이 되고 싶어요. 하지만 머릿속에는 온통 이런 생각뿐이죠. 그녀와 마지막으로 잤던 남자의 물건이 내 것보다 컸으면 어쩌지? 내 물건이 잘 서지 않으면 큰일인

데. 그녀가 절정에 도달하지 못하면 또 어떡하지? 이런 부담감이 장난이 아니에요."

그렇다고 버릇없이 그를 모두 받아주거나 치료전문가처럼 행세할 필요는 없다. 다만 그가 하는 일에 으쓱한 기분이 들도록 거들어준다면 훨씬 멋진 섹스를 경험할 수 있다.

이때 핵심은 과장을 삼가는 것이다. 남자들이 그것을 알아채기 때문이다. 짧게 무심코 흘리는, 그러면서 살짝 야하게 들리는 말이 가장 효과적이다. 몇 가지 효과 만점의 말들은 다음과 같다.

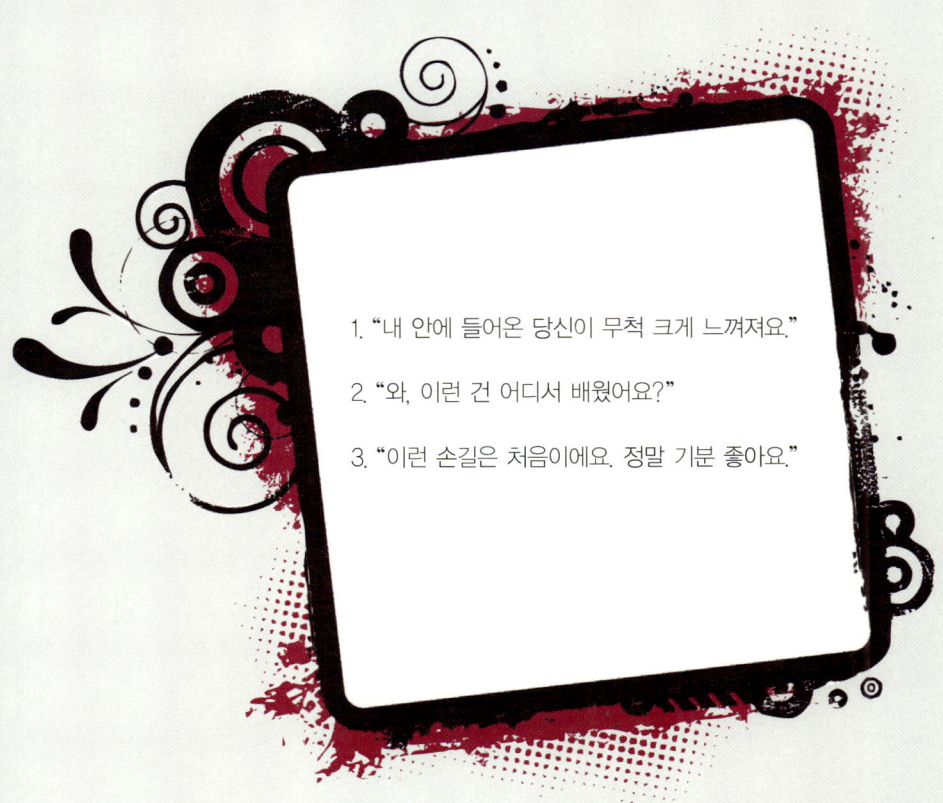

1. "내 안에 들어온 당신이 무척 크게 느껴져요."

2. "와, 이런 건 어디서 배웠어요?"

3. "이런 손길은 처음이에요. 정말 기분 좋아요."

남자들은 알몸의 여자를 좋아한다!
알몸, 그것만으로 충분하다!

〈코스모〉에는 "알몸의 자신을 섹시하다고 느끼게 하는 법" 이란 제목의 기사가 거의 해마다 등장한다. 우리가 끊임없이 이 주제로 되돌아가는 데는 그만한 이유가 있다. 오늘날 그토록 자신감에 넘치는 젊은 여자들 중 상당수가 아직도 자신들의 몸매에 대해서는 회의감을 경험하기 때문이다. 유명 연예인들의 미끈한 몸매에 스포트라이트가 집중되는 세상에서 자신의 몸매에, 그것도 옷이라도 벗을라치면 부족한 느낌이 드는 것은 어쩌면 당연하다. 그가 당신의 두툼한 뱃살이나 엉덩이 보조개를 알아보지는 않을지, 뭔가 눈에 띄는 점을 싫어하지는 않을까 노심초사하느라 알몸으로 당당히 집안을 활보하기를 꺼려하거나 잠자리를 갖는 동안에는 무조건 불을 끄도록 고집할 수도 있다. 그리고 섹스를 마치고 나면 온몸을 침대 시트로 칭칭 두르고 마치 어깨끈 없는 웨딩드레스 자락을 끌고 가듯 냅다 화장실로 내달릴 수도 있다.

재미난 사실은, 남자들이 알몸의 여자를 좋아한다는 것이다. 알몸, 그것만으로 충분하다! 그 숱한 인터뷰와 여론조사, 이메일을 읽어도 한 가지 분명한 사실은 남자들이 여자의 신체적 결점에 놀랍도록 관대하다는 것이다. 특히나 푹 빠져있는 여자에게는 더더욱 그런 편이다. 그것은 어쩌면 또다시 남자의 망막에 간상체 수가 적어 세부 항목을 알아보지 못한다는 사실에 기인할 수도 있고, 실오라기 걸치지 않은 당신을 본다는 기쁨에 겨워 그럴 수도 있다.

이를 기막힌 한 문장으로 일축시킨 남자가 있었다. 나는 〈코스모〉 창간 40주년 호에서 한 페이지 분량의 카피 문구를 전적으로 남자들 입장에 맞춰 만들도록 했다. 그중 몇몇은 너무나 웃겨서 눈물이 나올 지경이었다. "로맨틱 코미디 영화, 당신의 남자를 해칠 수 있는 이유", "저녁 값을 내는 당신, 드디어 천사의 날개를 얻다.", "건강 경보 : 남자의 흥분한 물건, 그것은 정말로 위급한 상황이다. 섹스를 거절하면 그는 죽을 수도 있다." 남자들이 지어낸 카피 문구들 중에는 우리의 단골 기사 "알몸의 자신을 섹시하다고 느끼게 하는 법"을 제대로 받아친 농담이 있었는데, 그것은 무척 재미날 뿐 아니라 누드에 관한 남자의 분명한 견해를 전달했다.

"어떻게 하면 알몸의 당신이 섹시해 보일 수 있는지 알고 싶나요? 그럼 옷을 벗으세요."

그것은 남자에게 섹시해 보이기 위해 완벽한 몸매를 갖거나 4.5kg을 빼거나 때를 벗겨낼 필요가 없고 다만 옷을 벗으면 된다는 말이었다.

남자들은 우리 여자들에게 어떤 신체적 고민이 있는지 전혀 알지 못하며 그저 멋지다고만 생각한다. 남자의 불안감에 대해 인터뷰했던 남자는 이렇게 말했다.

"옷을 벗은 남자들은 멋있지 않아요. 하지만 여자들은 거의 모두 멋지죠."

남자들은 몸매에 대한 여자들의 지나친 자의식을 이해하지도 못하며 그것을 매력 없다고 여긴다. 그들은 화장실에 가려고 시트를 칭칭 몸에 두르거나 자신의 몸을 드러내는 체위를 하지 않는 여자는 확 깬다고 한다. 남자가 여자의 몸매를 좋아하지 않았다면 애초에 함께 있으려고도 하지 않았을 것이다.

이제는 그들의 말을 귀담아 듣고 자신의 모습을 뽐내기 바란다. 한꺼번에 하기 어렵다면 조금씩 접근하라. 예를 들어 불을 환하게 켜두는 대신 촛불이나 혹은 침침한 황색이나 핑크색 전구를 이용하는 건 어떨까? 그런 다음 시트를 침대에 놓아두고 알몸으로 방안을 걸어 다니는 기분이 얼마나 좋은지 느껴보라.

황홀감의 극치를 안겨줄
5가지 섹스 비결

일하면서 부딪치는 가장 커다란 도전과제 중 하나가 바로 매달 신선하고 기발한 섹스 비법을 고안하는 일이다. 원초적이고 기본적인 활동에 속하는 섹스가 얼마나 새로워질 수 있을까 하겠지만 훌륭한 요리사에 의해 음식이 계속해서 재창조되듯 섹스도 섹스 전문가와 도처의 실험적인 커플에 의해 지속적으로 재창조된다.

여러 비결들 가운데서 제일 뛰어난 5가지 섹스 비결을 소개하겠다.

SECRET 1 남자의 페니스를 어루만질 때 당신의 헤어 곱창밴드를 페니스 밑 부분에 끼워 넣어라. 꽉 조이는 밴드에 당신의 손길이 더해지면 놀라운 느낌을 창조해낸다.

SECRET 2 정상 체위에서 그가 당신 안으로 들어오기 전에 엉덩이 밑에 베개 몇 개를 쌓아 넣어라. 이렇게 해서 만들어진 각도는 색다른 느낌을 더

해주고 그의 페니스와 당신의 클리토리스에 최적의 접촉을 보장한다. 게다가 높은 베개 위에 떠있는 듯한 스릴감도 맛볼 수 있다.

SECRET 3 여성 상위 체위에서 그가 당신의 몸에 들어왔을 때 무릎을 세우고 당신의 몸을 좌우로 흔들거나 당신의 엉덩이를 소용돌이 동작으로 움직여라.

SECRET 4 약간의 윤활제를 바른 그의 페니스를 두 손으로 잡고 서로 반대 방향으로 비틀어라.

SECRET 5 글레이즈 도넛을 그의 페니스에 끼워 넣고 조금씩 떼어먹어라. 소설가 톰 울프는 이렇게 말했다. "이 테크닉을 선보인 기사를 비난했지만 사실은 자신에게 그렇게 해주는 여성이 없어 심통이 나서 그랬을 것이다."

데이트할 때 잠자리까지는 얼마나 기다려야 할까?

새로 만난 남자와 첫 데이트에서 잠자리를 갖고 싶어 미칠 지경이라면 내 말을 새겨듣기 바란다. 당신은 원하는 것은 무엇이든 할 권리가 있다. 그에게 작업을 걸고, 그를 유혹하고, 그를 집에 데려가 잠자리를 가질 수 있다. 하지만 문제는 그렇게 하면 앞으로 그에게서 두 번 다시 소식을 듣지 못할 수 있다는 것이다.

너무 불공평해 보이는가? 그러나 섹스 혁명 후 거의 50년이 지난 오늘날까지도 여자가 남자와 '너무 빨리' 잠자리를 가지면 거부반응을 보이는 남자들이 있다. 그것은 잠자리 문제에 대해 많은 남자들의 의견을 읽고 내린 결론이다. 남자가 첫 번째나 두 번째 데이트에서 여자를 침대로 불러들이기 위해 온갖 수단을 총동원한다 해도, 한편으로는 당신이 그 요청에 순순히 따라주기를 원하지 않을 때가 대부분이라는 사실이다. 그러니까 그가 당신을 계속해서 볼 마음이 조금이라도 있다면 말이다.

그렇다면 남자들은 도대체 왜 그런 말도 안 되는 기준을 갖고 있을까? 데이트 첫째 날 혹은 둘째 날에 그와 잔다고 해서 왜 당신을 나쁘게 여기는 걸까? 어떤 남자들은 자신도 전혀 의식하기 힘든 이중 잣대를 갖고 살아간다. 그들은 너무 일찍 항복하는 여자를 품행이 단정치 못하다고 생각한다. 또 어떤 남자들은 그런 여자들이 늘 그렇게 처신한다고 의심하면서, 그렇다면 자신도 다른 남자들과 다를 바 없다고 말한다. 또 어떤 남자들은 여자를 따라다니기 좋아하는데 너무 일찍 잠자리를 가지면 신비감이 깨진다고 말한다.

많은 관계가 첫 번째 데이트에서 가진 잠자리로 시작된다고 할 수도 있다. 짜릿한 화학적 작용을 두 사람 모두 감지했고, 그 후로 모든 것이 완벽했고 곧바로 훌륭한 섹스까지 이어지면서 모든 것이 옳다는 확신이 서자 그가 평소에 따르던 고리타분한 법칙을 벗어던질 수 있다고 말이다. 하지만 그것은 당신만의 착각일 뿐이며, 당신의 판단이 틀릴지 모른다는 사실을 받아들여야 하는 것이 유일한 문제이다.

느낌도 과히 나쁘지 않고 상대가 가능성 있는 후보자 감이다 싶으면 신중을 기하고 서너 번째 데이트까지는 기다리기 바란다.

"길고 천천히, 그리고 다소 고통스럽게 발전하는 관계가 아직도 가장 자극적이고 건전한 만남이다."

RED-HOT SEX STYLE 51

남자들이 열광하는
키스

우리는 멋진 파트너가 되려고 노력하면서 키스가 얼마나 중요하고 강력한지 종종 망각할 때가 있다. 당신은 그저 잠자리 과정의 일부분으로 립 서비스를 해주고 곧장 섹스에 돌입하여 서로의 은밀한 성감대를 자극해 주는 단계로 넘어갈 수도 있다. 아니면 그가 키스를 단지 도입부 정도로 여긴다고 판단하고 즉시 본론으로 들어갈 수도 있다.

그러나 정열적인 키스 세례에 탐닉하면 활화산처럼 격정적인 섹스로 향하는 데 도움이 된다. 물론 키스를 간단히 생략해 버리는 남자들도 있지만 잘만 유도하면 그도 키스의 참맛을 깨닫고 매순간 그것에 빠져들 것이다.

그럼 키스를 잘하기 위해 필요한 것은 무엇일까? 놀라운 사실은 대다수 남자들이 쉴 틈 없는 무차별 공격성 키스를 좋아하지 않는다는 것이다. 인간 착암기나 다를 바 없는 남자들을 일부 만나본 적도 있겠지만 우리가 시행한 모든 설문조사에 따르면 남자들 대다수가 감미롭고 부드러운 키스로 천천히 시작하여 상대의 혀를 장난치는 단계로 넘어갔다가 다시 좀 더 강렬하게 혀로 애무하는 과정으로 넘어가는 것을 좋아했다.

남자들에게 얻은 다른 조언들로는 여자의 입술이 최대한 긴장을 푼 상태여야 하고 촉촉해야 한다는 것이었다. 부드러움과 감미로움, 그것이야말로 키스의 핵심 단어다. 프렌치 키스를 할 때는 혀의 긴장을 풀어 뻣뻣하지 않게 하고, 세게 밀어붙이기 보다는 애무하고 쓰다듬는다고 생각하라. 한 남자가 해준 말처럼 '침입자'가 아닌 '탐험자'가 되어야 한다.

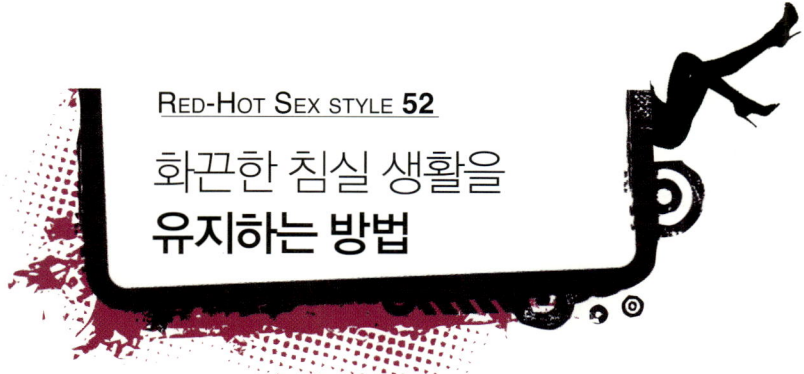

화끈한 침실 생활을
유지하는 방법

인정하기 어렵겠지만 어떤 남녀관계든지 초기에 가졌던 뜨거운 섹스가 점점 시들해지는 시기가 찾아오기 마련이다. 최악의 상황까지는 아니라 해도 그것은 분명 예전보다 횟수도 적고 덜 열광적이고 덜 소란스러운 섹스일 것이 분명하다. 침대에서 화끈한 소동을 벌이는 바람에 누군가 경찰을 불러야 할 일도 더 이상 없을 것이다. 이런 현상은 어떤 커플에게든지 일어난다. 하다못해 데미 무어와 애쉬튼 커쳐도 이제 더 이상 방문을 열고 들어서자마자 서로의 옷을 찢는 일은 없다(사귄지 1년쯤 지나자 두 사람이 알몸인 채로 TV 앞에 앉아 법정 프로그램을 시청하기 좋아했다고 말한 데미 무어의 인터뷰에서 짐작할 수 있다).

열정이 가라앉으면서 수반되는 안정적인 섹스는 격정적인 섹스와 비교해 몇 가지 실질적인 이점이 있다. 먼저 숭고한 섹스를 탐구할 기회를 제공해 주고 보다 심오한 수준의 결합을 맛보게 된다. 또한 연애 초기의 섹스는 화끈하기는 해도 약간 거북스러운 점이 있기 마련이어서 몇 가지 문제점들을 해결해 나가야 할 수 있다(예를 들어 어떻게 해야 당신이 흥분하는지 그에게 주입시키고 그가 제일 좋아하는 것이 무엇인지 알아두어야 한다).

물론 열정이 가라앉은 섹스는 뭔가 허탈할 수 있다. 서로에 대한 생각은 더 단단해졌을지 몰라도 예전의 열기가 어쩔 수 없이 그리워지고 심지어 뭔가 문제가 있다는 신호는 아닌지 살짝 의심도 든다.

이럴 때 필요한 주요 강구책 가운데 하나가 예전과 전혀 다른 생각을 불러들이는 것이다. 그것은 무척 흥미로운 상황을 연출해 준다. 나는 남녀관계에 새로움을 재도입할 때 그것이 도파민을 생성시키고 다시 격정적인 감정과 비슷한 기분을 일으킨다는 인류학자 헬렌 피셔의 설명을 언급한 바 있다. 이전에 해보지 못한 새로운 경험은 침실 생활에서도 똑같이 적용될 수 있다. 젖어든 타성을 깨고 적어도 몇 가지 새로운 '양념'을 도입해 보자. 예전과 똑같은 폭발적 감정을 느끼지는 못한다 해도 적어도 뜨거운 열기를 침대에 불러일으킬 수는 있다.

스스로에게 다음 질문들을 던져보는 것부터 시작하라. 대다수 질문에 대한 답이 몇 주 전이라면(심지어 전무하다면) 타성에 젖어있을 가능성이 높다. 그렇다면 이 질문들을 자극제로 삼고 그것을 바꾸어라.

당신이 마지막으로

- 선 채로 섹스한 것이 언제인가?

- 침실 말고 다른 방에서 섹스한 것이 언제인가?

- 바깥에서 섹스한 것이 언제인가?

- 섹스 기구나 소품을 침대에 가져왔던 것이 언제인가?

- 팬티를 벗지 않고 아래로 내린 채 급하게 섹스를 가졌던 것이 언제인가?

- 섹스 도중 적어도 세 번 정도 체위를 바꿨던 것이 언제인가?

- 전혀 새로운 체위를 시도한 것이 언제인가?

- 사랑을 나누기 전 침실에 25개의 촛불에 불을 붙였던 것이 언제인가?

- 침대에 음식을 가져온 것이 언제인가?

- 두 사람 모두 일로 정신없이 바쁘지만 너무 오랫동안 관계를 미루는 게 싫어서 섹스하는 날을 정했던 것이 언제인가?

- 주방에 서있는 그를 뒤에서 안고 침실로 이끌었던 것이 언제인가?

- 30분 이상 오랫동안 섹스했던 것이 언제인가?

- 은밀하고 야한 게임을 했던 적이 언제인가? 이를테면 주사위를 굴려 나오는 숫자마다 뭔가 서로에게 해줘야 하는 규칙 따위 말이다.

- 눈가리개를 하고 섹스를 했던 것이 언제인가? 그에게 눈가리개를 씌웠던 것이 언제인가?

- 윤활제를 사용했던 것이 언제인가?

- 정말로 야한 란제리를 침대에서 입었던 적이 언제인가?

- 그의 손을 침대에 묶거나 그에게 당신 손을 묶도록 했던 것이 언제인가?

- 섹스에 관한 책이나 기사에서 아이디어를 얻곤 했던 것이 언제인가?

- 섹스 비디오를 만든 것이 언제인가?

- 서로의 성적 환타지를 함께 나눴던 것이 언제인가?

- 상대가 자신에게 해주기 원하는 것들을 종이에 적어 그릇에 넣어두고는 돌아가며 꺼내보던 것이 언제인가?

- 함께 목욕하고 마사지 해주고 침대에서 샴페인 터뜨리는 등 저녁 내내 즐기는 섹스 탐험을 즐겼던 것이 언제인가?

- 카마수트라를 읽었던 것이 언제인가?

- 그의 주도 하에 당신을 완전히 흥분하게 만들도록 요구했던 것이 언제인가?

- 당신의 주도 하에 그를 완전히 흥분하도록 요구했던 적이 언제인가?

그를 내 맘대로 요리하는
12가지 오럴섹스 비법

독자 이메일을 통해 자주 듣는 질문 중 하나가 "훌륭한 오럴섹스의 비결은 무엇입니까?"다. 여자들은 남자들이 오럴섹스를 무척 열망한다는 사실을 알고 있어서 어떻게 하면 그 기술을 통달하여 남자들의 뇌리에 영원한 황홀함을 각인시킬 수 있는지 알고 싶어 한다. 하지만 그것이 꽤 까다로운 기술임을 깨닫고는 실수하거나(가령 치아로 그곳에 상처를 입힌다거나) 혹은 지나치게 망설일까봐 걱정한다. 기술을 연마하는 데 남자들은 별 도움이 되지 못한다. 그들은 당신이 해주는 것만으로도 감지덕지해서 뭔가 요구하거나 당신의 기술이 신통치 않다는 힌트를 주어 찬물을 끼얹고 싶어 하지는 않을 테니 말이다.

하지만 남자들이 우리에게 입을 열어준 덕에 나는 그 기술을 연마하는 데 도움이 될 만한 제안들을 오랫동안 들을 수 있었다.

SECRET 1 훌륭한 오럴섹스의 첫 번째 비법은 '열정'이다. 당신이 오럴섹스를 좋아하는 것처럼 보이고 행동한다면 그의 마음을 충분히 흔들어놓을 수 있다.

SECRET 2 본격적인 작업에 들어갈 때까지 뜸을 들여라. 그것은 기대감을 증폭시키고 자극의 수위를 높인다. 그가 쾌감을 느끼는 부위(배꼽에서 사타구니까지, 그리고 허벅지 안쪽)를 따라 당신의 혀를 쓸어주는 동시에 손으로 부드럽게 어루만져라.

SECRET 3 오럴섹스에서 입으로 부는 동작은 포함되지 않는다(단, 그를 애태우기 위해 시작 전에 페니스에 입김을 부는 동작은 제외된다). 오럴섹스에서 필요한 동작은 핥기와 빨기다. 혀로 핥는 동작에서는 혀끝과 혀의 전체 표면(혀의 아래쪽까지 포함된다)을 사용하고 자극을 다양화하라. 페니스 귀두는 줄기의 중간 부분보다 연약하므로 부위에 알맞게 다뤄줘야 한다. 입으로 빠는 동작에서는 치아를 조심하는 것이 중요하므로 시종일관 치아를 입술 뒤에 숨겨두도록 한다.

SECRET 4 모든 동작을 입술로만 처리해서는 안 된다. 남자들에 따르면 페니스에 입술을 대고 위아래로 움직이기만 하는 여성들이 있다고 한다. 당신의 입안 전체를 느낄 수 있도록 하라. 페니스를 입안에 넣고 위아래로 움직이고 입의 각도를 다양하게 조절하라.

SECRET 5 페니스를 입안에 넣었다면 혀의 사용을 멈추지 마라. 혀를 이용해 페니스 줄기를 위아래로 쓸어주고 앞뒤로 튕겨주어라.

SECRET 6 손도 함께 사용하라. 한 남자는 자신에게 특별했던 오럴섹스가 야구방망이를 쥐듯 두 손을 이용한 것이었다고 말해주었다. 한 손으로 페니스 아래쪽을 둥글게 움켜잡을 수도 있다. 그는 고환을 살짝 잡아당기거나 엉덩이를 꽉 쥐어주거나 혹은 고환과 항문 사이의 회음부를 만져주는 걸 좋아할 수도 있다.

SECRET 7 오럴섹스를 하면서 입으로 허밍을 하거나 신음하라. 그가 색다른 진동을 느낄 수 있다.

SECRET 8 때로 그의 고환을 핥아주거나 살짝 빨아주는 것도 잊지 마라.

SECRET 9 그의 머리 아래에 베개를 받쳐 당신을 볼 수 있도록 하라.

SECRET 10 오럴섹스를 하는 동안 그와 계속 눈을 마주쳐라.

SECRET 11 그가 서있을 때 오럴섹스를 시도하라. 아마도 더 많은 혈액이 사타구니 쪽으로 몰려 그의 자극 수위가 한층 높아질 것이다.

SECRET 12 정액을 삼키는 일은 당신이 결정할 사항이다. 그러나 어떤 선택을 하든지 모든 과정에 인내심을 갖고 동참해 주지 않는 여자들이 있다고 남자들은 불평한다. 그런 여자들은 오르가슴에 이르기 전에 너무 서둘러 자극의 불꽃을 사그라뜨린다.

RED-HOT SEX STYLE **54**

가장 훌륭하지만 가장 홀대받기 쉬운
남자의 성감대

침대에서 여자들이 좀 더 아낌없는 관심을 가져주길 바라는 신체 부위가 어디냐는 설문조사나 질문에서 대다수 남자들의 대답은 한결같이 '고환'이었다. 이처럼 홀대받기 쉬운 부위에 관한 결과 보고는 남자들이 경험한 가장 자극적인 섹스에 대한 질문에서도 등장하는 대답이다. 여자들이 자신의 "쌍둥이"나 "구슬"에 관심을 가져주는 것이 얼마나 좋은지 얘기하는 남자들은 몇 명은 꼭 있기 때문이다.

그렇다면 여자들이 이 특별 부위에 별다른 관심을 갖지 않는 이유는 무엇일까? 그것은 남자의 고환이 크게 관심을 요구하는 것처럼 보이지 않기 때문일 것이다. 꼿꼿이 서서 관심을 애원하는 페니스와는 달리 그저 축 늘어져 대롱거리고 있으니 말이다. 아니면 두 개의 작은 메추라기 알처럼 너무 연약해 보이는 까닭에 다루기 두려운 존재로 보일 수도 있다.

그러나 고환은 거의 페니스만큼이나 성적 자극을 받는 부위며 남자들을 여자들이 이곳을 만져주면 무척 좋아한다. 무엇보다 페니스를 만지면서 동시에 말이다. 게다가 남자의 고환은 보이는 것만큼 그렇게 연약하지 않다. 그것을 애무해 주고 따뜻하고 축축한 물수건으로 부드럽게 닦아주고, 핥아주고, 혀로 주머니 바깥을 W 형태로 쓸어주고, 입안에서 조심스럽게 장난치고, 살짝 당기는 것을 두려워 마라. 특히 그가 오르가슴에 도달하려 할 때 말이다.

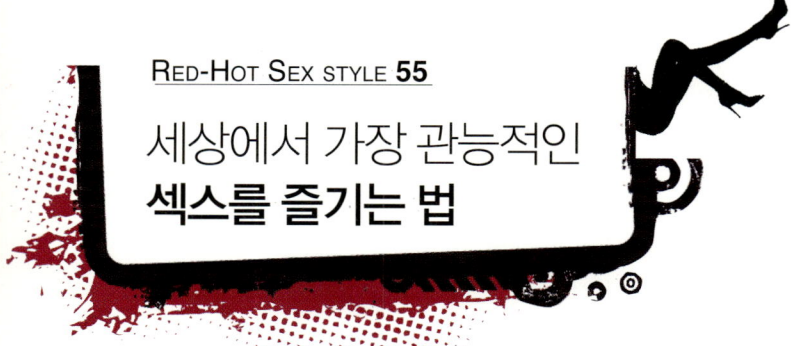

세상에서 가장 관능적인
섹스를 즐기는 법

커플끼리 즐길 수 있는 섹스는 그야말로 다양하다. 어느 비오는 느긋한 일요일 오후에 즐기는 섹스에서부터 유쾌하고 장난스러운 섹스, 그리고 동물적 섹스에 이르기까지 무척 다양하다. 당신과 파트너는 나름대로 좋아하는 취향이 있겠지만 서로 짜릿한 관계를 유지하려면 기존의 방식을 되풀이하기 보다는 다양한 메뉴를 골고루 섭렵해야 한다.

훌륭한 섹스 가운데 하나는 감각적이면서 서서히 불타오르는 섹스다. 그것은 영혼이 교감하는 섹스라고 불리는 경우도 있다. 그것은 강렬하고 충만하지만 서두르지 않는 섹스를 말하며 그것이 매우 친밀한 느낌을 준다는 이유로 여자들이 좋아하는 경향이 있다. 남자들이 좋아하는 섹스 리스트의 맨 첫줄에 오르는 일은 없겠지만 남자도 장점을 발견하기는 어렵지 않을 것이다. 천천히 시작할수록 막판에는 두 사람 모두에게 좀 더 강렬하고 폭발적인 육체적 결실을 안겨주는 경우가 많기 때문이다. 그런 식으로 상황을 설정하고 그를 리드하는 것은 모두 당신에게 달린 문제일 수 있다. 여러 방법들 가운데 탄트라 섹스의 일부분을 빌려와서 서서히 자극을 고조시키고 황홀한 쾌락과 영혼의 교감을 경험하게 할 수도 있다. 탄트라 섹스는 꽤 오랜 시간이 걸린다는 단점이 있으니 그렇다면 일종의 개조된 탄트라 섹스를 고려해 보자. 그것도 최소한 한 시간 정도는 공을 들여야 하겠지만 적어도 하루 종일 걸리지는 않을 것이다. 탄트라 섹스의 일부 지침은 다음과 같다.

SECRET 1 분위기는 감각적이고 서서히 고조하는 섹스에 매우 중요하다. 당신의 침실이나 혹은 사랑을 나누기로 한 장소는 차분하고 이완된 기분을 망치는 다른 요인들에서 벗어나야 한다. 촛불(다만 섹스 후 잠자리에 들 때는 반드시 꺼야 한다)이나 향(샌달우드나 프랭킨센스, 머스크 향은 매우 이국적인 향이다), 음악이 방해가 되지 않는다면 섹시한 음악을 틀어라. 멋진 기분 전환을 원한다면 천둥이나 바다, 열대우림의 음향을 틀어라.

SECRET 2 침대로 가기 전 나른하고도 에로틱한 활동에 참여하여 서로의 기분을 맞추어라. 와인과 치즈, 그중에서도 맛이 깊고 부드러운 치즈트리플 크림 브리나 바슈렝 드 쥐라 치즈를 즐겨라. 또는 서로의 머리를 샴푸해 줘라. 이것이 얼마나 에로틱한지 잘 모르겠다면 영화 '아웃 오브 아프리카'에서 로버트 레드포드가 메릴 스트립의 머리를 감겨주는 장면을 보라.

SECRET 3 옷을 벗고 다리를 꼰 채 앉아서 서로를 만지지 말고 몇 분 정도 바라보기만 하라. 지나치다고 생각하는 남자도 있겠지만 마음에 들어 한다면 매우 섹시하고 친밀한 경험이 될 수 있다.

SECRET 4 애무를 시작하되 서로의 손과 팔에만 한정하라. 그의 손목 아랫부분과 손가락 사이사이를 당신의 손가락으로 가볍게 쓰다듬어라. 그의 팔을 따라 위아래로 손가락을 쓸어주어라. 겨드랑이를 쓰다듬어주면 좋아하는 남자들도 있다. 당신에게도 똑같이 해달라고 하라.

SECRET 5 키스하되 다른 행동처럼 천천히 하라.

SECRET 6 그의 다른 신체 부위를 손으로 애무하되 가장 은밀한 부위는 제외하라. 그의 얼굴과 팔, 몸통, 다리를 손가락으로 깃털처럼 닿을 듯 말듯 쓸어주라. 당신에게도 똑같이 해달라고 하라.

SECRET 7 이제 천천히 상대의 은밀한 부위로 넘어가자. 향기 나는 오일을 이용하여 그의 페니스를 천천히 그리고 신중하게 애무하라. 한손으로는 페니스의 윗부분을, 다른 한손으로는 아랫부분을 잡고 손을 번갈아 가며 로프를 잡아당기는 동작을 반복하라. 그의 고환을 애무하는 것도 잊지 말자. 그에게 향기 나는 오일로 당신을 애무하게 하라. 질 바깥쪽을 마사지하는 것은 물론이고 그의 손가락을 천천히 안으로 집어넣도록 하라.

SECRET 8 성교할 준비가 되었다면 그의 무릎에 앉은 자세로 시도하고 이때 서로의 시선을 고정시켜라.

SECRET 9 당신과 그의 호흡을 일치시켜라. 그것은 매우 친밀한 감정을 일으킬 뿐 아니라 오르가슴에 도달할 가능성을 높여준다고 증명된 바 있다.

남자들은 약간의 변태적 행위를 남몰래 동경한다

드라마 '위기의 주부들'에서 마샤 크로스의 남편이 고백했던 말을 기억하는가? 섹스하면서 손발이 꽁꽁 묶인 채 여자에게 제압당하는 것을 좋아한다던 고백 말이다. 그 드라마가 끝나자 돌아온 싱글이 되어 데이트를 즐기던 친구 한 명이 이렇게 말했다.

"내 최악의 악몽도 저런 거였어. 꽤 멋지다 싶은 남자를 만났는데 알고 보니 저런 변태적 성향을 갖고 있지 뭐야. 섹스 할 때 내 팬티를 입는 걸 좋아하더라고. 게다가 내가 스틸레토 힐을 신고 그 남자 가슴을 찍어 눌러야만 오르가슴을 느끼더라니까."

매우 심각할 정도로 광적이고 변태적인 욕구를 갖고 있는 남자들도 있지만 그들은 소수에 불과하다. 남자들은 대부분 꽤 정상적인 성향을 갖고 있고 침대의 황홀감을 만끽하기 위해서는 그저 당신이란 존재와 몇 가지 일반적인 자극만을 필요로 한다. 그러나 앞서 말했듯 많은 남자들이 약간의 변태적 행위를 동경한다. 물론 당신이 그럴 의향이 있다면 말이다. 그들이 반드시 당신의 끈팬티를 입고 싶어 하는 것은 아니지만 이따금씩 금기되는 생각을 즐기고 그것을 실행에 옮김으로써 이른바 규칙을 깨뜨리기를 갈망한다. 남자 독자 5천 명에게 여자 친구가 해주기를 간절히 바라는 한 가지가 있다면(비록 실제로는 기대하지 않더라도) 그것이 무엇이냐는 여론 조사에서 '아름다운 낯선 여자 한 명을 초대해 셋이서 섹스하는 것'이란 항목에 35%의 남자가 표시했다. 당신의 남자친구는 그런 것에 전혀 흥미가 없을 거라고 생각할 수 있지만 그건 단지 마음을 털어놓지 않기 때문일 수도 있다. 많은 남자들이 떨리거나 부끄럽다는 이유로 위험한 제안을 입 밖에 꺼내지 않기 때문이다. 현상 유지로도 만족스러우니 속으로는 어떻다 해도 침묵을 지키는 것이다.

그렇다면 당신은 어떠한가? 어쩌면 당신도 규칙을 깨고 싶기는 마찬가지일지 모른다. 낯모르는 여인네를 남자 친구와의 잠자리로 불러들이는 정도까지는 아니라 해도 한계선을 조금만 더 확장시키는 것은 괜찮다고 말이다. 어쩌면 금기라는 표현이 당신에게는 무척 혐오스럽게 느껴질 수도 있다.

지나치게 경계선을 넘는 것이 아니라면 약간의 금기 사항을 그에게 제공할 수 있다. 그를 깜짝 놀래주기 위해 필요한 것은 약간의 실험뿐이다. 당신이 뭔가 색다른 곳을 향해 가고 있고 그곳이 어디인지 모른다면 그는 선뜻 당신을 따라나설 것이다. 게다가 좋은 점은 약간의 실험만으로 당신 자신도 활력이 샘솟는 기분을 느끼게 된다는 것이다. 이미 말했지만 그는 색다른 실험 행위에 쌍수를 들고 환영할 것이다. 그렇게 되면 낯선 여자를 침실로 끌어들일 필요도 없다.

몇 가지 아이디어를 소개하겠다.

- 그의 눈을 가리고 애무해주는 동안 그저 잠자코 촉감을 느끼는 일에 집중하라고 말한다.
- 주방에서 그의 옷을 벗기고 바닥에서 사랑을 나눈다.
- 그의 넥타이를 침대 베개 밑에 숨겨두었다가 그가 알아차리기 전에 그의 손을 매어 침대 머리맡에 묶는다.
- 그에게 랩댄스(스트리퍼가 손님의 무릎에서 추는 선정적인 춤-옮긴이)를 선사한다.
- 그가 처음 만난 낯설고 섹시한 여성의 역할을 연기한다.

침대에서 남자의 쾌감을
두 배로 높이는 법

남자들이 침대에서 여자들의 과감한 터치를 좋아한다고 말한 바 있다. 그러나 남자들의 마음을 단단히 사로잡을 수 있는 또 다른 터치 기법이 존재하는데, 우리는 그것을 '두 배의 즐거움'이라 부른다. 기본 개념은 동시에 두 군데의 신체 부위를 자극하는 것으로 입체 음향 효과를 제공한다. 이를테면 그의 귓바퀴 둘레를 당신의 혀로 더듬는 동안 허벅지 안쪽을 유혹적으로 어루만질 수 있다. 이런 테크닉은 더 많은 신체 접촉뿐 아니라 두 배의 에로틱한 기대감을 유발한다는 점에서 매우 자극적이다.

약간의 기술로 이보다 더한 달콤함을 만들 수도 있다. 두 신체 부위에 똑같은 동작을 이용하는 것이다. 예를 들어 그의 젖꼭지를 당신의 혀로 원형을 그리는 동시에 손으로는 그의 고환을 원형 동작으로 애무하는 것이다. 신체 부위 두 곳에서 동시에 똑같은 동작의 느낌을 경험하는 것은 정신을 쏙 빼놓을 만큼 아찔한 자극이 될 수 있다.

침대에서 남자를 유도하여
당신의 황홀감을 얻어내라

우리가 〈코스모〉에 듬뿍 담아놓은 섹시하거나 짜릿했던 연애 사건들을 보면 절대적으로 확신할 수 있는 두 가지 항목이 존재한다. 그중 하나는 당신이 만난 남자가 알고 보니 매우 축복 받은 남자일 수 있다는 것, 그리하여 그의 놀라운 물건 크기에 당신이 압도당할 수 있다는 것이고, 다른 하나는 그가 첫 번째 섹스에서도 당신을 오르가슴의 세계로 보내는 법을 정확히 알고 있는 남자일 수 있다는 것이다. 그와 같은 일은 영화에서 늘 일어난다. 남녀 한 쌍이 서로의 옷을 벗겨내고는 침대에 뛰어들더니 이내 여자가 환희의 절정으로 비명을 질러대는 장면 말이다.

하지만 현실에서는 좀처럼 그런 일이 일어나지 않는다. 첫째로 현실 세계의 멋진 남자들조차도 여자를 성적으로 흥분시키는 방법에 대해 감을 잡지 못하는 경우가 태반이다. 사회 철학자인 마이클 구리언은 이렇게 말한다. "젊은 남자들 대다수가 여자들이 대부분 질 오르가슴을 느끼지 못해서 사실상 클리토리스 자극이 필요하다는 사실을 알지 못합니다. 나는 가족 치료 상담 중에 얼마나 많은 남자들에게 이 사실을 설명해야 했는지 모릅니다. 여자들은 이 점에 대해 남자들을 교육해야 합니다."

기본적으로 좋은 파트너의 자질을 갖춘 남자와 데이트를 한다 해도 처음에는 어떤 종류의 자극이 당신에게 효과적인지 알지 못할 수 있다. 여자들마다 좋아하는 터치 방법이 모두 제각각이며, 새로 만난 남자의 예전 여자 친구가 당신과 전혀 다른 기준을 갖고 있었을지도 모르기 때문이다.

한 가지 다행스러운 점은 남자들이 대부분 자신과 잠자리를 갖는 여자에게서만 가르침을 받기 원한다는 사실이다.

이를 위한 최고의 전략은 소란스럽게 굴지 말고 그의 입을 열게 할 때처럼 일상적이고 구체적이어야 한다는 것이다. 구리언은 편안하면서도 확실한 접근법은 보디랭귀지를 곁들이는 것이라고 말한다.

"그에게 행동으로 지도해 주세요. 예를 들어 그의 혀가 당신의 클리토리스에 닿지 못했다면 그의 머리를 살짝 움직여 방향을 바꿔주세요. 그러면 뭔가 잘못됐음을 알아채고 어떻게 하는 게 좋은지 물어볼 겁니다. 아니면 그의 머리를 살짝 건드리는 것만으로도 문제는 해결될 것입니다."

그가 정확히 명중했다면 확실한 긍정의 신호를 제공하라. 신음하는 것으로 말이다. 나중에 그가 해준 구체적인 사항을 언급하고 그것이 얼마나 좋았는지 말할 수도 있다. 다만 대화의 형식이 아니라 은밀한 비밀을 그와 나누는 방식을 취하라고 말한다. 이를테면 "아까 당신이 그렇게 해줬을 때 얼마나 흥분이 됐는지 몰라."라고 말이다.

상대가 당신을 흥분시키는 방법을 잘 알면서도 귀찮아하거나 혹은 오럴 섹스로 당신에게 보답해 줘야한다고 여기지 않는다면 어떻게 해야 할까? 구리언은 이렇게 말한다.

"그의 공정성에 호소해 보세요. 마음속 깊은 곳에서는 그도 공정함을 원할 테니 균형을 맞추도록 요구하세요."

섹스는
인생에서 최고로 좋은 것에 속한다

내가 일로 다루는 주제들은 참으로 다양한 편이다. 패션과 뷰티,
유명 연예인, 남자, 사랑, 남녀관계, 건강, 개인적 성공, 여성들을 위한 뉴스
등이 있고, 물론 섹스도 빠지지 않는다. 섹스는 우리가 다루는 주제 가운데
압도적인 부분을 차지하지는 않더라도 빠져서는 안 될 주제에 속하며, 다른
어떤 여성지보다도 〈코스모〉에서 보다 솔직하게 다루는 주제이기도 하다.

이런 이유로 나는 섹스에 관하여 무척 다양한 내용을 읽었고 인생에서
그 어느 때보다도 가장 많이 생각하는 주제가 바로 섹스였다.

이 주제에 정기적으로 집중하다 보니 계속해서 주입되는 생각이 있었는
데, 바로 섹스가 우리에게 얼마나 좋은가 하는 것이었다. 한번은 헬렌 걸리
브라운이 내게 이렇게 말했다.

"섹스야말로 이 세상에서 가장 멋진 세 가지 중 하나야. 나머지 두개가
뭔지는 생각 나지 않지만 말이야."

그 정도까지는 아니더라도 나는 그녀가 하는 말을 알 수 있었다. 섹스는

멋지고 마법 같은 것이다. 그것은 기분 좋은 육체적 쾌락과 해방감으로 인도할 뿐 아니라 상대와 놀라울 정도의 친밀감을 형성하는 방법이기도 하다. 그것은 당신과 파트너를 로맨틱한 관계로 맺어주는 접착제와도 같다.

이런 사실은 잡지를 읽거나 혹은 내 밑에서 일하는 20대 여성독자나 부하직원들에게는 새로운 뉴스거리가 되지 않는다. 그들 중 상당수가 왕성한 섹스의 열기를 품은 신선한 연애 단계에 놓여있을 테니 말이다. 그들은 또 섹스를 인생의 건강한 일부분으로 바라보고, 일부 베이비붐 세대에게 있던 섹스에 대한 거리낌을 갖고 있지 않은 세대들이다.

그러나 우리 모두 현실을 직시하자. 우리들 중 섹스를 좋아하고 그것이 남녀관계에서 얼마나 중요한지 알고 있는 여자들조차도 좋지 못한 습관에 빠져들지 않는가 말이다. 섹스에 싫증이 나거나 혹은 지나친 스트레스를 받으면서 그것은 점차 우선순위에서 밀려난다. 또한 두 사람이 아직도 서로를 끌어안거나 애무하고 있고 관계도 순탄해 보인다는 이유로 불규칙적인 섹스도 문제되지 않는다는 착각을 하고 있을지 모른다. 그러나 당신의 그는 섹스 횟수가 줄어드는 것을 좋아하지 않을 게 분명하다. 애석하게도 남자들은 그것에 대해 표현하지 않거나 아니면 애매모호한 방법으로 메시지를 전달한다. 인터뷰에서 한 남성이 우리에게 일러주기를 남자들이 "좀 더 집에 있자."고 하는 말은 사실 "좀 더 섹스해야 한다."는 뜻이라고 했다. 최근에는 남자들이 자신들만큼 섹스를 원하지 않는다고 투덜대는 여자들의 불만을 더 많이 듣는 것도 사실이지만 일반적으로 규칙적인 섹스를 원하는 쪽은 남자들이다.

　게다가 횟수가 줄어든 섹스에 당신은 불만이 없다고 생각하지만 사실은 그럴만한 사정이 있기에 그럴 수 있다. 어쩌면 섹스가 점점 더 후닥닥 끝나버리거나 예전만큼 감미로운 느낌이 없다 보니 열정이 식어버린 것일지 모른다.

　요즘 들어 섹스의 우선순위가 낮아졌거나 더 이상 섹스가 인생 최고의 요소로 꼽히지 않는다면 그 이유에 대해 생각해 보라. 당신의 침실이 잡동사니로 수북이 쌓여있어서 유혹의 감정이 일어나지 않는가? 그렇다면 깨끗이 청소하고 파란색이나 청록색을 침실에 덧입혀라(전문가들에 따르면 감각적인 분위기를 연출해주는 색상이다). 하루를 마무리하는 시간에 완전히 녹초가 되는가? 그렇다면 저녁식사 전에 섹스를 시도하라. 드라마 '그레이 아나토미'에서 맥드리미 박사 역을 맡은 멋지고 매력 넘치는 패트릭 뎀시를 인터뷰했을 때 그는 남자의 관점에 비추어본 몇 가지 유익한 생각들을 일러주었다. "많은 섹스를 갖는 것이 중요합니다. 그렇지 않으면 남녀관계는 분명 위태로워 질 테니까요. 훌륭하고 자극적인 섹스를 해야 하고 파트너와 다양한 실험을 해야 합니다. 그것이 두 사람을 서로 유지시켜줄 것입니다. 섹스를 멈추면 남녀관계도 끝나고 맙니다."

　맥드리미 박사의 충고는 새겨둘 만하다.

침대 속 요부가 되는 법

요즘 들어 여성 신체의 복잡성을 남자가 이해하는 것이 얼마나 중요하고 침대에서 여자를 흥분시키기 위해 정말로 필요한 것이 무엇인지 등에 초점이 맞춰지고는 있지만 여자들 스스로도 환상적인 침대 속 파트너가 되는 방법에 대해 궁금해 한다. 옆에 누운 남자가 황홀감에 완전히 넋을 잃고 온통 머릿속으로 내 생애 최고의 섹스였다는 생각뿐인 장면을 그 누가 상상하고 싶지 않겠는가.

침대에서 솜씨 좋은 여자가 되는 방법을 남자들에게 설명해 달라고 했을 때 한결같이 등장했던 3가지 요소가 있었는데, 첫째가 기술, 둘째가 다양한 기술을 혼합하려는 의지, 셋째가 섹스에 대한 오래된 열정이었다.

언뜻 보기에도 그리 위압적인 요소들이 아니다. 이 책을 사든 당신이라면 섹스라는 주제에 열정을 갖고 있음이 분명하니 마지막 요소는 이미 해결된 것이나 다름없다. 나머지 두 요소는 경험으로 귀결된다. 영화배우 맷 딜

런은 인터뷰에서 "섹스를 많이 한 사람일수록 확실히 섹스에 능숙하다."는 말로 이를 매우 분명히 요약해 주었다(아울러 능숙한 스승이자 자발적인 탐험가를 파트너로 둔다면 그러한 경험을 더욱 가속화할 수 있다).

그러나 훌륭한 섹스 파트너가 되는 것은 물론이고 당신과의 섹스를 기대할 때마다 남자 무릎에 힘이 빠지도록 만드는 데는 뭔가 다른 것이 필요한데, 그것은 당신만이 지닌 작은 섹스 요령이다. 그것은 환상적인 오럴섹스와 같은 특정적인 기술을 말하기 보다는 그다지 대단할 것 없지만 성적으로 독특하고 예전에 했던 경험과는 틀린, 그래서 남자를 완전히 사로잡는 행동 요령을 말한다. 기존에 갖고 있던 당신의 섹스 레퍼토리에 섹스트라SEXTRA, 즉 특별 비법 한 가지를 추가한다고 생각하라. 우리와 함께 섹스에 대해 얘기를 나누던 남자들은 자신이 경험했던 섹스트라에 대해 늘 찬사를 늘어놓곤 했다.

그렇다고 너무 덤벼드는 것 같거나 우스꽝스러워 보일 필요는 없다. 한 독자는 남자친구를 유인하여 함께 샤워하면서 그의 페니스를 헤어컨디셔너로 마사지해 주기를 좋아했다고 말했다. 하지만 페니스를 날렵한 포니테일로 만들려는 계획이 없는 남자라면 그 방법은 꽤나 부질없는 소리처럼 들렸다.

여기 당신이 참조할 수 있도록 일부 남자들이 무척이나 자극적이고 기억에 남는다고 말하던 몇 가지 특이한 섹스 기술의 사례를 적어놓았다.

• 그가 무릎을 꿇고 엎드려 있을 때 오럴섹스를 해준다.

• 그의 페니스 아랫부분을 엄지와 검지로 둥글게 단단히 쥐고 다른 손으로 귀두 쪽을 둥글게 쥐고는 한손은 위로 다른 한손은 아래로 움직인다.

• 그의 바지를 발목까지 끌어내려 움직이지 못하게 한 상태로 흥분시킨다.

• 그가 절정에 다다르기 직전 그의 젖꼭지를 비튼다.

• 그의 페니스를 입안에 넣고 당신의 혀를 연필 깎기처럼 돌린다.

• 손가락을 그의 엉덩이 골짜기에서 시작하여 고환을 지나 페니스에 다다를 때까지 애무한다.

• 그가 당신에게 들어올 때 그의 엉덩이를 당신 쪽으로 당긴다.

CONTENTS

Part 4 커리어

Business Style

때로는 들소 한 떼를 빌려야 한다

지난 8년간 〈코스모〉에서 터득한 수많은 내용들을 단적으로 보여주는 특별한 교훈 하나를 꼽으라면 이것을 들 수 있다. 당신이 강력한 영향력을 행사하고 싶다면 야외로 나가 들소 한 떼라도 빌려야 한다는 것 말이다.

이게 무슨 생뚱맞은 말인가 할 것이 분명하다. 나 역시 글자 그대로를 의미한 것은 아니다. 사실 이 말은 내가 〈코스모〉에 들어온 지 얼마 안 되어 새로 일을 시작한 포토 디렉터 데니스 앤더슨과의 경험담에 기초하여 상황에 따른 특정 접근법을 설명해 놓은 것이다. 그는 에너지가 넘쳐흐르는 완벽주의자로 모든 것이 완벽해야 직성이 풀리는 그런 사람이었다.

하루는 미국 사우스다코타 주에서 찍을 패션화보의 촬영 일정을 확인하려고 데니스의 자리에 들렀다. 우리는 미국 원주민의 정취를 패션과 접목시켜 이야기를 풀어낼 계획이었고 사우스다코타 주는 그런 촬영에 딱 들어맞는 장소처럼 보였다.

그는 모든 준비를 끝냈다고 말했다.

로케이션 담당자가 촬영에 적합한 아름다운 장소를 발견했다고 설명했다. 드넓은 하늘과 굽이굽이 우뚝 솟은 산이 배경으로는 안성맞춤인 그런 곳이었다.

"좋군요. 운 좋으면 달리는 들소 몇 마리도 배경으로 찍히겠는데요."

내 말에 그는 약간 놀란 표정으로, 아니 기분이 상했다는 듯 나를 쳐다보더니 이렇게 말했다.

"들소 한 떼도 빌려놓았는데요."

"들소 한 떼를 빌렸다고요? 와, 정말 대단하군요."

나는 깜짝 놀라 말했다.

그것은 진심이었지만 그의 말에 한방 얻어맞은 기분이었다. 야외로 나가 들소 한 무리를 통째로 빌릴 수 있다는 것은 나로서는 생각할 수도 없는 일이었다.

"게다가 그 들소는 영화 '늑대와 함께 춤을'에서 사용했던 것과 똑같은 들소예요."

그가 덧붙여 말했다.

'그러니까 그것도 그냥 들소가 아니란 말이지.'

그것은 엄연히 영화배우 조합에 등록되어 있는 들소였다!

나는 사무실로 돌아가 데니스가 한 일을 곰곰이 생각해 보았다. 탁월한 선견지명을 갖추고 최대한 아름다운 사진을 얻어내기 위해 별도의 조치를 강구해 놓은 그가 마음에 들었다. 데니스는 남보다 두세 배 더 시간을 들이며 땀 흘리는 사람이라 할 수 있었다. 혹은 유명 요리사 에머릴 라가세가 TV 요리 쇼에 나와 독특한 양념을 조리법에 곁들이면서 하는 말처럼 수위를 한 단계 끌어올리는 사람이었다. 그는 적당히 좋은 것(산과 드넓은 하늘)에 안주하는 대신 굉장한 것(사진 배경으로 풀을 뜯는 거대한 야생 들소)을 선택했다!

나는 내가 늘 적극적이고 무엇이든 한 단계 수위를 끌어올리려는 타입의 사람이라 생각해 왔다. 하지만 그 말(들소 한 떼를 빌리겠다는 말)을 들은 것은 정말로 대단했고, 매일 사용하기에 적절한 주문을 얻어낸 셈이었다. 게을러지거나 다른 데 정신이 팔릴 때마다 제대로 된 주문 하나가 다시금 적극적인 태도를 일깨워주기 때문이다.

때로는 대단한 적극성이 요구되는 경우가 있는데, 뭔가 황홀하고 사람들의 숨을 턱 막히게 할 정도로 아찔한 무언가가 요구되는 순간을 말한다. 오프라 윈프리의 50번째 생일 파티에서 카타르 국가의 왕족 결혼식에 이르기까지 다양한 행사를 담당해온 유명 이벤트 전문가 콜린 코위는 언제나 자신이 얘기하듯이 "입이 떡 벌어질만한 순간"을 목표로 삼는다고 내게 말해주었다. 다시 말해 그가 장식한 파티 홀에 걸어 들어온 사람들이 놀라움을 금치 못하며 벌어진 입을 다물지 못할 정도가 되어야 한다는 것이다.

예전에 내 아이의 담임교사로부터 들었던 얘기가 있는데, 한 과목에서 A

와 B+라는 학점의 차이는 매일 밤 10분 더 공부하는 차이에 불과하다는 것이었다. '적당히 좋음'과 '훌륭함'과의 차이에도 그것은 참말인 경우가 많다. 그것은 작은 한 번의 터치나 2~3분의 시간, 혹은 전화 한 통화가 되기도 하며, 사소한 것이 때로는 엄청난 차이를 선사할 수 있다.

〈코스모〉에 정기적으로 등장하는 디자이너들 중에는 케이트 스페이드가 있다. 한번은 그녀가 일을 시작한 경위에 대해 매우 흥미로운 얘기를 해준 적이 있었다. 케이트는 핸드백 비즈니스에 뛰어들기로 결심하고 몇 개 안되는 핸드백 라인을 디자인했다. 전시회에서 바이어들에게 제품을 소개하기로 한 전날, 케이트는 거실에 앉아 핸드백들을 물끄러미 바라보았다. 그것은 적당히 볼품 있는 정도였을 뿐 결코 환상적이지는 않았다. 결국 눈길을 끌만한 무언가가 빠져있는 게 제일 큰 문제임을 깨달은 그녀는 손톱 가위를 집어 들고는 가방 안쪽에 붙은 '케이트 스페이드 뉴욕'이라는 라벨을 잘라내어 핸드백 바깥에다 손바느질을 했다고 한다. 물론 그 이후의 일은 다들 알만큼 유명한 얘기라고 해야 적당할 것 같다. 물론 케이트 스페이드의 가방은 아름답다. 하지만 그녀만의 뚜렷한 특성이자 아이콘적인 터치는 바로 가방 표면에 '케이트 스페이드 뉴욕'이라고 쓰인 까만 라벨일 것이다.

그 작은 라벨을 꿰맨 일이 앙큼한 짓임은 분명하지만 우리는 지금 그녀의 일생 중 단 하룻밤에 관한 얘기를 하고 있고, 그것이 하늘과 땅만큼이나 완전한 차이를 만들어냈다.

그렇다면 사람들에게 감명을 주고, 누군가를 유혹하고, 원하는 것을 손에 넣을 수 있는 무언가를 할 때마다 한 걸음 물러나 스스로 이렇게 물어보라. 내가 닿을 수 있는 최대한의 지점까지 노력했는가 말이다. 만약 그렇지 않다면 보다 좋은 결과를 얻기 위해 좀 더 밀어붙이거나, 한 단계 수위를 끌어올리거나, 아니면 들소 한 떼를 빌릴 수 있는 방법은 없을까? 마지막 질문에 '예스'란 대답이 나왔다면 그대로 추진하라. 그것이 대단한 차이를 만들어낼 지도 모르니 말이다.

5개년 계획은 무용지물, 버려라

누군가에게서 "앞으로 5년 후 당신이 있게 될 곳은 어디입니까?"라는 질문을 받은 적이 있는가? 직장 면접에서 미래의 상사가 될지도 모를 면접관에게 자주 듣던 질문 중 하나일 것이다. 그럴 때는 당당한 포부를 드러내도록 답변해야 하며, 탐욕스러운 목소리로 말하거나 면접관의 책상을 이글거리는 눈빛으로 쳐다보지 않도록 조심해야 한다.

이제 "앞으로 5년 후?"의 질문은 예전만큼이나 자주 거론되지는 않지만 아직도 여전히 (직장 면접은 물론이고 친구들과 미래에 관한 얘기를 나눌 때) 감초처럼 등장하는 질문이다. 5년 후 결혼해 있는 당신이 보이는가? 자녀들이 있는가? 회사를 경영하고 있는가? 아마도 뭔가 답변을 제시해야 할 것이다.

그러나 내가 내린 결론은 다르다. 5년이나 10년, 혹은 20년 후의 인생을 계획하는 일은 그다지 도움이 되지 못하며, 오히려 당신을 훼방 놓을 가능

성마저 있다. 그렇다고 대충 대충 살거나 정처 없이 발길 닿는 대로 살아가
라는 소리는 아니다. 인생에서 무엇을 원하고 내가 지닌 멋진 재능을 펼칠
수 있는 방법은 무엇인지 대략적인 밑그림을 갖는 일은 중요하다. 가령 마
음속으로 "언젠가 아이들을 갖고 싶어."라거나 "타지마할에 가서 사진을 찍
지 못한다면 정말로 섭섭할 거야."라고 다짐한다면 그것이 당신의 인생행
로를 정하고 시간이 갈수록 그러한 욕망을 실현시키기 수월한 선택을 하도
록 당신을 부추길 테니 말이다. 하지만 어떤 인생계획에 지나치게 집착한
나머지 바로 코앞에 닥친 기회나 낯선 곳에서 손짓하는 새로운 모험을 놓치
는 일은 위험천만한 일이다. 철학자 조지프 캠벨은 이를 매우 멋지게 요약
해 놓았다.

"우리는 스스로가 계획한 삶을 기꺼이 벗어던지고 우리를 기다리는 삶을
받아들일 수 있어야 한다."

나는 지금 내 일에 푹 빠져든 이후로 이 문제에 대해 곰곰이 생각하게 됐
다. 내가 〈코스모〉에서 일자리를 제안 받았을 때 분명히 알고 있던 한 가지
사실이라면 그것은 내가 한 번도 〈코스모〉 편집장에 대해 꿈꿔본 적도, 심
지어 그 일이 주어졌을 때도 도무지 그림이 그려지지 않았다는 것이다. 그
러나 이런 애매모호한 생각도 흥미로움과 변화에 대한 갈망, 새로운 모험
에 대한 호기심, 그리고 솔직히 고백하건대 사람들에게 내 직업에 대해 당
당히 얘기할 수 있다는 희열감에 묻혀버리고 말았다. 결국 내가 갖게 되리
라고는 상상도 하지 못했던 곳에서 일하게 된 행복감으로 말미암아 장기적

인 계획을 굳건히 고수하는 일에 위험부담이 따른다는 사실을 증명해준 셈이 되었다.

5년, 10년, 혹은 20년 이후의 계획은 당신에게 예상치 못한 기회가 날아들었을 때 그것을 받아들이지 못하게 할 뿐 아니라 그 계획이 어긋났을 때는 당신을 무척 상심시킬 수 있다. 친구 중에 특정 직업에 확고한 목표를 세워둔 친구가 있었다. 그것은 해당 분야에서 다다를 수 있는 최종적인 직책이었다. 그러나 시간이 지날수록 그것은 올바른 선택이 아닌 것처럼 보였다. 어쩌면 그녀는 충분히 정치적이지 않았거나 그 일에 적임자가 아니었을지도 몰랐고 혹은 직장과 타이밍이 모두 맞지 않았을 지도 몰랐다. 재능도 많고 성실한 친구였기에 그와 조금 다른 직종에서라면 탄탄대로를 달릴 수도 있었다. 하지만 그녀는 과거의 꿈에 대한 집착을 저버리지 못했고 결국 그 꿈이 그녀를 곤경에 빠뜨리고 말았다.

〈코스모〉로 자리를 옮기면서 내게 가장 안성맞춤으로 증명된 계획 방식은 '조금만' 앞서서 살아가는 것이었다. 그것은 휴대전화 사용지정 구역에서 벗어났을 때 로밍 서비스를 받는 것과도 같은 방법이었다.

나는 5개년과 10개년 계획을 모두 없애버리고 대신에 언젠가 해보고 싶은 엄청난 숫자의 멋진 일들을 리스트로 만들어 블랙베리에 저장했다. 예를 들어 언젠가 남편과 함께 프로방스에 산다거나 존 제이 범죄 대학교에서 범죄수사학을 공부하고 싶다는 꿈들 말이다. 앞뒤가 막힌 한정된 계획 대신에 이런 리스트를 작성해 보는 건 어떨까? 시간이 지나면서 가장 당신의 흥미를 끄는 항목들을 살펴보고 그것이 계속해서 당신의 마음을 사로잡는지 판단할 수도 있다.

또 한 가지가 있다. 어떤 기회에 대해 적어도 24시간 동안 심사숙고하기 전에는 '노우'라고 대답하지 말자. 뭐가 뭔지 뒤죽박죽 혼란스럽더라도 스스로에게 이렇게 질문하라. 비록 그 기회가 당신의 마음을 초초하고 불편하게 만들기는 해도, 그에 대해 '예스'라고 대답했을 때 내 인생이 보다 신나고 흥미로워질 수 있는 절호의 기회는 아닌지 말이다.

악어를 잡으려면
늪의 물을 빼내야 한다?

제목을 읽은 당신은 도대체 무슨 말인지 고개를 갸우뚱할 것이 분명하다. 설명에 앞서 미리 일러두자면 내가 거둔 성공의 대부분은 바로 이 괴상하게 들리는 악어 소탕 작전 덕분이었다. 〈코스모〉에서 거둔 업무적인 성공은 물론이고 개인 삶이나 추리소설가라는 또 다른 경력에서의 성공 모두에서 말이다.

이 전략은 한 여성 비즈니스 잡지의 편집장으로 있던 30대 때 한 관리 전문가에게서 배운 것이었다. 이는 "악어가 우글거리는 늪에서 물을 빼기는 무척 힘든 일이다."라는 오랜 표현의 속편인 셈이었다. 이 표현을 몇 초만 곰곰이 생각해 보면 관련성을 찾을 수 있는데, 삶속에서 일상적인 생존 싸움에 치대어(일명 악어 죽이기) 장기적으로 매우 중요한 중대사(일명 늪의 물 빼내기)를 해결할만한 시간이나 에너지를 갖지 못한다는 사실이다.

하지만 그 관리 전문가는 아무리 힘들어도 중대사를 처리하는 방법을 강구해야 한다고, 다시 말해 목표와 계획을 세워 중대사를 해결해야 한다고 주장했다. 그러한 비전을 현실화하는 목표와 전략을 가질 때라야 비로소 당신의 일상이 이치에 맞게 돌아가고 추진력을 발휘할 수 있기 때문이다. 예를 들어 늪의 물을 빼내고 나면 더 이상 징그러운 악어에 대해 걱정하지 않아도 되는 것이다.

이 전략은 〈코스모〉에서 생존과 번영에 모두 중대한 영향을 주었다. 우리 〈코스모〉가 젊고 활동적인 독자들의 니즈에 맞추어 끊임없이 변화해야 하는 잡지니 만큼 머릿속에 큰 그림을 그리는 일은 내가 매달 치러야 할 중요한 월례행사에 속했지만 그럼에도 다른 일에 정신을 빼앗기기 십상이었다. 다른 잡지들에 비해 거의 두 배에 달하는 엄청난 페이지 량도 그렇고, 달마다 잡지를 만든다는 일도 여간 벅찬 일이 아니었으니 말이다.

내가 쓴 책의 편집자이자 프로젝트 디렉터인 존 시얼스는 〈코스모〉의 일이 얼마나 정신없는지 한마디로 요약하는 재미난 얘기를 들려주었다. 그가 〈코스모〉에 싣던 야한 소설의 발췌문 편집을 담당하고 있었을 때 부하직원이 사무실로 들어와서는 이런 문장을 써서 보여주더라고 했다. "잭은 한 손으로는 와인을 들이켰고, 다른 한 손으로는 그녀의 허벅지를 쓰다듬었다. 그리고 또 다른 손으로는 조명 스위치를 내렸다."

나는 큰 그림에 집중할 수 있는 유일한 방법은 그렇게 할 시간을 따로 정해놓는 것밖에 도리가 없다는 사실을 알게 됐다. 나는 매달 한 시간을 떼어 독자에게서 받은 평가 내용과 이메일을 분석하고, 잡지의 모양새를 어떻게 바꾸면 좋을지 구상하며, 편집자들과 회의 일정을 잡고 새로운 칼럼과 기사와 새로운 방침에 대해 논의한다. 때로는 메모지를 들고 혼자 음식점에 가서 식사하면서 〈코스모〉가 나아가야 할 방향에 대해 생각에 잠기기도 한다.

놀라운 것은 우리 〈코스모〉가 이룬 성공적인 변화 가운데 상당수가 이런 개인적인 시간이나 전체 계획 회의에서 나왔다는 사실이다. 이에 합당한 예를 하나 소개하겠다. 〈코스모〉에서 일한 지 일 년쯤 지났을 때였다. 독자들의 이메일을 분류하던 나는 계속 반복되는 주제 하나가 있음을 깨달았는데, 그것은 건장한 체구를 한 남자들의 섹시한 사진을 보고 싶어 한다는 것이었다. 마치 내 사무실 창문 밑에 구름같이 몰려든 젊은 여성들이 이렇게 외치는 것과 다를 바 없었다. "케이트, 몸짱 오빠들의 사진을 보여주세요, 어서요!"

그래서 결정한 일이 매달 반쯤 옷을 걸친 멋진 남자들의 화보집과 함께 '셔츠를 벗은 남자'라는 제목의 칼럼을 만든 것이었다. 에디터 중에는 그것을 '멋진 꽃미남hottie biscotti' 페이지라고 부르는 이들도 있었다. 독자들의 호응은 뜨거웠다. 그러나 따로 시간을 정해 놓고 모든 독자들의 의견을 분석하지 않았더라면 이토록 여자의 애간장을 녹이는, 벗은 남자의 몸을 잡지에 추가하지 못했을지도 모른다.

지옥과도 같은 직장의 일상이 이어질 때는(두 명의 동료가 출산 휴가를 갔거나, 컴퓨터가 말썽을 부리거나, 상사가 판매 보고서를 재촉하느라) 미래에 집중

하는 일이 그리 중요하지 않게 보일 수 있지만, 그것은 결국 당신을 지켜주고 운명을 구체화하여 아직 밝혀지지 않은 성공으로 이끌어줄 수 있다.

그러나 시간에 쪼들리는 동안 시간을 낼 수 있는 방법은 무엇일까? 한 달에 한 번, 30분씩 시작하는 것이다. 그날을 달력에 표시하고 엄숙히 지키자. 이러한 전략이 얼마나 도움이 되는지 알고 나면 그런 시간을 좀 더 자주 갖고 싶어질 것이다. 반드시 달력에 표시하도록 하라. 시간 날 때 그런 시간을 갖겠다고 스스로에게 타이르면 그런 일은 결코 일어나지 않는다.

나는 이 전략이 개인적인 삶 속에서 이용해도 훌륭하다는 사실 또한 깨달았다. 지겨운 일상 업무(장보기부터 치과 약속, 그리고 세탁소 가는 지루한 여정에 이르는 일상다반사)에 갇혀 당신의 꿈과 그 꿈을 펼쳐나가는 방법에 집중하지 못하기는 너무나 쉽지만, 매주 몇 분만 시간을 내어 뒤로 물러나 생각하고 계획한다면 그 일은 가능해진다.

사실 나도 아이들이 어렸을 적에는 이 작전을 구사하지 못했음을 인정해야겠다. 직장인이자 주부였던 나는 밤이나 주말에도 애들한테서 한시도 떨어질 수 없을 것만 같았고, 그래서 매일 일만 하면서 악어를 잡아 있는 힘껏 비틀어 대기만을 되풀이했다. 다행히 퇴근시간은 매일 오후 다섯 시로 일정했다. 하지만 밤에 일하는 남편 때문에 초저녁 시간만이 자유롭던 나는 정신없이 분주함을 느낄 때가 많았다. 부리나케 외출복에서 빠져나와 옷가지를 바닥에 던져놓고, 아이들과 놀아주고, 때로 아이들과 몇 가지 필요한 잔일거리를 해치우고, 저녁을 만들고, 아이들을 씻기고, 좀 더 같이 놀아주고,

책을 읽어주었다. 그리고는 아이들이 잠든 후에야 몇 시간 일을 할 수가 있었다(다섯 시에 퇴근했으니 가능한 일이었다). 남편은 밤 10시가 조금 안 되어 확인 전화를 걸곤 했는데, 첫째 아들아이가 11개월쯤 되었을 때 남편과 나눴던 전화통화는 아직도 기억이 생생하다.

"별일 없지?"

남편이 물었다.

"그럼. 잘 지냈고말고."

나는 대답했다.

"오늘은 유모차에 허드슨을 태우고 동네 음식점에 가서 밥을 먹었어. 허드슨은 자고 나는 책을 읽고 있는 중이었어."

그러자 잠시 이상한 침묵이 흐르더니 마침내 남편이 입을 열었다.

"우리 애 이름은 헌터라고."

세상에나! 내가 얼마나 커다란 중압감을 느꼈는지 그것을 단적으로 잘 보여주는 예다.

그러나 돌이켜 보면 일주일마다 금쪽같은 시간을 쪼개어 큰 목표(직장인이자 주부로서 행복하게 사는 것)를 생각해 보았더라면 좋았을 것이라는 생각이 든다. 몇 가지 생각을 조정하고, 어떤 일은 과감히 생략하거나 누군가에게 부탁했어도 됐을 텐데 말이다. 그러나 아이들이 조금 성장하자 나는 악어와 늪 전략을 개인 생활에 적용하여 삶을 성찰하는 시간을 갖기로 마음먹었다. 나는 주말마다 30분을 떼어 혼자 커피를 마시며 아무 일도 하지 않고 오로지 생각에만 몰두했다. 마침내 범죄 미스터리 소설을 쓰는 방법을 모색하기로 결심한 것도 혼자 가졌던 커피 휴식 시간에 일어난 일이다.

그러니 당신도 매주 시간을 정하여 계획하고, 꿈꾸고, 늪의 물을 빼내어라. 지금의 삶이 당신이 원하던 곳에 위치해 있는가? 그렇지 않다면 올바른 길로 가기 위해 해야 할 일은 무엇인가? 당신은 시간을 정해놓고 미래의 달콤함을 감상하고 있는가? 그렇지 않다면 그것을 위해 당신은 무엇을 버릴 수 있는가? 다시 불러일으키고 싶은 오랜 소망이 있는가? 그렇다면 그것을 향해 제일 먼저 취할 수 있는 단계는 무엇인가? 눈코 뜰 새 없이 바쁜 상황이라면 당신의 삶을 좀 더 제어하기 위해 할 수 있는 일이 무엇인가?

당신이 하고 싶은 멋진 일을 계획하고 그 계획을 위해 시간을 낼 수 있는 방법이 궁금하다면, 업무 위임 내용을 참고하라.

당신의 생각을 모두 그대로 믿지 마라

<코스모>에서 일자리를 갖게 된 후 몇 달 동안 머릿속에 박혀 떠나지 않는 생각 하나가 있었다. 이 직책이 알고 보니 나와 찰떡궁합이었다는 것과, 분명히 확신하건대 만약 기업에서 일자리 제의 대신 대대적인 편집장 채용 계획을 발표했다면 나는 절대로 구직 활동에 참여하지 않았을 것이라는 생각이었다. 그 일이 구미에 당긴다거나 내가 적임자라는 생각을 한 번도 해본 적이 없었기 때문이다.

그럼 그런 생각이 왜 계속 나를 따라다녔던 것일까? 거기엔 분명 이유가 있었다. 나는 내 장점과 약점, 내 진정한 소망과 욕구를 제대로 평가할 수 있다고 늘 생각해왔기 때문이다. 하지만 정작 나는 볼 수 없었던 이상적인 기회를 오히려 다른 사람들(채용을 고려한 모든 기업 임원들)이 또렷이 알고 있었다는 사실은 나를 당혹스럽게 했다. 그래서 앞으로는 이러한 우둔함을 어떻게 막을 수 있는지 그 방법을 알아내고 싶었다.

하지만 마침내 인정하게 된 사실은 우리가 늘 스스로를 정확히 평가하지는 못하며, 자신에게 최상의 것이 무엇인지 반드시 파악하지 못한다는 것이다. 그것은 인생의 교차로에 서있거나 다음에 밟아야할 단계를 평가하려 할 때, 우리의 생각을 전적으로 믿어서는 안 된다는 말과도 같다. 어떤 경우에는 우리가 완전히 틀릴 수도 있고 오히려 타인이 우리에 대해 더 잘 알 수도 있다.

그렇다면 당신이 확신하는 바가 옳거나 위험천만할 정도로 잘못된 것인지 언제 어떻게 판단할 수 있을까?

그 문제에 대해 몇 달 동안 내 자신을 들볶은 결과 내린 결론은 다음과 같다. 첫째, 사람들이 당신에 대해 말하는 사소한 부분을 귀담아 듣는 것이 도움이 된다는 것이다. 악의적이고 심술궂은 논평 대신 친구나 상사, 심지어 초면객이 당신 자신의 평가와 어긋나게 내놓는 의견 말이다. 2005년, 매튜 맥커너히와 인터뷰했을 때 그가 해준 사소한 얘기가 가슴에 와 닿았다. 그는 영화계에 입문하고 마침내 괜찮은 수입을 올리게 되면서 이틀에 한 번씩 와서 집을 청소해 주는 파출부를 고용했다고 한다. 하루는 그가 친구에게 파출부를 두는 일이 얼마나 좋은지 모른다면서 자신의 청바지까지 다려준다고 설명하자 친구는 '청바지를 다려야 하는 사람이라면 괜찮은 일이겠다'고 대꾸했다고 한다. 매튜는 그제야 비로소 자신이 빳빳한 청바지를 원하거나 필요로 하지 않는 다는 데 생각이 미쳤고, 더 나아가 인생에서 전혀 필요치 않은 다른 모든 것에 대해 생각하도록 했다. 그리고 그가 무척 단순한 삶을 살게 된 것도 그 이후부터였다고 말했다.

스스로에 대한 인식 결여의 문제에 대해 곰곰이 생각하다가 문득 기억에 남는 사건이 떠올랐다. 헬렌 걸리 브라운이 〈코스모〉에서 은퇴하고 편집장 자리를 물려받은 후임자가 그 후로 18개월 동안 자리를 지켰을 때의 일이 다. 헬렌의 교체 소식이 발표되고 나서 남자 동료 한 사람이 나를 불러내어 속상하지 않느냐고 물었을 때 나는 한 치의 위선도 없이 전혀 그렇지 않다 고 대답했던 적이 있었다. 하지만 지나고 보니 나는 그때 그의 말을 곰곰이 생각해 보아야 했었다. 그럼 내가 후보자가 될 수도 있었을까? 그는 나조차 감지하지 못하던 무언가를 내게서 본 것일까?

친구에게 피드백과 조언을 구하는 것도 도움이 된다. 삶의 교차로에 서 서 갈팡질팡하고 있다면 내가 있어야할 다음 위치는 어디인지, 혹은 현재의 시점에서 나를 행복하게 해주는 것이 무엇인지 친구에게 물어보라. 그 답은 그동안 당신이 깨닫지 못하거나 늘 깎아내리기 급급하던 스스로의 장점을 제대로 평가해 줄 수 있을 것이고 혹은 당신이 언급해놓고 제쳐두었던 예전 의 꿈을 환기시킬 수도 있다.

물론 그 질문은 올바른 친구, 늘 당신을 지지하고 과소평가하려는 충동 을 느끼지 않는 친구에게 물어야 한다. 내가 일했던 첫 번째 잡지사에는 나 보다 직책 하나가 높고 역할 모델로 삼고 있던 여자가 있었다. 그녀는 똑똑 하지는 않아도 지혜롭고 무척 성실한, 존경받는 작가였다. 내 글이 그녀의 글만큼의 호평을 받기 시작했을 때 그 짜릿함은 이루 말할 수 없었다. 하루는 그녀가 나를 불러내더니 내가 앞으로 꼭 해야 할 일이 무엇인지 정확히 알아냈다고 말했다. 나는 기대감으로 간신히 숨을 고르며 이렇게 말해주기를 기다렸다. "케이트 당신은 스타 작가가 되어 베스트셀러를 낼 거예요. 그리고 그 책은 로버트 레드포드가 남자 주인공으로 나오는 영화로 만들어질 거고요." 하지만 그녀는 무척 뜬금없는 대답을 했다. 내가 언젠가 국회의원 후보로 출마할 거라고 말이다.

또 다른 전략이라면 자신의 생각에 과감히 도전장을 내밀고 평소와 다르게 생각하는 것이다. 스스로 이렇게 자문하라. 나는 왜 그렇게 확신하는가? 그것이 나를 행복하게 해준다고 생각하는 이유는 무엇인가? 내가 왜 그것을 감당할 수 없다고 생각하는가? 나의 훌륭한 인생 코치인 마사 벡은 자신의 진정한 소망이 어디에 위치해 있는지 파악하려면 자신의 본질적 자아와 사회적 자아를 구분할 필요가 있다고 말했다. 그녀에 따르면 본질적 자아는 타고난 본능에 반응하며, 그것은 다시 말해 우리가 정말로 하기 좋아하는 것을 말한다. 반면 사회적 자아는 타인이 우리에게 바라는 것에 사로잡힌다. "우리에게는 사회적 귀결에 대한 두려움이 있어서 다른 사람을 기쁘게 하는 행동에 순응합니다."

지난날에 대한 회상은 본질적 자아를 일깨우는 훌륭한 도구가 될 수 있다. 과거에 당신을 기분 좋게 해주던 것, 행복감을 느끼게 해주던 것에 대해 생각해 보라. 그것이 바로 당신이 지향해야 할 것이다. 그 일을 계속 할 때 당신의 삶이 어떻게 될지 곰곰이 생각하라. 마사 벡은 다음과 같은 게임을 해보라고 한다. 시간이 지나 내가 하고 있을 일은 무엇인가? 그런 다음 누군가 당신에게 전화하여 그 일을 원하는 대로 할 수 있도록 기회를 제안한다고 상상하라. 그런 다음 이제 당신이 '필요한' 직업 대신 당신이 '원하는' 것과 가장 흡사한 직업과 상황을 찾아 나서라.

당신이 뜻밖의 행운을 거머쥘 확률은
소파에서 엉덩이를 뗀 시간과 비례한다

내게 있어 뜻밖의 행운이라면 아무런 예고 없이 〈코스모〉 편집장 자리를 제의 받은 일이었다. 서문에서도 언급했지만 어느 일요일 오후 블루베리 파이를 만들며 집안일을 하고 있는 내게 상사가 전화해서는 맨해튼으로 나오면 신나는 얘기를 해주겠다고 말했다. 몇 시간 후, 편집장 자리를 승낙하고 택시를 타고 집에 돌아오는 내내 머릿속을 맴도는 질문이 있었다. "도대체 내가 어떻게 했기에 이 엄청난 상을 받게 된 것일까?

뜻밖의 행운이란 원치 않았던 소중하거나 기분 좋은 일을 우연히 발견하는 현상을 말한다. 나로 말하자면 〈코스모〉에 일자리를 지원한 적도 없었고, 편집장 자리에 관심이 있다고 누구에게 입 한번 뻥긋 한 적도 없었다.

하지만 그토록 탐스럽고 먹음직스러운 음식을 눈앞에 두게 된 것은 우연이 아니었다. 그러한 제의를 받기 몇 주 전, 몇 달 전, 아니 몇 년 전부터 나는 이미 차곡차곡 일들을 진행해 왔던 것이다. 편집장 자리에 내가 적임자

라는 사실을 상사에게 확신하는 방식으로 오
랜 세월 실적을 쌓아나갔던 나는 다만 〈코스모〉
에서 구체적인 일자리를 구하지 않았을 뿐이었다.

내 커리어에 극적인 변화가 일어난 그 일요일 밤, 나
는 잠자리에 누워 그러한 결과에 도움이 됐을지 모를 그간의 내 구체적인
행동들을 생각해 보았다. 그러자 마음속에 한 가지 기억이 떠올랐다. 일 년
전쯤 나는 새로운 잡지에 관한 아이디어를 내놓고 경영진 회의에서 프레젠
테이션을 하는(주로 흥미로운 대화로 회의를 시작할 목적으로) 팀에 소속되어
있었다. 첫 번째 회의에서 나는 팀 리더를 자청했다. 누구 하나 그 일에 덤
벼들 것처럼 보이지 않았기 때문이다. 부가적인 업무가 그리 신나는 일은
아니었지만 내 커리어에 다소 활력을 불어넣는 데는 이롭겠다는 생각이 들
었다. 당시 나는 커리어에서 불안하다 못해 다소 불만스러운 지경에 놓여있
던 상태였고 거기에다 프레젠테이션을 자청하는 사람도 없어 스스로 나섰
던 것이다.

세상에서 가장 훌륭한 정도까지는 아니었어도 프레젠테이션이 끝난 후
나를 향해 크게 미소 지으며 엄지손가락을 치켜들었던 상사 덕에 그런대로
괜찮은 주장을 펼쳤다고 확신했다. 나는 그날 상사가 내 수고를 기특하게
여기는 것은 물론이고 내가 지닌 새로운 면모를 발견했음을 직감할 수 있었
다. 상사가 내 웅대한 미래를 처음 계획한 것도 혹시 그때가 아니었는지 궁
금할 따름이다.

정답은 알 수 없다. 하지만 내게 벌어진 그 모든 뜻밖의 행운을 평가할 때마다 알 수 있던 사실은, 주어진 기회마다 소파에서 일어나 부지런히 몸을 놀린 결과였다는 것이다.

파티에서 처음 만난 사람에게 말을 걸거나, 생소한 주제에 대한 강연을 듣거나, 새로 알게 된 지인을 술자리에 초대하거나, 직장에서 또 다른 프로젝트를 맡거나, 새로운 일에 도전할 때마다 당신은 인생에서 얻게 될 행운의 기회를 높일 것이다.

정말로 중요한 일이라면
재빨리 행동에 옮겨라

지난 몇 년 간 직장과 개인 생활에서 저
지른 수많은 실수를 평가해 보면 대부분 멍
청한 선택과 관련되어 있다. 그것은 부족한 정보에 근거하여, 혹은 잘
못된 방향으로 흘러가도록 방치함으로써(이를테면 몇 년 전 다른 잡지사에 있
을 때 한 엔터테인먼트 에디터의 꼬임에 넘어가 40대의 워렌 비티를 표지 모델로
내세운 일이 있었다) 일어난 일들이다. 하지만 내가 저지른 몇몇 중대한 실
수들은 전혀 다른 경우에 속했는데, 바로 아무런 행동도 취하지 않았거
나 재빨리 행동에 옮기지 못했기 때문이었다.

우리는 자신이 손해 볼 일에 주저하는 경우가 많다. 다른 일이 너무 바쁘
거나 그것에 열중한 나머지 어떤 행동을 요구하는 상황에 반응하지 않거나,
어디서부터 시작할지 몰라서 저절로 일이 벌어질 때까지 미루고 미루다 일
어난 결과에 전혀 만족하지 못한다. 그러고는 재빨리 행동에 옮기지 못한

스스로를 책망하곤 한다.

그렇다고 인생에서 기다림이 필요한 경우가 없다고 말하는 것은 아니다. 때로는 더 많은 정보를 입수하거나 혹은 진정을 되찾을 때까지 잠시 숨을 돌리는 것이 나을 때가 있다. 예를 들어 누군가에게 단단히 화가 나서 손을 봐주고 싶은 마음이 간절하다면, 그때는 진정제라도 복용하는 편이 나은 경우가 대부분이다. 하지만 어떻게 일을 시작해야 할지 모른다거나 온통 걱정에 사로잡혀 행동을 보류하는 일을 합리화할 때가 더 많다.

몇 년 전 여성 잡지 에디터에 관한 영화를 만들 예정이던 여배우 골디 혼이 시나리오 작가와 함께 사무실에 들러 내가 하는 업무에 대해 인터뷰하고 싶다는 전화를 받았다. 나는 물론이라고 전화기에 대고 소리치고 싶었다. 그 경험은 내가 생각했던 것보다 훨씬 더 값어치가 있었다. 골디는 진솔하고 매력적일 뿐 아니라 매우 재밌는 여자였다. 한번은 자신이 계획한 영화 주인공의 인생 전환점을 설명하는 부분에서 오르가슴의 극치에 몸부림치는 여자를 유쾌하게 흉내 내기도 했다. 직원들은 내 사무실을 기웃거리며 벌어진 입을 다물지 못했다.

하지만 그날 아침 가장 기억에 남는 순간은 따로 있었다. 인터뷰가 끝난 후 골디는 사무실 창가로 걸어가더니 맨해튼 57번가의 전망을 내려다보았다.

"와, 여기서 내 아파트가 보이네요."

그녀는 반 블록쯤 떨어진 곳에 위치한 청회색 고층건물을 가리키며 말했다.

주로 서부 해안에서 살고 있다는 것은 알았지만 맨해튼에 아파트가 있다는 것도 어디선가 읽은 적이 있었다.

나는 창가에 서있는 그녀 옆에 다가갔다.

"그럼 우리 본사 건물 바로 건너편에 사시네요."

나는 회사 소유의 상징적인 건물을 언급하며 말했다.

"원래 있던 건축물 위에 거대한 타워를 세울 예정이거든요. 아마 굉장히 멋질 거예요."

그녀는 정중히 고개를 끄덕이며 창가에서 발길을 돌렸다. 나는 그녀와 시나리오 작가를 엘리베이터까지 바래다주었고 그들은 정중하게 작별 인사를 했다. 며칠 후 아름다운 난초가 사랑스러운 글귀와 함께 도착했다. 그녀가 플로리스트에게 직접 전화로 주문을 했든지 아니면 비서에게 시킨 것이 분명했다.

하지만 시간을 내서 화초를 주문한 것이 그녀가 한 일 전부는 아니었다. 우리가 만났던 날로부터 정확히 일주일 후, 골디가 뉴욕 아파트를 내놓았다는 기사가 신문에 실렸다. 그렇다! 새로 생길 회사 타워를 자랑하는 데 정신이 팔려서 그녀의 아파트 전망을 가릴 수 있다는 생각은 미처 하지 못한 것이다! 어쩌면 그것은 모두 우연이었을지 모른다. 어찌됐건 얼마 되지 않아 그녀의 아파트가 고가에 판매됐다는 후속 기사가 신문에 실렸다. 나는 골디의 재빠른 행동에 감탄했다. 그녀의 매력적이고 펑키한 스타일에서 치타만큼 빠른 추진력은 가늠할 수 없었기 때문이다.

선견지명이 커다란 차이를 만들 수 있는 상황에서 재빠른 행동을 판단하는 방법은 무엇일까? 나는 내게 효과적인 요령 하나를 발견했고 그것을 '작은 일 실천하기' 전략이라 이름붙였다. 그것은 상황에 따라 전화 한통 걸기나 이메일 한통 보내기, 구글에서 간단한 정보 검색하기 등이 될 수도 있다. 그것은 반드시 또 다른 작은 일로 이어지고, 그렇게 되면 나도 모르는 새 일련의 과정 중에 놓이게 된다. 거대한 눈덩이를 굴리기 전에 먼저 벙어리장갑으로 작은 눈덩이를 뭉쳐놓는 것과 흡사한 이치다.

그날 골디에게 효과적인 방법도 그런 것이었을지 모른다. 사무실을 나와 길거리에 발을 내딛는 순간 휴대전화를 꺼내들고 비서에게 말하는 그녀의 모습이 그려진다.

"지금 바로 괜찮은 부동산 중개업소를 소개시켜줘."

당신이 정말로 간절히
바라는 일을 할 수 있는 시간 찾아내는 법

〈코스모〉에 정착하게 된 그 기쁨은 이루 말할 수 없었지만 그럼에도 내 마음을 아프게 하는 일이 하나 있었다. 〈코스모〉에서 일자리를 제의받기 약 반 년 전부터 첫 번째 범죄 미스터리 소설을 쓰기 시작했기 때문이다.

'젠장. 그럼 내 미스터리 소설은 어떡한담'

일자리 제의를 승낙했을 때 뇌리에 스쳐지나간 생각이었다.

포기 밖에는 별다른 도리가 없다는 것을 알았다.

〈레드북〉 잡지의 편집자로 일하던 이전 직장에서는 부업으로 글을 쓰는 일이 문제가 되지 않았다. 내 일을 제대로 통제한 덕에 일주일에 서너 차례만 일거리를 집에 가져가면 됐기 때문이다. 그러고는 여기저기서 모은 자투리 시간에 미스터리 소설에 매진했고, 나는 이 일을 무척이나 좋아했다. 약간의 커리어 침체기를 겪던 그 당시에 널브러진 시체나 킬러에 대한 상상이

나를 슬럼프에서 구해주었다.

그러나 〈코스모〉는 〈레드북〉보다 훨씬 더 벅찬 상대였다. 처음부터 제대로 집중하지 않으면 웃음거리가 되리라는 것을 알 수 있었다. 만약 인터뷰에서 그해 미스터리 소설을 집필할 계획이 있다고 말했다면 상사가 뭐라고 대답했을지 상상이 갔다. 아마도 버럭 화를 냈을 것이 분명하다.

〈코스모〉에 들어간 첫 달 동안, 나는 틈틈이 용감무쌍하고 불손한 아마추어 형사 베일리 웨긴스를 생각했다. 그녀가 서랍 속에 갇혀서 나를 기다릴 거라 생각하니 슬픔의 고통이 밀려들었다. 새 직업은 무척 신나는 일이었지만 그녀를 한편에 밀쳐두는 것은 가슴 아픈 일이었다.

내가 미스터리 소설에 그토록 열정을 품은 이유는 무엇일까? 그것은 용감하고 멋진 낸시 드류(Nancy Drew: 소녀 탐정을 주인공으로 한 미스터리 소설-옮긴이)가 내 첫 번째 역할모델이었고, 그녀가 나만의 탐정을 창조하고픈 욕구를 부추겼다는 점이 부분적인 이유일 것이다. 게다가 앞길을 예측할 수 없는 불안정한 업계에 몸을 담고 있던 처지라 해고의 경우에 대비해 미리미리 대책을 마련해 두자는 생각 때문이기도 했다. 〈코스모〉의 미래를 어떻게 계획해 나갈지 구상하고 표지 촬영을 위해 섹시한 뷔스티에를 고르는 동안, 나는 언젠가 베일리 웨긴스에게 돌아갈 길을 모색하겠노라고 다짐했다.

그러다 재미난 일이 일어났다. 그것은 〈코스모〉에서 일을 시작한지 6개월 정도가 지난, 크리스마스 시즌의 일이었다. 휴가 중이던 나는 마음을 먹고 4장까지 끝낸 소설을 서랍에서 꺼내들었다. 글을 다시 읽어 내려가니 베일리가 〈코스모〉 잡지 위에 쭉 뻗어 누운 보모의 시신을 발견하는 장면이 나와 있었지만 글을 쓰던 당시의 상황은 조금도 기억할 수가 없었다. 도대체 〈코스모〉가 왜 등장했는지, 기억의 촉수를 돌려보아도 좀처럼 생각이 나질 않았다. 그래서 어떻게 됐냐고? 나는 그것을 〈코스모〉 편집과 미스터리 소설 집필을 함께 꾸려나가라는 분명한 계시로 받아들였고, 그 후로 네 권의 베일리 웨긴스 범죄 미스터리 소설을 출간했다.

물론 어느 것 하나 소홀함 없이 두 가지 일을 완벽히 수행하는 법을 터득하는 일은 커다란 도전이었다. 사실 강연이나 인터뷰에서 가장 많이 받는 질문도 어떻게 그것이 가능했느냐는 것이다. 이런 질문이 그토록 많이 등장하는 이유를 나는 알 것 같다. 우리들 대부분이 책을 쓰거나, 액세서리 라인 사업을 시작하거나, 혹은 영감에 가득 찬 조각품을 창작하기를 희망하면서도 본업을 떠날 능력이 되지 않기 때문이며, 그렇기에 두 가지 일을 성공적으로 꾸려가는 방법에 대한 조언에 그토록 목을 매는 것이다. 미스터리 소설을 쓰는 일이 내게는 전혀 쉽지 않았지만 두 가지 작은 전략에 의존한 결과 그것은 실행 가능한 일이 되었다. 여기 그것을 소개하고자 한다. 당신도 이 전략을 시도하면 분명 효과를 보리라 장담한다.

전략 1 **시간을 찾으려거든 시간을 '내야' 한다.** 당연한 얘기 같지만 중요한 목표에 달려들기 위해서는(그것이 첫 번째 소설을 쓰는 일이든 미루고 미루다 드디어 사진첩을 정리하는 일이든) 대략적인 계획을 세우고 그 시간을 엄숙히 지켜야 한다. 어떤 일에 충분한 열정을 느끼면 그것을 할 수 있는 시간이 하루 중 언젠가 홀연히 모습을 드러낸다고 착각하기 쉽지만 그런 일은 좀처럼 일어나지 않는다. 어떤 일을 하려면 특정한 시간을 지정해야 하고, 무엇이 가장 효과적인지 파악하기 위해 약간의 실험을 해봐야 할 수도 있다. 저녁나절 두 권의 책을 집필했던 경험에도 불구하고 나는 아침나절에 글이 더 잘 써진다는 사실을 알아냈다. 그래서 시행착오를 거친 후 아이들이 곤히 잠들어 있는 주말 오전과 직원들이 출근하기 전 주중 오전 시간을 따로 떼어 놓았다.

어떤 목표를 위해 특정 시간을 지정해 놓으면 해당 시간에 했던 기존의 일들을 어떻게 처리해야 할지 의문이 생길 것이다. 그러나 흥미롭게도 시간 계획을 세우면 실행 목록을 좀 더 효율적으로 처리하게 된다. 가령 빈둥거리는 시간도 줄어들고 전화통화도 빨리 끝내면서 예전에 하던 일들은 당신이 만들어낸 시간에 점차 순응할 것이다. 그러나 스케줄이 지나치게 빡빡하거나 이미 효율적으로 시간을 보내고 있다면 또 다른 프로젝트를 삶속에 끼워 넣는 일이 불가능할 수 있다. 그렇다면 몇 가지 일은 과감히 포기해야 한다. 나는 미스터리 소설을 쓰기 위해 테니스와 느긋한 쇼핑, 그리고 토요일과 일요일 아침에 즐기는 늦잠을 포기했다. 그러나 그러한 양보는 그만한 가치가 있었다.

전략 2 **정해놓은 시간을 생산적으로 보내려면 '살라미 썰기' 전략을 배워야 한다**
당연한 얘기겠지만 시간만 따로 떼어놓는다고 무슨 일이든 건설적으로 수

행하는 것은 아니다. 나로 말하자면 오전나절에 글을 쓰겠다고 다짐하고는 빈둥거리는 데 타고난 명수다. 때로는 글 쓰는 일이 무척 힘들고 몇 시간 동안 앉아 컴퓨터에 글을 채워 넣는 일이 생각만 해도 겁이 나기 때문이다.

다행히 나는 '살라미 썰기'라는 이름의 테크닉으로 상황을 모면했다. 젊은 에디터 시절 나는 이 특별한 방식을 고안한 시간 관리 전문가 에드윈 블리스를 인터뷰한 적이 있다. 그는 해야 할 일을 너무 많이 정해놓으면 커다란 살라미 덩어리와 다를 바 없다고 했고 그러면 입맛도 당기지 않는다고 했다. 하지만 그것을 얇은 조각으로 썰어놓으면 훨씬 구미가 당겼다.

에드윈은 우리가 어떤 일을 할 때도 이렇게 먹기 좋은 크기로 잘라야 한다고 말했다. 예를 들어 토요일 하루에 사진첩을 통째로 정리하겠다고 마음 먹어서는 안 되며, 대신 한 시간씩 시간을 정해 그날그날 가능한 양만큼의 사진을 정리하겠다고 말하라.

당신에게 실행가능한 일처럼 보이려면 살라미 조각이 얼마나 얇아야 할지는 스스로 정해야 할 것이다. 늘 글쓰기를 미루던 내게는 살라미가 무척 얇아야 했다. 그래서 처음 몇 달 동안은 하루에 15분만 글을 쓰겠다고 다짐했다.

사실 그 15분은 나만의 비결이 되었고, 곧이어 흥미로운 일이 벌어졌다. 15분이 지나도 순조로운 흐름을 타게 되면서 대개는 일을 지속하게 된 것이다. 결국 나는 살라미를 조금 크게 썰게 되었고 이제 그것은 2시간까지 연장되었다. 그러나 그 이상은 넘어가지 않는 것이 현명하고 나도 더 이상은

들이파고 싶은 생각이 없었다. 종종 네 시간씩 글을 쓸 때도 있지만 만약 그렇게 목표로 잡았더라면 책상에 앉는 일조차 하지 않았을 것이다.

한 번에 두 가지 직업을 갖는 일이 정신 나간 짓임은 인정하지만 전반적으로 보면 좋은 일이다. 소설을 쓰는 일은 내 머릿속에 〈코스모〉를 위한 연료를 채워 넣는 기회를 제공했고, 〈코스모〉 직장 일은 내 소설에 기막힌 아이디어를 제공해 주었기 때문이다.

내숭 떠는 인간들,
알고 보면 완전히 호박씨다

당신의 삶을 변화시킬 정도까지는 아니더라도 몇 년 전 터득한 이 교훈은 누군가의 꿍꿍이속을 평가할 때 유용하게 사용할 수 있을 것이다.

〈코스모〉에는 수년간 독자들에게 상당한 인기를 누리던 칼럼니스트가 있었다. 그러나 칼럼에 대한 독자들의 반응이 차츰차츰 떨어지기 시작했다. 우리는 몇 가지 분석 작업과 함께 개선 전략을 고안해 냈지만 어떤 것도 독자의 인기 하락을 막을 수는 없었다. 마침내 칼럼니스트의 계약을 갱신할 때가 다가왔다. 그녀와 오랜 관계를 맺어왔던 우리는 그녀의 칼럼을 없애고 싶지 않았다. 그래서 나는 에디터인 존 시어스에게 우리가 우려하는 바를 그녀와 허심탄회하게 의논해 보도록 제안했다. 어쩌면 그녀는 대처 방법에 관한 통찰력을 갖고 있을 지도 모를 일이었다. 칼럼에서 정직함을 이용하라고 여러 번 조언해준 그녀였으니 이 방법이 그녀에게 가장 효과적일 것이라 생각했기 때문이다.

존은 그녀가 그 소식을 담담히 받아들였다고 말했다. 그녀는 칼럼에 활력을 불어넣을 수 있는 방법으로 몇 가지 아이디어가 있다고 말했고, 미래에 대한 확실한 전망을 얻게 되기까지 월별 계약을 맺기로 동의했다. 칼럼의 반응은 다소 향상됐지만 애석하게도 미미한 수치에 불과했다. 합의가 이루어진 후 9개월 째 접어들었을 즈음, 그녀는 존과 내게 불쑥 이메일을 보내더니 다른 길을 가기로 결심했고 이제 더 이상 이런 칼럼은 쓰고 싶지 않다고 했다.

나는 기분이 좋지 않았다. 그녀가 마음속으로는 새로운 합의안에 만족하지 않았을지 모른다는 생각이 들었다. 그녀를 해고하지 않고도 칼럼을 없앨 수 있는 기회였지만 그녀에게 강한 의리감을 갖고 있던 나는 존에게 다시 전략을 바꿔 그녀와 연간 계약을 맺고 마지막으로 다시 독자들의 반응을 끌어올려 보자고 말했다.

존이 새로운 계획에 대해 이메일을 보냈을 때 그녀는 자신의 에이전트와 논의하라고 했다.

"계약 문제는 에이전트에 맡겨서 처리하려고 합니다. 이런 문제는 정말 모르겠거든요."

그 후로 몇 통의 이메일이 더 오고갔고, 그때마다 그녀는 계약 문제에 대해 자신이 얼마나 문외한인지 강조했다. 그러다 그녀에게서 갑작스런 이메일 한 통이 날아왔다. 다른 잡지에 칼럼을 쓰기로 했고 더 이상 〈코스모〉에 글을 쓰지 않겠다는 내용이었다. 그렇다면 그녀는 이미 몇 달 전에 다른 잡지사에서 제의를 받았고, 자신은 잘 모르겠다는 내용의 이메일은 그 제의의 세부 사항을 검토하며 시간을 벌기 위한 작전이었던 것이다.

모든 상황이 종료되자 존과 나는 어안이 벙벙했다. 물론 그녀의 처신을 나무라지 못할 수도 있다. 우리와의 관계가 위태롭다는 걸 알아챘으니 또 다른 거래를 성사시킨 것뿐이라고 말이다. 결국 우리는 다른 작가를 섭외했고 새로운 칼럼은 이전과 비교해 놀라우리만치 높은 반응을 얻고 있다.

하지만 우리가 그녀에게서 어떻게 골탕을 먹었는가 하는 문제는 계속 내 신경을 긁어댔다. 칼럼에서 애용하던 문구가 "차분하고 정직하게 마음을 터놓고 대화하는 것이 핵심"이었음에도 그녀가 우리에게 한 행동은 그것과는 전혀 달랐다. 무엇보다 약이 오른 건 우리가 앞으로 벌어질 상황을 전혀 예측하지 못했다는 것이었다. 나는 존에게 이번 일을 어떻게 평가하고, 어떤 교훈이나 배울 점이 있었는지 물었다.

"있고말고요."

그는 대답했다.

"그 여자가 계약 문제에 대해 얼마나 내숭을 떨었는지 아시잖아요. 우리에게 계속 에이전트랑 상의하라고 하면서 말이에요. 내숭 떨면서 호들갑 떠는 사람치고 그렇지 않은 사람이 태반이라는 사실을 이번에 확실히 깨달았어요."

그가 핵심을 제대로 짚었다는 생각이 들었다. 그 말을 곰곰이 생각해보니 그 교훈이 오랜 세월에 걸쳐 다른 상황에도 모두 들어맞는다는 사실을 깨달았다.

순진한 척 내숭 떠는 인간들은 알고 보면 모두 호박씨다. "글쎄요. 잘 모르겠는데요."

"무슨 말인지 모르겠어요."

"그 문제에 대해 다시 알려드리도록 하죠."

이런 말들은 모두 주의해야 한다.

BUSINESS STYLE 69
못된 여자처럼 생각하고
착한 여자처럼 말하라

소신껏 밀어붙일 상황을 만들려면 못된 여자처럼 행동하는 것이 효과적임은 의심의 여지가 없다. 빽 소리를 지르거나 호통 치는 것으로 시작하면 사람들은 으레 겁을 집어먹고 당신이 원하는 대로 고분고분 따를 수 있기 때문이다.

특히 착한 여자처럼 속으로 꾹 참는 버릇을 갖고 있던 당신이 어느 순간 걷잡을 수 없는 불쾌감과 분노를 터뜨릴 때면 만족감과 더불어 희열감마저 느끼는 경우도 있다. 얼마 전 다른 부서의 남자 동료와 문제가 있던 친구가 해준 얘기다. 종종 함께 프로젝트에 참여하던 그가 한번은 정말로 치사하게 행동했다는 것이다. 최근 두 사람이 함께 맡았던 프로젝트 중 하나에 한마디 말도 없이 혼자서 서명을 한 그에게 너무도 화가 난 친구는 담판을 지으러 그의 사무실로 쳐들어갔는데 마침 비서만 있었다고 했다.

친구는 비서에게 말했다.

"제가 들렀었다고 얘기하세요. 그리고 제 머리 뚜껑이 열렸다고도 전하시고요."

사무실로 돌아온 친구는 평소에 끽소리도 못하던 자신이 생각을 그대로 표현했다는 사실에 정신이 아득할 지경이었다고 말했다.

그러나 못된 행동에는 문제가 있다. 당장은 후련한 생각이 들지 몰라도 나중에 부정적인 여파가 일어나는 경우가 종종 있기 때문이다. 게다가 못된 행동을 한다고 해서 늘 원하는 것을 손에 넣는 것도 아니다.

그것은 못된 여자가 갖고 있던 의외성의 요소가 최근 들어 사라졌다는 데 어느 정도 이유가 있다고 생각한다. 10년이나 15년 전만 해도 못된 여자는 그리 많지 않았다. 못된 여자들은 일종의 엘리트 집단을 구성했었고 어쩌다 그런 여자와 마주치기라도 하면 그것은 놀라운 영향력을 발휘할 수 있었다. 그러나 요즘 세상에는 어딜 가나 못된 여자들이 득실댄다. 펜실베이니아 대학교의 교수인 셰릴 델라세가 박사는 최근 들어 여자들이 더 못되지고 있다면서 그것은 여자들이 갖게 된 권한 의식의 결과라 말한다. "여자들은 자신이 원하는 것을 손에 넣기 위해 애를 씁니다. 그것은 좋은 현상입니다. 다만 날로 치열해지는 경쟁 환경이 여성들로 하여금 남보다 더 영악해지는 데 좀 더 치중하도록 만드는 것만 빼고 말입니다."

바깥 세상에 못된 여자들이 넘쳐나면서 사람들은 그들의 행동에 단련되어 있는 경우가 많아 더 이상 쉽사리 걸려들지 않는다. 게다가 못된 여자에게 걸려들어 호되게 당할 수 있다는 위협에도 대부분은 그로 인해 해악된 결과가 일어나지 않는다는 사실을 알고 있다. 예를 들어 버릇없는 항공사 직원에게 일자리를 뺏고야 말겠다고 으름장을 놓는다 해도 그런 일이 일어날 가능성은 거의 희박하다는 사실을 직원 역시 알고 있다. 못된 여자처럼 행동하여 상대에게 일으킬 수 있는 반응이라고는 고작해야 눈을 깜박이거나 콧방귀를 뀌는 경우가 대부분이니 말이다.

심지어 당신이 못되게 굴어 원하는 결과를 얻었다 해도 나중에는 역효과가 일어날 수 있다. 나는 그것이 여러 나쁜 파장 효과, 이른바 '못된 여자 연쇄 반응'을 일으키는 것을 목격해 왔다. 당신이 속을 긁어놓은 상대방은 언젠가 다른 사람에게 당신을 헐뜯거나, 당신에게 중요한 정보를 가르쳐주지 않거나, 자신이 맡은 일을 하지 않거나, 블로그에서 당신에 대해 욕할지도 모른다. 아니면 당신의 행동으로 사람들을 혼란에 빠뜨리고 그것은 결국 당신 자신에게 해를 입힐 수 있다. 몇 년 전, 못된 여자의 끼가 다분히 흐르는 한 직장 동료와 택시에 오른 적이 있다. 택시 문을 닫자마자 그녀는 운전기사에게 에어컨을 꺼달라고 부탁했다. 그는 에어컨 작동장치에 손을 얹었다 이내 옴짝달싹 못하는 6번가의 교통 체증에 정신을 뺏기고 말았다. 그러자 차가 1분도 채 움직이지 않았을 때 그녀가 운전기사를 향해 소리를 질렀다. "에어컨 좀 꺼달라고 했잖아요!" 운전기사가 황급히 에어컨에 손을 뻗었을 때였다. 쿵! 우리는 앞차를 들이받고 말았다. 차는 많이 망가지지 않았지만 운전자들끼리 전화번호를 주고받는 걸 기다리느라 결국 10분을 허비하고 말았다.

요즘에 깨달은 한 가지 흥미로운 현상은 '선택적'으로 못되게 굴기, 즉 상대를 가려가며 행동하는 것이다. 특히 유명 연예인들 중에는 이 말을 듣고 찔끔한 이들이 있을 것이다. 영화 촬영장의 말단 직원에게는 눈 한번 마주치지 않더라도 취재 기자에게는 최대한 매력을 발산하기 때문이다. 그들은 자신의 못된 행동이 세상에 알려지지 않을 거라 착각하고 있음이 확실하다. 그러나 진실은 결국 새나가는 법. 〈코스모〉 촬영을 하면서 만난 여배우들은 대부분 무척 괜찮은 여성들이었고, 그중 비욘세와 케이트 허드슨, 몰리 심스 등 몇몇은 천사나 다름없었다. 그러나 종종 상대하기 버거운 스타를 만날 때도 있는데, 재미난 사실은 사진에서도 그것이 드러난다는 것이다. 한번은 상대 배우들에게 나긋나긋하기로 정평난 한 A급 여배우를 촬영한 적이 있었다. 하지만 그녀는 촬영 이외의 상황에서는 다루기 힘든 존재였다. 우리와 촬영을 앞두고 그녀의 헤어스타일리스트가 앞머리를 조금 다듬는 게 어떻겠냐고 했다. 중대한 사진 촬영을 목전에 두고 머리를 다듬으라니 정말 어리석은 일처럼 보이기는 했다. 아니나 다를까. 머리를 다듬던 그녀가 우연히 바닥을 봤다가 생각보다 수북이 쌓인 머리카락 더미를 보고는 버럭 화를 냈다. 자신의 머리를 좀 더 짧게 잘라서 사진 촬영을 하려는 게 틀림없다며, 주최 측의 농간이라고 우겨대더니 급기야 세트장을 나가겠다고 협박했다. 촬영 팀이 그녀를 간신히 진정시키기는 했지만 그녀는 계속 저조한 기분이었다. 촬영하는 동안 그녀는 사랑스러운 모습을 보여주었지만 재미난 것은 그녀의 못된 성질이 모든 사진마다 묻어나왔고 결국 우리는 그중에서 가장 덜 거슬리는 사진을 추려낼 수밖에 없었다는 것이다. 표지에 나온 그녀의 표정을 보면 이런 생각을 하고 있는 듯 보인다. "최근 찍은 영화는 반응이 신통치 않고, 얼마 전 남자친구한테도 차였어요. 게다가 지금 내 팬티는 엉덩이 골에 끼어 있어요." 그것은 〈코스모〉에서 일하는 동안 가장 판매 실적이 저조했던 잡지 중 하나였다.

못된 행동이 효과가 없다면 과연 무엇이 효과적일까? 나는 못된 여자처럼 생각하는 것은 괜찮지만 그것을 드러낼 때는 어린 사슴 밤비처럼 사랑스러운 말로 꾸며야 한다는 것을 터득했다. 상냥하고 끈기 있게, 상대를 배려하라. 나도 이 작전을 늘 따르지는 못하지만 그것은 믿을 수 없을 정도로 효과적이다. 이담에 머리 뚜껑이 열릴 것 같은 상황에 닥친다면 다음과 같이 따라해 보라.

전략 1 사람들이 알아차리지 못하도록 코로 심호흡을 하고 속으로 다섯까지 세라 당신의 흥분을 가라앉히는 것은 물론이고 상대방에게 흥미로운 효과를 미치기도 한다. 당신의 태도에 움찔한 상대가 당신이 무슨 생각을 하고 있을지 궁금해 하기 때문이다.

전략2 상황 판단을 분명히 할 수 있는 질문을 던져라 이유 없이 다짜고짜 신경질을 내는 일을 막는 것은 물론이고 당신의 흥분을 가라앉히고 좀 더 신중한 상황 판단을 할 수 있도록 해 준다.

전략 3 모든 정보를 입수했다면 상대방이 처한 곤란한 심정을 십분 이해하고 있음을 전달하라 그런 다음 당신의 상황을 가능한 신속히 설명하라. 당신이 가진 정보가 무용지물이 되지 않도록 당신이 원하는 상황을 요약하여 말하라. 그리고 마지막으로 상대방에게 당신을 도울 수 있도록 권한을 부여하라. 가령 당신이 친구와 함께 레스토랑에 갔는데 매니저로부터 예약이 되어 있지 않다는 소리를 들었다고 하자. 그럼 이렇게 말해 보자. "지금 무척 바쁘시겠지만 도와주실 수 있으면 고맙겠어요. 제가 직접 예약을 했으니 예약은 분명히 되어 있을 거예요. 어쩌면 예약 담당자가 다른 날짜에 적어놓았는지도 모르죠. 하지만 이곳에 데리고 오겠다고 예전에 친구와 한 약속이니 어떻게든 조치를 취해 주시면 고맙겠어요."

치밀어 오르는 울화를 꾹 삼키는 일이 불편하겠지만 그것은 늘 효과가 있다. 당신에게도 이 방법이 '못된 여자 성질부리기' 작전보다 더 효과적일 것이다. 최근 얘기를 나눴던 한 웨이터는 건방진 손님의 요구사항에 대해서는 주방에서 불가능한 일이라고 말하지만 상냥한 손님의 부탁은 좀처럼 거절당하지 않는다고 말해주었다.

전략 4 당신이 써먹을 수 있는 혜택이 있다면 그것을 이용하되 거드럭거리지 마라 가령 뭔가 불만이 있을 때 "이 레스토랑을 여러 사람에게 추천해 줬는데 이번 일은 무척 실망스럽군요."라고 말한다면 효과 만점이다. 사람들은 '실망'이라는 단어에 반응하기 마련이다.

누군가 대뜸 당신에게 못되게 행동한다 해도 상대가 원하는 바를 인정해

주는 일은 효과적이다. 유명 인사를 저녁에 촬영했을 때 일이다. 촬영을 마치고 사진 공개 동의서에 막 서명을 하려던 그녀가 거울에 비친 자기 모습을 보더니 서명을 하지 않겠다고 했다. 촬영하며 마신 와인으로 상당히 취기가 오른 듯 보이던 그녀가 그제야 자신의 모습이 엉망임을 알아챈 모양이었다. 그녀의 표현을 빌리자면 '방금 남자와 자고 나온' 것 같다고 했다. 그 동의서가 없으면 우리는 사진을 실을 수 없었다.

이튿날 아침, 나는 그녀에게서 전화가 걸려왔다는 비서의 말을 듣고 사태의 위기를 짐작했다. '여보세요!'라는 말이 떨어지자마자 그녀는 자기 모습이 얼마나 엉망이었는지 하소연 하면서 사진 이용권에 동의할 수 없다고 말했다. 사실 나는 그녀에게 이담에 사진 촬영을 하게 되면 와인은 입에도 대지 말라는 말을 해주고 싶었다. 하지만 나는 대신 이렇게 말했다. "정말 상심하셨겠어요. 제가 바로 필름을 주문해서 한번 보도록 하죠. 그리고 우리가 어떤 방도를 취할 수 있을지 알아보겠습니다."

사진을 보고 난 후 나는 다시 그녀에게 전화하여 그녀의 말에 수긍한다고 했고 나중에 찍은 사진의 헤어와 메이크업은 다소 초췌해 보인다고 했다. 하지만 초반부에 찍은 사진은 잘 나왔다고 했고 그 말에 그녀는 기뻐하는 것 같았다. 나는 그녀에게 샘플을 보냈고 그녀도 내 선택에 만족한다고, 그리고 너무 고맙다고 말했다.

"제 말을 이해한다고 얘기하셨을 때 무척 위안이 됐어요."

이것이 바로 밤비 작전의 진수이고, 못되게 굴기보다 훨씬 효과적인 이유이다. 사람들은 자신을 이해해주기 바라며 상대가 그렇게 해줄 때 반응을 보인다.

게다가 밤비 작전을 구사하면 의외성의 요소를 추가할 수도 있다. 못되게 굴기 작전에서는 더 이상 찾아볼 수 의외성 말이다.

스트레스,
속 시원히 날려줄 **4**가지 방법

요즘 젊은 여자들과 함께 그들의 일상에 대해 얘기를 나눌 때마다 깨닫는 공통된 특징은 그들이 얼마나 스트레스에 찌들어 있는가 하는 것이다.

처음에 그것은 내게 의외였다. 나는 개인적인 경험과 레드북 잡지사에서 시행한 설문조사를 통해 직장인이자 주부일 때의 스트레스가 최고치라는 사실, 특히 자녀들이 어릴 때는 말할 것도 없다는 사실을 알고 있었기 때문이다.

몇 년 전 나는 양 미간에 주름살이 자리 잡힌 것을 발견했다. 내게 그런 험악한 주름살이 생기리라고는 상상도 하지 못했는데 그것은 무척 당황스러운 일이었다. 그로부터 몇 달 후, 여행지에서 찍은 사진들을 훑어보다 얼굴을 찌푸리고 찍은 사진 한 장을 발견했다. 나이아가라 폭포로 간 여행에서 일곱 살짜리 아들아이 때문에 인상이 구겨진 채로 찍힌 사진이었다. 우리는 그럴싸해 보이는 난간 옆으로 난 오솔길에 서 있었고, 그 난간은 보아하니 낭떠러지로 떨어지지 못하도록 세워둔 것이었다. 순간 아들아이가 난간에 바싹 기대어 무시무시한 골짜기를 내려다보던 찰나에 찍힌 사진이라는 생각이 났다. 그제야 그 주름살이 어떻게 생긴 것인지 이해가 갔다. 주름살은 엄마들의 스트레스에서 나오는 것이다.

하지만 아이도 없고 결혼도 안한 여성이 도대체 왜 그토록 지쳐한단 말인가?

첫째, 스스로 특정한 인생을 개척해야겠다는 중압감을 느끼면서 막상 그 모두를 끼워 맞출만한 시간적 여유가 없다고 생각하기 때문이다. 이제 그들은 삶에서 다양하고 멋진 선택을 할 수 있지만 그것으로 오히려 즐거움과 괴로움이 교차하기도 한다. 여자들은 하나를 선택하기 위해 다른 하나를 포기했다가 자신의 선택을 후회하게 될까봐 불안하다는 심정을 토로한다.

사실 스트레스가 여성들 사이에 무척 중대한 화두로 떠오르면서 삶에서 갖는 일정 수준의 스트레스에 점점 익숙해지는 편이다. 그것은 마치 우리 몸속에 내재된 경미한 수준의 독감 바이러스와 흡사하다. 한 이론에 따르면 지금 당장 걱정할 일이 없을 때라도 낮은 수치의 스트레스가 어딘가로 향해야 한다는 이유 때문에 작은 일에 노심초사할 수 있다. 전문가들의 표현대로라면 우리 여성들은 '스트레스 탐구자'인 셈이다.

높은 스트레스 상태로 살아가는 것은 재미없는 일이다. 그러나 우중충한 기분 말고도 스트레스는 다양한 건강 문제, 즉 두통과 위장병, 면역력 감퇴,

감기, 심지어 불임까지도 일으킬 수 있다.

둘째로, 동료의 말에 따르면 직장에서 스트레스에 찌들어 보이고 불쾌해 보이거나 초췌한 모습으로 돌아다니며 한순간도 온전한 정신 상태로 보이지 못하면 스스로의 파워를 잃게 되기 때문이다. 다른 사람의 눈에 당신은 자제력 없고 집중력이 부족하며, 심지어 신뢰할 수 없는 사람으로 보일 수 있다.

스트레스에는 치료약도 없고 다만 그것을 다양한 각도에서 공격해야 한다. 그렇다면 당신의 신체를 온갖 가혹한 운명의 공략에 잘 견디도록 만들어 주는 일상 습관을 형성하는 일이 출발점이 될 수 있다. 올바른 식사와 규칙적인 운동과 충분한 수면, 그리고 더블라테를 지나치게 마시지 않는 일 등이라면 대체로 평온한 기분을 느낄 수 있고 걱정에 대한 신체적 반응도 덜 나타날 것이다. 그러나 아무리 완벽한 상태에 있더라도 당신을 돌아버리게 만들 순간은 생기기 마련이다. 여기 수년간 살펴본 다양한 연구조사 자료 중에서 내가 제일 좋아하는 네 가지 스트레스 해소법을 추려보았다.

전략 1 다양한 실험을 통해 우울 모드인 당신을 신속히 진정시켜줄 즉각적인 스트레스 해소법을 찾아내라 그것은 10까지 세기나 3번 심호흡하기처럼 기본적이고 진부한 방법일 수도 있고, 마음을 가라앉히기 위해 외우는 주문이 될 수도 있다. 우리가 인터뷰한 한 전문가는 손목과 팔꿈치 사이의 팔 아랫부분을 손가락으로 가볍게 쓸어주면 놀라운 진정 효과가 있다고 했다. 즉각적인 스트레스 해소법이 기적적인 결과를 일으키지는 않겠지만 시간을 벌어 맑은 정신으로 생각하도록 만들어줄 것이다.

전략 2 피해망상증으로 치달으려는 충동을 자제하라 나는 〈코스모〉에서 일하면서 여자들이 최악의 상상으로 치닫는 경향이 얼마나 심각한지 알게 됐다. 예를 들어 남자친구와 일상적인 저녁식사를 하다가 그에게서 직장을 그만두고 로스쿨 진학을 고려한다는 깜짝 발표를 들었다고 하자. 당신의 마음은 이내 꼬리에 꼬리를 무는 추측으로 내닫는다. 이 근처 로스쿨에 들어가지 못하면 다른 곳으로 떠날 테지. 혹시 저 멀리 반대편 쪽으로 가게 되면 어쩌지? 영영 볼 수 없게 된다면 어떻게 해. 혹시 이게 그가 관계를 정리하는 방식은 아닐까?

너무 앞서 비약하지 못하도록 스스로를 단련하라. 아니면 최소한 머릿속으로 긍정적인 시나리오를 짜려고 노력하라. 그는 당신이 사는 곳에 위치한 로스쿨에 정착할지도 모를 일이다. 그리고 어쩌면 당신 두 사람 모두에게 유익하고 훌륭한 방식으로 그의 열정을 불태우게 될지도 모른다. 게다가 변호사가 얼마나 많은 돈을 버는지 한번 생각해 보라! 현재 주어진 사실에만 반응하고 너무 앞서 생각하지 않도록 자신을 타일러라.

전략 3 진상 규명에 착수하라 어떤 상황에 대해 알려지지 않은 요소가 있고 그것이 매우 위협적일 가능성이 있을 때 스트레스가 높아지는 경우가 많다. 예를 들어 당신이 성병 진단을 받았다고 하자. 그런데 당신이 알기로 성병 환자가 조류독감 보균자일 가능성도 있다는 생각에 두려움이 엄습하기 시작한다. 혹은 당신이 초대받지 않은 회의에 대해 동료들이 얘기하는 걸 엿듣고는 당신이 소외당하고 있다는 걱정을 떨쳐낼 수가 없다. 바로 이러한 상황에서 필요한 일이 좀 더 많은 정보를 수집하는 것이다.

이는 지나친 비약이나 과대망상증도 아니며 그저 해당 상황에 대해 가능한 모든 정보를 미리 알아보는 것이다. 우리는 낱낱이 밝혀내는 진실이 현재 알고 있는 일부분의 진실보다 더 좋지 않을까 봐 진상 규명에 나서기를 꺼려한다. 그러나 내 경험으로 미루어보건대 완전한 지식은 훌륭한 제어 감각을 제공해 주고 걱정도 누그러뜨린다. 인터넷에서 성병에 관해 정보를 모두 검색하라. 대부분의 경우 상당히 쉽게 치료될 수 있다. 상사의 사무실에 들러 도전적이지 않은 자세로 그 회의에 참석해도 좋은지 물어보라. 당신이 빠진 것은 어쩌면 단순한 부주의였을지 모른다. 만약 당신이 고의적으로 제외됐고 반드시 참석해야 했던 회의라면 상사와 면담 시간을 잡아 그가 최근 당신의 업무 실적을 어떻게 평가하는지 파악하라.

내게 가장 심장 내려앉는 일 중 하나가 가판대 월 잡지 판매 실적을 최초로 보고받는 순간이다. 다행히 내 전반적인 기록은 좋은 편이었지만 이따금씩 고약한 결과가 나올 때도 있었다. 그럴 때면 판매 담당 이사는 늘 위안하는 태도를 보였지만 가끔씩 의미심장한 유머로 뉴스를 전달할 때도 있었다. 한번은 창문을 못으로 단단히 박아놓으라는 말로 통화를 시작한 적도 있었다.

물론 심장이 잠시 철렁 내려앉을지는 모르지만 사소한 일로 패닉 상태에 빠지는 일은 오래된 얘기다. 곧장 정보 수집 단계에 착수하기 때문이다. 나는 판매 실적이 저조한 문제의 잡지와 다른 잡지 12권을 바닥에 펼쳐놓고 잡지를 만들던 당시보다 더 새로워진 눈으로 조사 작업에 들어가곤 하며 그러다 마지막에 이르면 독자들이 표지에서 무엇을 마음에 들어 하지 않았는지 감을 얻곤 한다. 물론 표지 작업 당시 그것을 제대로 파악하지 못한 것은 지독한 낭패였지만 적어도 앞으로는 그 정보를 써먹을 수 있었다. 예를 들어 가죽 바지의 자태가 아무리 멋져도 두 번 다시 표지에는 등장시키지 않으리란 걸 깨닫게 되는 식으로 말이다. 이러한 제어 의식은 커다란 차이를 만든다.

전략 4 스트레스를 달래주는 당신만의 비밀 의식을 만들어라 그것은 당신에게 행복감을 안겨주는 의례 행사로 상황이 악화될 때까지 아껴두기 보다는 스트레스 지수를 가능한 낮게 유지해 준다는 점에서 정기적으로 참여하는 즐겁고 차분한 활동이어야 한다.

매주 강을 따라 산책을 할 수도 있고 커피숍에서 이른 아침 크루아상을 즐길 수도 있다. 마사지는 요즘 들어 진부해지기는 했지만 내게는 정기적인 마사지가 해답이 되어주었다고 말할 수 있다. 마사지에 습관을 들인 것은 스파 시설을 배경으로 한 두 번째 미스터리 소설을 집필하면서부터였다. 나는 스웨덴식 마사지와 심부조직 마사지, 핫스톤 마사지, 그리고 오일 마사지를 받아보았고 이내 마사지에 중독되었다. 그러나 단지 쾌락적인 이유만은 아니었다. 전반적으로 마음이 차분해지는 것은 물론이고, 더 좋은 것은 6개월마다 걸리던 감기가 3년에 한 번씩 걸리는 패턴으로 바뀌기 시작했다.

어떤 방법을 결정하든 그것을 자신만의 작은 비밀로 지킬 때 플러스 요인이 추가된다. 최근에 그리니치 빌리지에 위치한 어느 매력적인 레스토랑에 들어갔다가 친분이 있는 작가가 혼자서 식사하고 있는 것을 발견했다. 인사를 주고받은 후 누구를 기다리느냐는 물음에 그녀는 일주일에 한 번씩 외딴 곳의 작은 카페에서 점심을 먹는다고 설명해줬다. 어디를 가는지 아무에게도 말해주지 않고 남편이 알아채지 못하도록 현금으로 지불한다고도 했다. 남편이 알면 유치하다는 비난을 받을 게 뻔하다고 말이다. 그녀는 혼자서 즐기는 점심을 자신만의 비밀로 삼은 것이 훨씬 더 재미나다는 걸 알게 됐다고 말했다.

나 역시 동의한다. 이유가 무엇이든 스트레스 달래는 의식을 혼자서 간직할 때 훨씬 더 좋은 것 같다.

훌륭한 직감을 키우는 **3**가지 비결

살면서 뭔가 결정을 앞두고 있는 당신에게 친구가 '그저 직감을 따르라.'고 얘기했던 경우가 적어도 몇 번은 있을 것이다. 우리의 직감은 이처럼 경이로운 도구가 될 수 있고, 잘만 사용하면 모든 불필요한 잡음을 잠재우고 상황에 맞는 올바른 선택을 하도록 도와준다. 생각보다는 거의 느낌으로 말이다. 유명한 〈코스모〉 전임자인 헬렌 걸리 브라운은 단 한 번의 리서치도 시행하지 않고 자신의 직감에 귀 기울이는 것으로 〈코스모〉를 대대적인 성공으로 이끌었다고 고백한 바 있다.

그러나 우리는 직감에 귀 기울이는 일의 중요성을 익히 들어 알면서도 그와 관련된 내용을 알지 못하는 경우가 많다. 그것이 우리에게 언제 속삭이는지, 무엇을 얘기하려 하는지 어떻게 알 수 있단 말인가?

그 문제는 〈코스모〉에서 일하면서 하나의 관심사로 떠올랐다. 그 어느 때보다 신속하고 창의적인 결정을 내려야 하는 이유도 있었지만 그런 결정에 걸려있는 문제가 무척 많았기 때문이다. 그 어느 때보다 더 직감에 의존하기를 바라던 나는 이 주제에 대해 많은 것을 읽었고 정기적인 실험을 거듭했다. 그리고 완벽하지는 않다 해도 내 직감은 예전보다 훨씬 나아졌다. 여기 내가 터득한 최고의 요령 세 가지를 소개한다.

Advice 1 뭔가 느낌이 온다면 그것은 분명 무언가를 의미한다 이때 요령은 당신이 느끼는 진동을 인정하고 그것에 잠시 머무르는 것이다. 그것이 당신에게 무엇을 말하려는 것처럼 보이는가? 당신이 지금 갑자기 그것을 느낀 이유는 무엇인가? 당신이 뭔가 느끼면 다른 사람도 그렇게 느끼는 경우가 대부분이다. 드라마 '그레이 아나토미'를 처음 보고는 패트릭 뎀시에게 시선이 꽂힌 나는 무척 섹시해 보이던 그를 올해의 '펀 피어리스 메일'로 선정하자고 말했다. 나는 많은 여자들에게 의견을 물어보지 않았다. 내 반응이 그토록 강렬하다면 다른 여자들도 보편적으로 공감할 수 있다는 생각에서였다. 그리고 결국 수많은 여성들이 그와 그 드라마에 흠뻑 빠져 있음이 드러났다.

연예 잡지 『인터치In Touch』의 촉망받는 에디터인 리처드 스펜서는 에디터들 자신에게 어필하는 주제를 기사화하도록 장려한다고 내게 말해주었다. 자신에게 흥미롭다면 다른 사람들도 알고 싶어 할 것이기 때문이다.

때로 당신이 느끼는 진동은 부정적인 것일 수 있다. 가령 남자친구의 전화 목소리가 이상하게 들린다면 그것으로 당신의 심기가 불편해질 수 있다. 예전에도 그의 목소리가 그렇게 들렸던 적이 있는가? 그는 언제 기분이 좋지 않은가? 죄책감을 느낄 때인가? 당신이 지금 느끼는 감정은 걱정인가? 다시 말하지만 당신의 느낌은 분명 무언가를 의미하므로 그것을 무시해서는 안 된다.

Advice 2 패턴을 주시하라 〈코스모〉의 자유 기고 에디터이자 리서치 및 트렌드 조사 기관인 인텔리전스 그룹의 대표인 제인 버킹엄은 남자의 할머니나 어머니를 통한 리서치를 가볍게 여기는 경향이 있다고 말한다. 그것이 사실은 가족의 일화를 통해 속속 드러나는 특별한 정보를 의미하는데도 말이다. 그러나 그녀는 이러한 종류의 패턴에서 중요성을 찾는다고 말한다. "나는 사무실에서 이렇게 말합니다. 세 사람이 무언가를 한다면 그것은 떠오르는 트렌드라는 증거라고 말입니다. 물론 과학적이지는 않지만 주목해야 할 시점임을 의미합니다."

따라서 당신이 무언가를 한 번 이상 보거나 들었다면 그것이 떠오르는 트렌드인지, 그리고 의미가 있는 것인지 생각해 보라. 그것은 여러 점들을 선으로 이어나가는 게임과도 흡사하다. 누군가에게서 회사가 재정적인 어려움을 겪고 있다는 소문을 들었고 곧이어 누군가 지급되지 않은 청구서에 대해 얘기하는 것을 엿들었다면? 그 두 점은 서로 연결할 만한 가치가 있다. 야근은 절대로 하지 않던 남자친구가 지난 주 갑자기 9시까지 야근을 했고 이번 주에도 야근을 한다면? 각각의 점들이 서로 연결된다면 몇 가지 질문을 던져보고 수사에 착수하라.

Advice 3 당신의 직감을 믿되 그것을 먼저 가르쳐라 어떤 상황을 척 보기만 해도 정확한 감을 얻을 수 있다면 얼마나 좋을까. 그러나 우리들 대부분은 아무 것도 없는 상태에서 그렇게 할 수 없고 그래서 정보가 필요한 것이다. 직감에 제공해줄 정보가 많을수록 그 반응은 정확해질 것이다.

내가 〈코스모〉에 온지 얼마 안 되어 표지 2개를 놓고 무엇을 결정해야 할지 갈팡질팡하고 있을 때였다. 나는 결국 사진 2장을 복사하여 판지에 붙이고 그것을 쇼핑몰로 가져갔다. 지나가는 여성들에게 다가가 자기소개를 하고 선택을 도와달라고 했다. 정신병원에서 탈출하여 〈코스모〉 편집장 행세를 하는 여자처럼 보였을 것이 분명했지만 어쨌든 여자들은 경계의 눈초리로 나를 쳐다보고는 사진을 선택해줬다.

나는 가장 많이 선택해준 사진으로 결정했고 그것은 내가 선호하던 것과도 일치했다. 물론 또 다른 사진이 더 잘 팔렸을지는 알 수 없는 일이다. 하지만 나는 여기서 대단한 사실을 발견했다. 내가 인터뷰한 여자들은 거의 예외 없이 선택 전에 몇 월호 잡지인지를 물어봤고 그때 처음으로 모델이 입고 있는 의상의 계절성이 중요하다는 것을 알게 됐다. 〈코스모〉 표지는 대개 계절에 구애받지 않았지만 여성들이 계절에 합당한 의상을 원한다는 사실은 분명했다. 리서치를 하지 않았다면 절대로 알지 못했을 것이다.

관련성도 없는 정보들로 당신의 직감에 부하를 걸 필요는 없지만 가능하면 당신의 선택에 도움이 될 만한 사실들을 제공하라. 그리고 언제 당신의 직감적 본능이 당신의 정보들과 반대되는가? 버킹엄은 다시 돌아가 더 많은 정보를 구하라고 말한다. 그리고 계속해서 해답을 파헤쳐라.

인생에서 **간절히 원하는 것을** 알아내는 법

어릴 적에 이미 작가와 에디터가 되고 싶다는 비교적 분명한 목표를 가졌다는 점에서 나를 행운아라고 부를 수도 있을 것이다. 그것은 곧 20대 때 내 운명을 찾기 위해 갈팡질팡하지 않아도 됐음을 의미한다. 나는 어렸을 때 서투른 희곡과 시, 단편 소설 등을 끄적이곤 했다. 처음에는 어떤 종류의 작가가 되고 싶은지 잘 알지 못했다. 그러다 잡지를 읽기 시작했고 언젠가 맨해튼에 있는 앙증맞고 아늑한 아파트에 살면서 여성 잡지사에서 일하고 싶다는 환상을 품기 시작했다.

이제는 그것을 미래를 향해 품었던 비전이었다고 부를 수 있지만 당시에는 그저 어른이 되어 무슨 일을 하고 싶은지 알게 된 것이 고작이었다. 아주 어린 나이에 자신의 운명을 깨닫는 사람들도 있다. 최근 한 식사자리에서 만난 신디 로퍼에게 자신의 독특한 목소리를 인식하고 가수가 되기로 결심한 것이 언제였냐고 질문하자 두 살 때였다고 대답했다. 유명 연예인의 스타일리스트이자 〈코스모〉에 패션 칼럼을 쓰고 있는 레이철 조우는 초등학교 2학년 때 이미 스타일리스트가 되겠다는 확신이 섰다고 했다. 당시 한 사내아이 친구의 옷차림이 신통치 않다고 생각한 그녀는 친구의 옷장을 점검하고 일주일 동안 학교에 입고 갈만한 옷을 골라 주었다고 한다.

그토록 어린 나이에 직업적 성찰을 얻지 못한 나로서는 별로 자랑할 것은 없어도 꽤 감사한 마음을 갖고 있다. 내가 20대였을 때 인생에서 무엇을 하고 싶은지 잘 몰라 답답해하던 사람들을 꽤 여럿 만났기 때문이다.

하지만 어린 나이에 깨달음을 얻든 말든 그것은 그다지 중요한 문제가 아님을 알게 됐다. 뒤늦게 자신의 천직을 발견한 사람들도 얼마든지 만족스럽고 성공적인 삶을 살 수 있기 때문이다. 게다가 이른 나이에 얻는 성찰은 한계가 있기 마련이다. 시간이 갈수록 당신은 변하고 당신의 욕구도 변화할 수 있다. 24살에 자신이 원하는 바를 호언장담했던 사람도 35살이 되서는 뭔가 불안한 마음이 생기고 뭔가 새로운 것을 갈망하지만 그것이 무엇인지는 정확히 알지 못하는 상황에 처할 수 있기 때문이다.

〈코스모〉에 들어오기 전 직장 생활을 하는 동안 몇 차례 경험했던 일이다. 한번은 불안감이 너무 큰 나머지 경력 지도 전문가에게 상담을 받기도 했다. 그녀는 집에 가서 종이 몇 장에다 "내 삶에 무엇이 빠져있는가?"라는 질문의 답을 써오라고 했다. 그것은 흥미로운 숙제였지만 별다른 개선은 되지 않았다. 내 일에 성취감과 자극이 빠져있음은 알았지만 그것을 어떻게 되살릴 수 있는지는 알지 못했다.

나는 몇 가지 다른 전략을 따르기로 했다. 예를 들어 괘선지 위에다 내가 좋아하는 것과 싫어하는 것의 리스트를 적었고, 하루 온종일 계속되는 세미나에 등록하여 다른 참가자들과 함께 무엇이 우리 각자의 불꽃을 일으키는지 알아내기 위해 내 자신과 끈질기게 대화했다. 이 주제에 관한 책 몇 권을 훑어보기도 했는데 그중에는 60억 부 정도가 팔려나간 책도 포함되어 있었다. 책 뒤에는 자신의 천직을 발견하도록 안내하는 연습장 하나도 제공됐는데 그것을 채워나가자니 마치 산더미처럼 쌓인 세탁물을 손으로 빨고 있는 맥 빠진 느낌이 들었다.

그로부터 몇 년이 지난 후에도 나는 계속 잡지사에 머물러 있었지만 성공한 여성에 관한 책을 쓰면서 매일 새로운 여성들이 자신의 열정과 그것을 화려한 경력으로 변모시킬 수 있었던 방법에 대해 설명하는 것을 들었다. 인생에서 어느 정도 성공의 수준에 올라있던 나는 그런 여성들에게서 새로운 무언가를 배우리라고는 전혀 기대하지도 않았다. 하지만 리서치 작업을 모두 끝냈을 때 나는 대다수 여성들 사이에 매력적인 공통분모가 있음을 발견했다. 그들은 골똘히 생각하거나, 일기를 쓰거나, 계획표를 작성하거나, 혹은 지겹도록 상담을 받다가 불꽃을 일으키는 무언가를 발견한 것이 아니었다. 그보다는 어떤 곳에서 우연한 경험을 통해, 이를테면 연극을 보거나, 여행을 하거나, 누군가의 목걸이를 보고 감탄하거나, 친구의 직장에 가 보다가 발견했다.

하지만 나는 〈코스모〉에 정착해서야 그 사실을 분명히 깨달았다. 그것은 내 최초의 패션 디렉터였던 일레인 드팔리가 해준 매력적인 이야기 때문이기도 했다. 나는 그녀에게 패션 직업을 갖게 된 이유를 물었다. 물론 내가 예상한 대답은 패션 업계의 다른 많은 여성들의 경우처럼 늘 패션 세계를 동경하다 패션 전문학교에서 공부했기 때문이라는 것이었다. 하지만 그녀의 대답은 달랐다. 대학교에서 미술을 전공했고 졸업 후 직업에 대해 아무런 아이디어가 없었다고 했다. 딱히 할일이 없어 남자친구를 따라 이집트로 여행을 갔는데 어느 날 길을 배회하다가 화보 촬영을 하러 온 유럽 잡지 팀을 만나게 됐다고 했다. 그녀는 패션 스타일리스트가 일하는 것을 지켜보다가 홀딱 반해버렸고 결국에는 촬영장 일을 돕게 됐다고 했다.

"바로 그때 패션 스타일리스트가 되고 싶다는 걸 알았어요. 자신이 무엇을 원하는지 알기 위해서는 카이로행 버스를 타야한다고 생각해요."

당신이 동경하는 바를 알아내는 최고의 방법은 스스로와 끊임없이 대화하거나 머릿속이 시커멓게 타들어가도록 생각에 집중하는 것이 아니라 버스를 집어타는 것이다. 이때 핵심은 새롭고 다양한 일들을 많이 시도하여 당신의 열정과 마주할 수 있는 수많은 기회를 갖는 것이다. 은색 비행기를 타고 바다 위를 날아가거나 갤러리를 방문하거나 수업을 듣거나 당신이 전화하리라고는 생각도 못했지만 언젠가 만나본 적 있는 흥미로운 사람들과 점심 약속을 잡아라. 그리고 나를 믿기 바란다. 당신이 이런 일을 계속할수록 예기치 못한 순간에 당신을 붙들어 세우는 무언가가 나타날 것이다.

상대에게서 예스라는 대답을
받아내는 8가지 방법

yes!!   나는 질문이 갖는 힘을 확신하는 편이다. 질문하는

일이 아무리 두렵더라도 그것은 무척 중요하다. 우는 아이가

떡 하나 더 얻어먹는 법이다. 무언가를 원한다면 자발적으로 나서서 요구하

라. 하지만 요구할 자격이 있는 사람이 왜 굳이 나서서 그런 정성을 기울여

야 할까? 왜냐하면 상대는 당신이 그것을 원하는지 모르거나 혹은 아무런

반응도 보이지 않기 때문에 잠자코 있는 것일 수 있다.

　질문이 얼마나 중요한지 익히 알면서도 천성적으로 질문을 던지는 데 익

숙하지 않던 나는 학생의 자세로 질문하는 법을 배우고자 노력했고, 질문에

능한 사람들을 관찰하며 그들에게서 배워나갔다.

　〈코스모〉에 있으면서 습득한 몇 가지 비결은 다음과 같다.

Advice 1 그냥 질문하라 말을 꺼낸 당신이 아무리 애처로워 보인다 해도 서투르게나마 하는 것이 아무 것도 안 하는 것보다 낫다. 과감히 도전하여 말로 표현하라. 당신을 탐욕스럽거나 불쌍하다고 여길 사람은 아무도 없다. 마지못해 질문을 던졌다 해도 그것을 행동에 옮긴 당신을 높이 살 것이다.

Advice 2 바닥에 바싹 달라붙어 고속도로를 질주하는 날렵한 코르베트와 같은 오프닝 멘트를 구상하라 한 번에 깔끔하게 요청하고 머뭇거리지 마라. 이는 함께 일했던 대단히 열정적인 강연가들에게서 목격한 기법이다. 그들은 빙빙 둘러말하거나 주춤거리지 않는다. 당신의 질문을 종이에 적고 그것을 미리 연습하는 것이야말로 성공하는 확실한 방법이다.

Advice 3 당신에게 원하는 바를 제공하는 것이 당신은 물론이고 상대에게도 얼마나 이득이 되는지 분명히 알려라 자신에게도 이득이 된다면 상대는 기뻐할 것이다. 그것이 바로 인지상정인데도 이런 생각을 게을리 하는 일이 얼마나 많은지 모른다. 한 번은 부하직원 한 명이 창문이 딸린 좀 더 커다란 사무실을 요구한 적이 있었다. 자신이 그만한 보상을 받을 만큼 오래 일했고 창문이 없는 사무실이 불쾌하다고 했다. 하지만 그녀가 "이곳에서 오랫동안 열심히 일하면서 이만큼 성장했고 최선을 다해왔습니다. 그런 제 헌신이 사무실에 반영된다면 정말 좋겠습니다." 라고 말했다면 그녀의 요구는 장담하건대 훨씬 더 호소력 있게 다가왔을 것이다.

훌륭한 출판업자들에게서 발견되는 또 다른 특성은 회의 중에 클라이언트의 말을 경청한다는 것이다. 클라이언트의 니즈가 무엇인지 실마리를 얻어내고 그 니즈를 만족시킴으로써 성공을 이끌어 내려고 노력한다.

Advice 4 상대방이 얻는 이득을 알려주고 동시에 당신이 얻는 것이 얼마나 기쁜지 그리고 얼마나 영광스러운지 주저 말고 표현하라 〈코스모〉 표지에 등장하는 일이 모델에게는 대단한 횡재지만 처세술에 능하던 엔터테인먼트 에디터인 트레이시 셰퍼는 특정 유명 연예인을 표지에 싣는 일이 잡지사 측에서도 얼마나 즐거운 일인지 해당 홍보업자에게 꼭 알려주곤 했다. 그렇게 상대방도 우리에게 무언가를 제공해 준다는 즐거움을 느낄 수 있게 되기 때문이다.

Advice 5 찬반론을 모두 제시하라 최근에 나는 동기부여 강연가인 케빈 호건과 얘기할 기회가 있었다. 그는 상대가 반대할 지도 모르는 이유와 찬성할 수도 있는 이유를 모두 제시하는 것이 승산을 높이는 경우가 많다고 말한다. 이를테면 "현재 직책으로 일한 지 9개월밖에 되지 않아 승진이 너무 빠르다 싶은 생각도 드실 수 있습니다. 하지만 지금까지 빠르게 배워왔고 새로운 직책에서 잘 해낼 수 있는 완벽한 기술을 갖고 있다고 생각합니다."라고 말한다면 당신은 부정적인 요소를 제공하여 영향을 미친 셈이다. 그러나 찬성할 수 있는 이유를 반드시 마지막에 제공하라고 호건은 말한다. 사람들은 마지막에 언급한 내용을 기억하기 마련이며 마지막 제안이 받아들여질 확률이 더 높기 때문이다.

Advice 6 협박하지 마라 사람들 중에는 상대를 겁주거나 협박하여 동조를 구하는 식으로 도전적이고 위협적으로 요구하는 이들이 있다. 그러나 상대의 말이 아무리 일리 있다 해도 이런 방식은 별로 수긍할 수 없는 편이다.

최근 한 젊은 여성이 〈코스모〉에서의 일자리 기회를 요청하는 편지를 보내온 적이 있다. 마지막 부분만 제외하면 제법 호감이 가는 편지였지만 그것은 이렇게 끝이 났다.

"누군가 당신에게도 첫 번째 기회를 주었을 겁니다. 그렇다면 제게 기회를 주는 분이 되어주시지 않겠습니까?"

그녀의 어조는 무척 거슬렸다. '누군가 당신에게도 첫 번째 기회를 주었을 것' 이란 말에는 나도 한때는 별 볼일 없는 미숙한 직장 시절을 보냈을 것이고 그러다 누군가 내 재능을 알아주고 구원의 손길을 뻗쳤을 것이라는 내용이 함축된 것처럼 보였다. 게다가 마지막 부분은 내가 그녀를 도와주지 않으면 그것은 불공평한 처사임을 암시하고 있었다. 상대방에게 방어적인 태도를 갖게 하지 않도록 조심해야 한다.

Advice 7 일자리를 제안할 때 맨 처음 제시하는 연봉은 회사 측에서 제공 가능한 액수보다 적은 경우가 대부분이다 부하직원 중에 대형 회계 법인에 다니는 젊은 회계사를 친구로 둔 직원이 있었다. 많은 젊은 남녀 회계사들이 동시에 직장 생활을 시작하면서 서로 절친한 사이가 되었는데 어느 날 밤 모두 함께 술을 마시러 나갔다가 연봉에 관한 정보를 주고받고는 충격적인 소식을 듣게 되었다. 여성 회계사들은 처음에 제시된 연봉을 모두 그대로 받아들인 반면, 남자 회계사들은 하나같이 더 많은 연봉을 요구했고 그것을 얻어냈기 때문이었다. 그렇다면 "이곳에서 일하게 되어 기쁩니다. 하지만 ○○해주시면 좋겠습니다."라고 말하라.

상대방이 'NO' 라고 대답하면 대책을 마련하라. 당신에게 차선은 무엇인가? 혹시 다른 직책인가? 그렇다면 그것을 요구하라.

Advice 8 회사가 돈이 없거나 당신이 비웃음을 당할까봐 등 몇 가지 이유로 요구하지 않기로 작정했다면 당신의 변명을 종이에 적고 그것을 이틀간 숨겨두었다가 다시 꺼내보아라 그것이 헛소리라고 생각되면 다시 1번으로 돌아가라.

어디든지 먼저 도착하라

나는 전형적인 올빼미족이었다. 밤늦게까지 책을 읽거나, 늦게까지 빈둥거리거나 느긋한 거품 목욕을 즐기곤 했다. 아침에 침대에서 빠져나오는 일이 내게는 참으로 고역이었다. 나는 용케 늦지 않은 시간에 출근하곤 했지만 다른 사람들보다 먼저 도착하는 일은 없었다.

그러다 아이들이 학교를 다니기 시작하면서 출근길에 아이들을 데려다 주게 되었다. 그것은 무척 이른 시간에 침대에서 빠져나와야 함을 의미했다. 〈코스모〉에 다니기 시작하면서 또 다른 변화도 결심했다. 나는 예전보다 좀 더 일찍 일어나 좀 더 이른 시간에 아이들을 데려다 줬고, 더 이상 교실에서 꾸물대는 일도 없었다. 새 직장의 업무량으로는 당분간 올빼미족과 아침형 인간을 병행해야겠다는 생각이 들었기 때문이다.

그렇게 바꾸고 나자 재미난 일이 일어났다. 아침에 침대에서 기어 나오는 일이 힘들기는 했지만 매일 직장에 제일 먼저 얼굴을 내미는 사람에 속하는 일은 무척 즐거웠다. 그것은 숨을 돌리고, 책상을 정돈하고, 밤새 들어온 스팸 메일을 지우고, 무엇보다 중요하게는 생각을 정리하는 등등의 기회를 준다는 사실을 발견했다. 하루가 숨 가쁘게 시작되는 순간에도 당신은 이미 순조로운 리듬을 타고 아침을 열게 된다. 부지런한 새에게 제공되는 훌륭한 혜택을 진작 알았더라면 얼마나 좋았을까 하는 생각이 들었다.

그것은 회의나 약속에서도 마찬가지다. 최소한 약속에 늦지 않으면 혜택을 잃는 일은 막을 수 있다. 서너 달 전쯤 사무실 외부에서 열리는 회의 시간을 잘못 알고 15분 정도 늦게 도착한 적이 있었다. 누구 하나 신경 거슬려 하는 이는 없는 듯 보였지만 나는 회의의 흐름을 순조롭게 타지 못하는 기분이 들었다. 계속 타이밍을 놓치고 쫓아가는 느낌이 가시질 않았다. 나중에 안 사실이지만 많은 사람들이 늦는 바람에 사실상 회의는 내가 도착하기 불과 몇 분 전에 시작되었고 중요한 사항을 놓친 것도 없었다. 다만 내가 얻은 유일한 불이익은 불안정한 느낌이었다. 약속에 늦으면 사실상 그런 기분을 떨쳐버리지 못하기 마련이다.

그러니 당신 사전에 아침형 인간의 목표가 없다 해도 당분간은 그렇게 되도록 노력하라. 제일 먼저 도착하면 좀 더 쉽게 일상 궤도에 진입하게 될 것이다. 매일 아침마다 일찍 일어나는 것이 너무나 큰 고통이라면 이따금 한 번씩만이라도 그렇게 하는 것으로도 이득을 얻을 수 있다. 약속한 장소에 일찍 도착할 수 있는 확실한 방법은 약속 시간에서 실제 이동 시간을 뺀 다음 7분 먼저 출발하는 것이고 그것은 당신에게 여유를 제공해 준다.

아부를 두려워 말고,
하려거든 제대로 해치워라

인생에서 아부를 떨어야 할 일이 얼마나 많은지 궁금해질 때가 있다. 상대를 추켜세우거나 살갑게 굴어야 할 때가 있고 그런 일들이 이득을 제공하기까지 한다는 사실을 당신은 알고 있을 것이다. 하지만 자신이 음흉하고 꼴사나워 보이거나 애처로울 만큼 노골적으로 보일까봐 걱정스러워 상대를 칭찬하거나 비위 맞추기를 꺼려할 수도 있고, 자신은 어디까지나 허풍쟁이가 아니라고 생각할 수도 있다.

그러나 아부는 올바로 사용되면 유익한 것이 될 수 있다고 말해두고 싶다. 그것은 사람의 마음을 열게 하고 당신이 원하는 것을 거머쥐도록 할 수 있다. 사람들은 자신을 좋아하는 것처럼 보이는 사람에게 무언가를 해주기 좋아한다. 약간의 허풍을 떨 수는 있겠지만 반드시 음흉하게 굴 필요는 없다. 아마도 그것은 상대방이 더 잘 알아볼 것이다. 나는 한때 전형적인 아첨꾼을 부하직원으로 데리고 있던 적이 있었고, 내가 그 직원에게 깜빡 넘어갔다고 생각하는 직원들도 있다는 사실을 알았다. 하지만 나는 아부의 속셈을 잘 알고 있었고 오히려 그것을 높이 평가했다. 그녀는 자신의 직업에 열정이 있었고 내가 자신을 좋아해 주기를 바라는 마음에서 아양을 떨었던 것이다. 불평 가득한 얼굴들 중에서 그녀만이 유일하게 환한 미소를 짓고 있을 때도 있었다. 하루 일과를 끝마칠 때면 대부분의 상사들은 아첨꾼 직원들의 열정과 노력을 높이 평가한다.

그렇다면 당신은 완벽한 위선자나 혹은 배은망덕한 직원으로 보여야 할 필요가 없다. 여기 적절한 아부 방법을 소개하겠다.

Advice 1 아첨하기로 결정했다면 칭찬할 내용을 힘들여 찾는 한이 있어도 꽤 그럴 듯한 것으로 골라내라 최근 취업 면접을 봤던 한 여성 구직자는 내게 계속해서 록스타 같다는 말을 했다. 그 말은 누군가 내게 천체물리학자의 두뇌를 갖고 있다고 말했던 것만큼이나 가슴에 와 닿지 않았다. 내가 록스타처럼 보일 때라고는 전화기 헤드세트를 착용할 때밖에는 없으니 말이다.

구체적으로 칭찬하는 것도 현명한 방법이다. 좀 더 신빙성 있게 들리기 때문이다. 상사에게 "오늘 말씀하신 내용 참 좋았습니다. 무척 마음에 들던걸요."라고 말했는데 그가 청중의 반이 혼수상태였음을 알았다면 당신은 허풍쟁이처럼 보일 수 있다. 그러나 "작은 마을에서 성장하셨다는 얘기가 무척 공감이 가더군요."라고 구체적으로 표현하면 진심으로 들릴 수 있다.

Advice 2 아부와 청탁의 거리를 유지하라 내게 전화해서는 좋은 말로 구슬리며 살살 기분을 띄워주다가 갑자기 전화한 속셈을 드러내는 이들이 종종 있다. 출판업체를 찾고 있는데 내가 거래하는 출판업체에 연락하고 싶다거나 혹은 추천서를 받고 싶다고 말이다. 이처럼 속 보이는 상황은 너무 노골적으로 보이니 피해야 한다. 감탄사를 자아낼 때와 청탁할 때는 구분 지을 필요가 있다. 지인들의 업적이나 희소식을 듣게 되면 바로 축하의 이메일을 날리거나 편지를 띄우는 습관을 들이면 좋은 것이 바로 그런 이유에서다. 책상에 미리 우표를 붙여놓은 봉투와 카드를 넉넉히 준비해 두자.

Advice 3 아부의 속도를 유지하라 많은 아부꾼들이 저지르는 실수 중 하나가 갖은 교태를 부리다가도 자신이 정확히 원하는 바를 얻지 못할 것 같은 기미가 보이면 언제 그랬냐는 듯이 아부를 멈추는 것이다. 예를 들면 나는 내 직업적 성취를 동경하는 대학생들에게서 심층 인터뷰를 요청하는 이메일을 종종 받곤 한다. 그럴 때마다 빡빡한 스케줄 때문에 인터뷰가 곤란하다는 설명과 함께 잡지업계에서 일을 시작하는 방법에 대해 준비해 둔 파일을 첨부하여 이메일을 보내곤 했지만 고맙다거나 파일을 잘 받았다는 내용의 답장을 보내오는 여자들은 거의 없었다. 컴퓨터 앞에 앉아 내 이메일을 별 영양가 없는 물건으로 바라보고 있을 게 분명했다. 하지만 처음에는 열을 올리다 막판에 시큰둥해진 여자들은 장래의 기회, 다시 말해 내가 그들을 기억해 두었다가 언젠가 호의를 베풀지 모를 가능성을 잃고 만다.

하지만 가끔씩 예외도 있다. 최근 듀크 대학교의 4학년생인 케이티라는 여대생이 자신의 학교에서 강연을 부탁한다는 편지를 보내왔고, 내 비서는 내가 그곳에 가기를 무척 바라지만 스케줄상 여의치 않다는 내용을 설명했다. 몇 주 후, 나는 케이티에게서 손으로 예쁘게 쓴 카드를 받았다. 내 사정을 이해한다는 말과 함께 내게서 얼마나 많은 영향을 받았는지 모른다는 말을 꼭 전하고 싶었고, 내가 쓴 책을 여러 친구 및 친지들에게 나눠주었다는 내용과, 그리고 언젠가 꼭 만나게 되기를 바란다고 썼다.

눈을 씻고 찾아봐도 뭔가 호의를 구하는 내용은 없었다. 그것은 한마디로 무척 사랑스러운 카드였다. 그녀는 처음이나 나중이나 한결같은 태도를 취했다.

케이트가 케이티에게 전하는 말이다.

"지금 어느 곳에 있든지 뭐든 해주고 싶어요, 나한테 연락해요!!!"

획기적인 아이디어
떠오르게 하는 법

내가 에디터이자 미스터리 소설가로서 늘 고민하는 것 중 하나가 아이디어다. 도대체 아이디어는 어디서 나오고, 좋은 아이디어를 지속적으로 얻을 수 있는 확실한 방법은 무엇일까? 잡지란 것이 지속적인 변화를 필요로 함을 알기에 나는 늘 〈코스모〉를 개선시킬 수 있는 아이디어를 찾아 헤맨다. 게다가 매년 범죄 미스터리 소설까지 쓰는 나로서는 이 영역에서도 아이디어를 창조해야 한다. 하루에도 새로운 패션이나 남녀관계에 대한 칼럼을 생각해 내는가 하면 누군가를 살해하는 기가 막힌 방법도 고안해야 하는 것이다.

창의성이 지닌 매력적인 특성 하나는 아이디어란 것이 특별한 이유 없이도 머릿속에서 문득 떠오른다는 것이다. 특히나 그런 아이디어를 하루 이틀 검토하고 연구한 끝에 썩 훌륭하다는 결론에 다다르면 그것은 꽤 신비로운 경험이 될 수 있다.

퍼뜩 떠오르는 아이디어가 신비롭기는 해도 그런 일이 일어나기를 마냥 기다릴 수만은 없다. 마감일자가 다가오거나 모든 사람이 턱을 받치고 당신의 아이디어를 기다리고 있는 상황이라면 당장 아이디어가 필요할 수 있고 이런 순간에는 안절부절 조바심 나는 기분이 들기 쉽다. 그렇기 때문에 어떻게 하면 필요할 때마다 바로바로 좋은 아이디어를 떠올릴 수 있는지 늘 그 방법을 찾아 헤매는 것이다. 시간이 지나면서 내게 효과적인 방법이 무엇인지 발견한 나는 이제 지속적으로 그 방법에 의존하고 있다. 그 기본 구조는 '획기적인 아이디어가 필요하면 질문을 가지고 집밖으로 나서라,'다. 다른 말로 하면 당신이 구하는 바를 질문 형태로 만들어 세상에 나가 그 답변이 당신 앞에 나타나도록 하라는 말이다.

무척 형이상학적인 소리처럼 들리겠지만 나는 그런 스타일과는 거리가 먼 사람이다. 사실 이 수법이 효과적인 데는 분명 그만한 이유가 있다고 생각한다. 아이디어란 것이 불꽃이 일어나야 하는 것이고 그렇다면 뭔가 불꽃을 일으킬 만한 것이 필요하기 때문이다. 물론 머릿속에 떠다니는 생각들과 기억들로부터 좋은 아이디어가 일어날 때도 있지만 그런 것들은 그다지 새로울 것 없는 오래된 소재들처럼 보일 때가 많다. 그러나 당신 자신을 세상에 이끌고 나가보면 새롭고 다양한 소재들이 자극을 제공할 것이다. 이는 앞에서 말한 인생에서 간절히 원하는 것을 알아내는 내용과 다르지 않다. 영화와 연극, 미술 전시회, 간판, 길거리 패션, 우연히 들은 대화, 메뉴판,

만화, 석양 등등 무수히 많은 것들에서 아이디어를 끄집어 낼 수 있다. 뮤지컬 '올리버'를 창작한 라이오넬 바트는 포장지에 "선생님, 더 먹고 싶어요."라는 문구가 새겨진 올리버라는 이름의 막대기 사탕에서 아이디어를 얻었다고 말했고, 바비 브라운 코스메틱의 대표인 바비 브라운은 아스펜 리조트의 스키 리프트에서 내리는 사람들의 창백한 피부와 붉은 뺨을 보고 '슬로프Slope'라는 메이크업 라인의 아이디어가 나왔다고 말했다. 나 역시도 스파 시설에서 얼굴 마사지를 받으며 차가운 강철로 만든 기계를 바라보다 내두 번째 미스터리 소설의 배경이 된 아이디어를 얻었다.

그럼 바깥 세상에 나서면서 당신의 탐색 대상을 질문 형태로 만들어야하는 이유는 무엇일까? 나도 잘은 알 수 없지만 그것이 효과가 있는 것만은분명해 보인다. 그것은 아마도 머릿속을 수용적인 모드로 준비하는 것과도같다. 내가 참석한 한 컨퍼런스에서 전설적인 무용 안무가인 트와일라 타프도 질문을 취하는 것이 중요하다고 말했다.

나는 머릿속이 꽉 막혀 아무런 아이디어도 떠오르지 않을 때면 질문을챙겨 밖으로 나간다. 내가 해답을 찾아 가장 멀리 나섰던 곳은 런던이었다.얼마 전, 〈코스모〉에 좀 더 활력을 불어넣어야겠다는 생각이 든 나는 그러한 질문을 갖고 길을 나서기로 결심했다. 나는 2년 전에 여러 유럽 잡지의구성 형태를 기본으로 잡지를 완전히 재조정한 바 있었다. 미국 여성지들은짧막한 내용의 다양한 기사들을 앞쪽에 싣고 뒤쪽에 좀 더 긴 기사들을 싣는 것이 관례였다. 반면 유럽 잡지들은 눈길을 사로잡는 여러 현란한 기사들로 시작하여 카테고리별로 기사가 정리되는 형태였다. 나는 그 방식이 분주한 젊은 여성들에게 합리적이겠다 싶어 그렇게 재조정한 바 있었고 독자들도 그것을 맘에 들어 했다.

그 아이디어가 런던에서 나왔던 이유로 나는 런던에 또 한 번 기회를 주자고 생각했다. 마침 8월 어느 주말 옥스퍼드에서 열리는 범죄 미스터리 소설 컨퍼런스에 가려했던 참이라 하루를 더 연장하여 어떤 아이디어가 나올지 지켜보기로 결심했다. 오전 10시쯤 런던에 도착한 나는 호텔에 가방을 놓고 머릿속에 질문을 넣어두고 방을 나섰다. 그것은 '내가 다음 〈코스모〉에서 크게 터뜨려야 할 일이 무엇인가?'였다.

먼저 아름다운 런던 거리와 골목길을 배회하는 것으로 시작했다. 점심을 먹고는 하이드 파크를 거닐었다. 그날은 구름 한 점 없는 따뜻한 날이었고 여기저기 사람들이 있었다. 갤러리 한 군데와 빅토리아앨버트 미술관에도 들렀다. 호텔에 와서 낮잠을 자고는 다시 밖으로 나가 거리를 따라 산책했고 매우 늦은 시간에 저녁을 먹었다. 매력적인 하루였지만 아무런 해답도 떠오르지 않았다.

그러나 불안하지는 않았다. 나는 당분간 질문을 제쳐두고 이튿날 아침 미스터리 소설 컨퍼런스로 향했다. 컨퍼런스는 흥미로웠지만 다소 경직된 느낌도 있었다. 참가자의 평균 나이가 적어도 60대는 되었으니 누군가 제2차 세계대전의 독일군 공습에 대해 얘기를 꺼내도 놀랄 것은 없었다. 그러던 어느 날 밤, 나는 테이블 건너편에 앉아 있는 19살 소녀를 보고 깜짝 놀랐다. 근처 학교에 다니던 딸이 컨퍼런스에 참석한 엄마를 따라온 것이었다. 그 아이가 좋아하는 잡지들에 대해 대화를 시작하다 결국 일이 벌어졌다. 그녀가 내게 유레카를 외치게 한 무언가를 말해준 것이다. 그녀의 말로 브레인스토밍을 시작한 나는 결국 〈코스모〉에서 터뜨려야 할 일이 무엇인지 알게 되었다.

질문을 가지고 세상으로 나가는 것, 그것은 내게 정말로 효과적이다. 게다가 해마다 런던을 방문할 구실도 제공해주니 일석이조인 셈이다.

멋진 여자로 살기 위한 최고의 팁

미국 상원 의사당을 방문하면 '상원 역사에 일어났던 이달의 사건'이라는 제목으로 특정 달과 연관된 모든 귀중한 역사적 사건들을 담아놓은 브로슈어를 얻을 수 있다. 2월호 브로슈어는 다음과 같은 토막 이야기를 다루고 있다.

1906년 2월 17일, 2명의 상원 의원이 사기 및 부정 혐의로 유죄판결을 받고 나자 소설가 데이비드 그레이엄 필립스가 〈코스모폴리탄〉 잡지에 9부 시리즈 연재를 시작했다. 이 기사는 대형 기업과 부패한 입법자들이 상원의원 선정에 지나친 역할을 차지한다고 주장하면서 많은 청중을 사로잡았다. 필립의 빈정거림과 과장된 태도는 이내 다른 개혁자들과 더불어 과장되고 선정적인 저널리스트를 가리켜 '폭로자muckraker'라는 신조어를 만들어낸 루즈벨트 대통령의 빈축을 샀다. 그럼에도 이 연재 시리즈는 국민의 상원의원 직접 보통 선거를 규정하는 헌법 개정안 채택을 촉구했다.

최근 한 친구가 보내준 이 브로슈어를 읽고 나는 적잖이 놀랐다. 〈코스모〉가 상원의원 보통 선거를 일으켰다고? 우리가 정말 이런 식으로 역사를 만들어왔단 말이야? 이런 사실을 알게 된 것은 참으로 멋진 일이었다. 하지만 우리는 그 후 오랜 세월 동안 그 정도로 원대하고 영향력 있는 업적을 이루지는 못했음을 인정해야겠고, 대신 '멋진 꽃미남hottie biscotti'이나 '물렁물건iffy stiffy'과 같은 신조어들을 만들어냈다.

하지만 지난 8년간 터득한 교훈들이 내게는 더없이 소중한 것이었다. 그것은 직장에서는 현명한 판단과, 남녀관계에서는 사려 깊은 처신과, 삶에서는 보다 강렬한 즐거움을 가능케 해주었다. 이들 교훈 중에 적어도 일부는 당신에게도 유익한 것으로 입증되기를 소망한다.

초판 1쇄 | 2008년 7월 25일
초판 3쇄 | 2011년 1월 11일

지은이 | 케이트 화이트
옮긴이 | 최지아
펴낸이 | 이용배
펴낸곳 | (주)고려원북스
편집주간 | 설응도
책임편집 | 김부영
마케팅 | 이종진

판매처 | (주)북스컴, Bookscom, Inc.

출판등록 | 2004년 5월 6일(제16-3336호)
주소 | 서울시 광진구 능동 279-3 길송빌딩 701호
전화번호 | 02-466-1207
팩스번호 | 02-466-1301
이메일 | Koreaonebook@naver.com

ISBN : 97889-91264-80-9 03810
값은 표지 뒷면에 적혀 있습니다.
잘못 만들어진 책은 구입처나 본사에서 교환해 드립니다.